本书系国家社科基金“文化伦理视域下新移民女作家小说研究”
（项目编号：15BZW145）结项成果

文化伦理视域下新移民女作家小说研究

刘红英　著

中国社会科学出版社

图书在版编目（CIP）数据

文化伦理视域下新移民女作家小说研究／刘红英著．—北京：
中国社会科学出版社，2023.6
ISBN 978－7－5227－1928－3

Ⅰ．①文…　Ⅱ．①刘…　Ⅲ．①女作家—小说研究　Ⅳ．①I106.4

中国国家版本馆 CIP 数据核字(2023)第 087610 号

出 版 人　赵剑英
责任编辑　杨　康
责任校对　王佳玉
责任印制　戴　宽

出　　版　中国社会科学出版社
社　　址　北京鼓楼西大街甲 158 号
邮　　编　100720
网　　址　http://www.csspw.cn
发 行 部　010－84083685
门 市 部　010－84029450
经　　销　新华书店及其他书店

印　　刷　北京明恒达印务有限公司
装　　订　廊坊市广阳区广增装订厂
版　　次　2023 年 6 月第 1 版
印　　次　2023 年 6 月第 1 次印刷

开　　本　710×1000　1/16
印　　张　15.25
插　　页　2
字　　数　209 千字
定　　价　78.00 元

目　录

以有力的文字传达思想的声音（代序言）

白　杨

新移民女作家是海外华文文学中引人注目的新生力量，近年来日益受到学界同人的关注，由一些作品引发的争鸣现象也成为文化研究中的热点问题。如何理性客观地审验她们作品的“具体特殊性”，以价值中立的态度评价其艺术形象，对研究者而言是一种挑战。美国哲学家内格尔提出“本然性”的观点，倡导学术研究追求客观性。但是，文学研究实际上是研究者与研究对象之间进行的“心灵对话”，在追求学理剖析和严谨判断的同时，自然而然会呈现出研究者的主观性。研究者对待自己的研究对象，如何做到析理居正、不偏不倚，既不人为拔高又不主观贬抑，这对其学力论域、价值判断及逻辑周延等能力都是一种考验，其中关涉的问题可谓见仁见智。

毫无疑问，学者当恪守素心立场，判断需依赖证据，论述逻辑要遵循一定方法原则。文学作为“有意味”的文化符号，理当注重情境与视野的独特性和普遍性。这种视野和情境的独特性在弗莱堡学派思想家李凯尔特看来，并非随意性研究，而是“与价值相联系”。李凯尔特认为，价值是区分自然和文化的基本标志。价值不仅能够附着于对象之上，而且能够和主体活动相联系。研究对象与何种价值相联系，要排除研究者的主观性。唯有将研究对象和宗教、国家、法权、伦理相关涉的普遍价值相联系，叙述才有本质意义。换言之，对于人文科学而言，唯有在“具体特殊性”上追溯普遍的文化价值，方能彰显研究的本质性和有效性。

刘红英所著的《文化伦理视域下新移民女作家小说研究》，从“文化伦理”视角对新移民女作家小说进行系统性的思考与阐释。她基于细致的文本解读进行立论，侧重对审美写作与伦理价值的关联性进行论证，从而深入挖掘文化价值的普遍意义，形成了具有独特个性色彩的研究框架。在近些年日渐丰富的海外新移民女作家研究中，这部彰显研究的本质性与有效性的新著，在知识容量与方法论意义上都对相关领域的研究具有借鉴意义与参考价值。从文化伦理视域探析新移民女作家小说的特质，目的在于发现她们在不同文化语境中所呈现出的伦理观念、文化立场、审美趣味与思维方式，并以此为个案，进一步研究她们在当代中国文坛的独特价值。新移民女作家身份的特殊性在于她们身处社会、文化、性别等多重边缘地带。在这种环境中，不同文化如何交融、不同种族的人怎样相处，既是她们日常生活中的真实经历，也成为她们审美的对象；与此同时，她们在回看故国家园时，与老一代移民呈现出明显差异。她们中的多数人不再郁结于情感上的乡愁，而是能从更具多样性的视角下思考主客体之间的复杂关系。在全球化背景中，她们以人类命运共同体意识与全球视野来思考文化的差异与会通，并以人性作为审美描述的依据与价值判断的立场。这种独特的经历与体验使她们的创作折射出特别“有意味”的文化意蕴和伦理关怀。因此，研究新移民女作家小说的文化伦理意义，凸显新移民女作家创作中所呈现出的文化伦理关怀，既能够在情感层面上贴近海外华人的心路历程，也有助于研究者在一种具有动态感的历史文化脉络中审视中华传统文化的传承、变异与新生。

对红英来说，这部著作堪称“十年磨一剑”。2011 年她成为我指导的第一届博士研究生，因为在阅读严歌苓的作品时有很多感悟，决意将博士学位论文选题定为“严歌苓小说研究”。在当时虽然学界关于严歌苓的研究专著还不多见，但单篇论文特别是青年学子的学位论文已经有很多了，选择这个题目在研究的创新性方面自然增加了难度，我们都意识到如果只是将学界已有的研究成果进行梳理整合，并没有多少研究价值，关键是发出自己的声音，可是在研究成果汗牛充栋的情况下，“创新”谈何容易。红英是有挚情和韧劲的人，有时我甚至想，她和严歌苓笔下那些坚韧并生命力顽强的女性角色颇为神似，越是在艰难苦寒的境遇里越是会闪射出耀眼的光芒。她完成了博士学位论文的写作，其中对严歌苓小说中意象的建构、文化伦理意识的书写等问题的分析，旁征博引、富有新意，在答辩时受到评委专家的一致好评。前辈学者常常告诫年轻学者“要耐得住寂寞”“坐得住冷板凳”，我倒是从来没有对红英这样要求过，她却以实际行动证明了自己具备从事科学研究的毅力和潜质。我们虽为师生，但实际上亦师亦友，常常在一起交流阅读感受，真真是教学相长。红英平素生活很简朴，但买书时就很豪放，她看到好书就买一本给我，有时会送我一套丛书。她推荐的书很有用且具有学术价值；她不善言谈，属于“腹有诗书气自华”，是在思想的交流中显示出才华的女子。

博士毕业以后，红英开始在更开阔的视野中关注海外华文文学，她尝试在博士学位论文基础上拓展、深化研究格局，并以“文化伦理视域下新移民女作家小说研究”为题获得国家社科基金立项。客观地讲，在这个选题的研究中有两个学术难点，一是对新移民女作家的创作群体和作品数量的掌握，二是在理论分析中对“文化伦理”问题的阐释。虽然学界对新移民女作家的研究论文已经很多，但大多数文章的研究对象都集中在严歌苓、张翎、虹影等几位代表作家中，研究思路存在模式化、套路化的问题，亟须在研究视野和方法论上加以拓展。在红英的新著中，我们惊喜地看到她对海外华文新移民女作家群体面貌的呈现。近几年来为了收集作品资料，她的奔波和苦读都隐含在文字背后了。比较之下，对“文化伦理”问题如何展开具有学术深度和逻辑关联的阐发，比收集资料工作要更困难一些。正如红英在专著前言中所论及的，古今中外的哲学家与研究者对“文化伦理”问题的诠释累有存焉，“文化伦理是一个大而复杂的概念，它抽象却也恰当地概括了全球化背景下人类的文化状态与价值期待。当代社会遭遇了也正在遭遇着前所未有的各种文化的会聚与撞击，以及各种思想的交锋与挑战。在这瞬息万变的时代中，伦理规约显然具有非常重要的意义。不同文化之间是什么关系，或者说应该是什么关系，这都是伦理范畴的问题。”对文化伦理问题的阐释，在历史沿革中事实上也形成了某种既定的成规，当运用这种视角去审视海外新移民女作家的创作时，如何敏锐地切入作家的写作意识甚至是潜意识，准确客观地呈现文字架构背后隐含的思想观念和生存体验，对研究者的文学感受力和理论素养有比较高的要求。《文化伦理视域下新移民女作家小说研究》在集中梳理与阐述“文化伦理”的内涵之后，围绕存在伦理、情爱伦理、家族伦理、革命伦理、技术伦理、教育伦理以及宗教伦理等问题展开分析。在对这些问题的审视中，红英侧重从存在主义视角展开对新移民女作家小说的论述。她强调新移民女作家小说首先体现出“生存—存在”的鲜明特征。与老一代移民相比，她们已经不是在生存意义上单纯地对艰辛生活进行描述，而是自存在向度上抒发彼岸关怀；是旷野中的灵魂呼喊或心灵深处的喃喃自语；是精神困境与突围，是不断寻求自我突破与新生。这是新移民女作家创作的真正动因，也是新移民女作家的创作能够在当代文坛浮出水面的缘由。这些观点精准地把握了新移民女作家小说的内在意蕴。红英在对新移民女作家小说的研究中，特别是对如何体悟其作为移民的漂泊经历与离散生命体验，挖掘其如何在彼岸意识的驱使下寻求新的精神家园，以及如何寻找民族性与世界性会通的特质等问题中，博采众论、实事求是，论述中一些见解深中肯綮，体现出独特的问题意识，这一点是很可贵的。

新移民女作家小说中所呈现出的家国、历史、个人、时代等方面的伦理关系及其审美表现，在文化交错的全球化背景下，有着重要的学术意义。它为我们思考当代文化与社会伦理以及人文思想提供了恰当的脚本。经过多年的追踪研究与不倦探索，红英顺利地完成项目结项工作，并将这部凝结心血之作奉献给读者。史学大师章学诚讲："学不可以骤几，人当致攻乎功力则可耳。"功力和性情兼备，学问自有所成。红英为人真挚诚笃，心性沉静且勤励专精，奋志好学，我期待她能够取得更大的学术成就。

白杨　于暨南大学

2022 年 6 月 6 日

绪 论

学界有关文化伦理概念的界定聚讼纷纭，尚无定论。这涉及对中西文化伦理思想史中相关概念与方法原理的追溯和评析。中西文化伦理所涉范畴不同，其内涵所指也有很大差别。但正因差别才有了互相借鉴的意义。从文化伦理的角度来观照文学，对文学进行文化阐释与伦理分析，进而研究文学创作所揭示的伦理关系与文化立场，是当代文学研究的一种颇为有效且必要的途径。当代社会遭遇了也正在遭遇着前所未有的多种文化的碰撞，以及诸多矛盾思想的交锋与挑战。在这瞬息万变的时代中，不同文化之间是什么关系（to be），应该是什么关系（ought to be），为什么会呈现出这种关系（why to be），尤其值得深入探索。因为这些探索指向社会、政治、经济和文化的最深层结构中，预示社会的未来趋向。新移民女作家立足世界前沿、处于双重文化的语境中，她们的创作最能体现当前社会中不同文化伦理之间的关系，展现全球化语境中人们的生存状态、生活方式、价值取向以及心理认知。然而，在目前中国当代文学研究格局中，存在一个较大的问题，即强调研究内地文学，相对轻视海外华文文学（包括新移民文学）的研究。它从整体上展现了中国文学的现代性面貌，特别是伴随着中国的发展，海外华文文学的意义更加明显。

一 “文化伦理”及其文学表征的历史回溯

从文化伦理视域下考察新移民女作家小说的创作特点，必然关涉中西文化伦理的不同视域。基于此，有必要回溯中西文化伦理思想及文学伦理的变迁历史，它是构成新移民小说伦理维度的思想基础与逻辑起点。若将新移民女作家小说创作中的伦理思想作为个案，那么中西方全部的文化伦理思想史则可视作整体。在个别与一般、特殊与普遍之间，黑格尔指出：“事实上个别部分之所以有其优良的价值，即由于它们对全体的关系。……我们要知道并预见它们的必然联系，在这种联系里，个别的事实取得它们对于一个目的或目标的特殊地位和关系，并因而获得它们的意义。因为历史里面有意义的成分，就是对‘普遍’的关系和联系。看见了这个‘普遍’，也就是认识了它的意义。”① 所以，欲对新移民女作家创作中的伦理现象及其内涵进行分析，并把握其在整个文化伦理思想史中的意义与价值，作一次简要的绕行是必要的。

（一）西方文化伦理思想变迁及其文学表现

众所周知，两希文明是西方文化伦理的核心架构。追溯古希腊的文化伦理思想，必然涉及对人性道德与精神价值的探讨。古希腊神话无疑是古希腊人的道德生活和人文理念的历史写照。古希腊神话中蕴含着“人”的原始冲动与本能。在《荷马史诗》中，众多英雄人物被塑造，其中阿喀琉斯、赫克托尔、奥德修斯无疑是最重要的三位代表。这三个人物形象凝聚着古希腊人对个体与社会、情感与理性、人性与道德的思考。阿喀琉斯作为神的后裔，具有战无不胜、攻无不克的能力，是一个个性非常鲜明的人物。他不仅有着战神般的勇敢和坚韧，而且对人性尊严有着异乎寻常的道德敏感。当他喜欢的女人克吕塞依丝被联军统帅阿伽门农强占后，他并没有

① ［德］黑格尔：《哲学史讲演录》第一卷，贺麟、王太庆译，商务印书馆 1981 年版，第 11 页。

怯懦与畏惧。黑格尔讲阿喀琉斯乃西方伦理觉悟和个性觉醒的第一人。这显然是对个性精神的赞扬和对人格尊严的捍卫，也指明了古希腊伦理精神的典型特征。然而，“阿喀琉斯的脚踝”，不仅意味着古希腊文化对生命残缺本质的思考，而且揭示了人性的弱点。赫克托尔是一个与阿喀琉斯在性情上正好相反的人物形象。他为祖国、人民、家庭而战，是一个具有集体主义精神特征的英雄形象，显示出无畏、勇敢、大公的道德倾向。奥德修斯无疑是古希腊文化中“冒险者”的象征，他睿智、忍耐、坚韧、勇敢，却不乏残酷和狡诈。他和女神卡吕普索生活在仙岛上，享受珍馐美味，可以长生不老。但是这种“逍遥”是奥德修斯不能忍受的。他做出了一个大胆抉择——他要回家！这种选择显然具有伦理文化意义上的突破性。《荷马史诗》中所建构的伦理观念和文化精神，无疑成为后来西方文化中对人性、个性、信仰、道德思考的典型参照与价值源头。赫拉克利特、苏格拉底、柏拉图、亚里士多德在古典伦理学中是被人们津津乐道的伟大人物。苏格拉底的“哲学殉道”是一种最具震撼性的伦理行为。他对道德自主性的捍卫以及“对灵魂操心”的思考，彰显出生命个体坚持正义与良知的崇高信念。柏拉图关于“理想国”城邦理念的设置，可以说是苏格拉底政治伦理和哲学伦理的现实构建，也是苏格拉底追求“德性”伦理的理想图景。亚里士多德同样是一颗熠熠生辉的巨星。如果说苏格拉底和柏拉图关注道德人性的“超验之基”和终极价值，那么亚里士多德则致力于探索德性的现实来源和经验支撑。如果说柏拉图提倡非理性的“迷狂”，在道德向度上表现出非凡的意义，那么亚里士多德考究实践理性的抉择原理，同样在道德文化推进中产生了不可替代的贡献。在他看来，唯有理性实践才有助于人们获得正确的价值选择，人生幸福和道德之“善”由此生成。从亚里士多德的伦理关怀中，我们看到古希腊文化伦理中关于道德精神的落脚点。如果说在荷马、苏格拉底和柏拉图的精神视域和伦理关怀中凸显了智慧、勇敢、节制、正义的崇高品格，那么亚里士多德则重点关注正义与友爱及两者的关系。正义与友爱不仅关涉城邦公民的公共德性，同样也是家庭德性和政治德性的道德蓝图。

与古希腊文化伦理形成对照，并对后世产生同等重要影响的是古希伯来文化中的道德条律和神约精神。在《旧约》中，上帝用六天来创世。人类始祖由于追求自由意志，违背了上帝的戒令，从而被逐出伊甸园。当耶和华看到人类是如此堕落，他不惜用洪水来毁灭人类。但他后来又用挪亚方舟来拯救人类，以此展示他全知全能且威严无比的形象。耶和华和古希伯来人的祖先（摩西）在西奈山上定下的“摩西十诫”，是神约对人伦道德加以规范的铁律。特别是“你要尽心尽力尽意地爱你的神——上帝耶和华”和“爱你的邻人胜于爱自己”，这些戒律将超验之爱与人间之爱紧密联系在一起，对西方文化伦理和道德精神的影响尤为深远。如果说在《旧约》中至高无上的上帝形象令人畏惧的话，那么在《新约》中出现的是一个柔和仁慈的耶稣形象。耶稣从马棚出生到最后被钉在十字架上面，它预示着新的道德实践和伦理规定。新的耶稣喊出的口号是“天国来临”，这显然有别于古希腊哲人的经验伦理思想，它开启了西方文化中超验伦理的转向。从此，“有信有望有爱”成为道德价值的新原则，它指明了西方精神信仰和道德实践的最终目的。“爱”的原则作为绝对信条，不仅彰显“原罪”烙印，而且是赎罪解脱的牵引力和内在推动力。耶稣对西方文化伦理的影响不仅被转化成人们精神信仰的对象，而且被视为后世人类精神模仿的典范。如果说文化伦理聚焦于人性道德与善恶判断，思考道德哲学的逻辑与德性预设，那么古希腊和古希伯来无疑为我们提供了经典的伦理范式。古希腊的文化伦理和道德关切归属“人本主义”范畴，古希伯来的伦理预设和道德旨归属于“神本主义”范域。如果说道德系统关注一个核心范畴——义务，那么对于古希腊的道德意识而言，这种义务无疑是一套以自我为中心的法则或命令。对古希伯来而言，上帝是全能的执法者，道德实践行为和精神信念全在于此。

然而，当彼得拉克喊出“我不想变成上帝”，培根认为“知识就是力量”的时候，新的科学时代促使伦理观念又一次转变。紧接着，宗教观念也随之发生变革。马丁·路德公开宣称人性“与善行无关”。此时，“人本”取代“神本”，在人本主义观念下，人们高度肯定人的情欲与尊严，展示人的激情、欲望、困惑与焦虑。哈姆雷特的“忧郁”便源于此。莎士比亚通过哈姆雷特这一经典文学形象，充分揭示了人类灵魂深处的矛盾。他一方面肯定人是“宇宙的精华，万物的灵长”，另一方面又描绘了人的渺小与无助。经过古典主义的过渡，18 世纪声势浩大的启蒙主义精神将笛卡尔的“我思故我在”推向顶峰。“理性崇拜”是启蒙思想的核心，鼓吹人在绝对理性的基础上，拥有自由、人权、平等。这样，道德在摆脱神学之后具有了独立性与纯粹性。伏尔泰批评帕斯卡尔的“只应当爱上帝，而不应该爱人类”的主张，他认为“应当爱，而且亲切地爱人类；应当爱自己的国家、自己的老婆、自己的父亲、自己的孩子们；应当那么样爱他们，以致上帝使我们不由自主地爱上他们了”[①]。随之他展开了西方伦理史上关于“利己”与“利他”之争，这标志着西方伦理思想的又一次推进。对二者的矛盾，卢梭的观点具有代表性，他认为“为了保持我们的生存，我们必须要爱自己”[②]，但同时，“只要把自爱之心扩大到爱别人，我们就可以把自爱变为美德，这种美德，在任何一个人的心中都是可以找得到它的根柢的”[③]。卢梭将自爱与爱人、利己与利他、个性的人与社会的人结合，称为“精神的规律”与“物理的规律”的合一，事实上，他看到的是人性之道德要求与自然的必然要求之间的矛盾与调和。他提出的“社会契约论”，期望同时实现人的自由理性与社会秩序

① ［法］伏尔泰：《哲学通信》，高达观等译，上海人民出版社 2005 年版，第 145 页。
② ［法］卢梭：《爱弥儿——论教育》上卷，李平沤译，商务印书馆 1978 年版，第 289 页。
③ ［法］卢梭：《爱弥儿——论教育》上卷，李平沤译，商务印书馆 1978 年版，第 356 页。

的“善”。

康德将18世纪的理性启蒙推向了登峰造极的地步。他说：“有两种东西，我们愈时常、愈反复加以思维，它们就给人心灌注了时时在翻新、有加无已的赞叹和敬畏：头上的星空和内心的道德法则。”[①] 康德认为人应当是欲望与自然的驾驭者，是不应当依赖于任何经验的绝对理性者。“人为自己立法”“人是目的而非工具”“自由是人的本质”都成为替人辩护的理论佐证。在个人、社会、法律之间，他集中探讨了“什么是公正”这一问题。启蒙理性者都对专制独裁的社会进行激烈的道德评判。在此基础上，康德认为保证个人意志自由和普遍人类自由是社会和谐发展的前提。就法律而言，他认为法律应当促进与保障人的自由。当然，这种自由要建立在理性自律基础上。他说：“在道德上我们之所以有义务服从法律，是因为我们已经同意了这个法律。”[②] 黑格尔伦理思想是其全部哲学的一个组成部分，他认为“德是伦理的造诣”，它与人的自由精神并不矛盾。论及自由，他认为：“自由是意志的根本规定，正如重量是物体的根本规定一样。……重量构成物体，而且就是物体。说到自由和意志也是一样，因为自由的东西就是意志。意志而没有自由，只是一句空话；同时，自由只有作为意志，作为主体，才是现实的。”[③] 进而他补充，这种自由不是抽象的，而是具体与特殊的。任性不在其中，任性是“完全缺乏思想教养”的表现，它恰恰是一种不自由。歌德的《浮士德》被称为西方文学长河中丰碑式的巨著。歌德通过浮士德这一文学典型形象地描绘了启蒙主义在自我与社会、欲望与理智、情感与理性、义务与道德之间的纠缠。该书通过浮士德与魔鬼靡菲斯特之间的赌注，围绕浮士德在爱情、美、政治、欲望、社会五个方面的人生经历，展现出自由意志与道德法律

---

① ［德］康德：《实践理性批判》，关文运译，商务印书馆1960年版，第164页。

② 宋希仁：《西方伦理思想史》，中国人民大学出版社2010年版，第339页。

③ ［德］黑格尔：《法哲学原理》，范扬、张企泰译，商务印书馆1961年版，第11—12页。

之间的冲突，完整地表达了在启蒙理性时代人类文化理性与伦理道德之间的辩证关系。

从西方伦理观念史来看，虽然没有严格的断代划分，但“对于19世纪中叶开始的自由资本主义向现代垄断资本主义的政治经济结构上的转化这一历史事实却是公认的。这种社会政治经济结构的变化，不能不影响到西方社会的意识形态，而作为直接根植于人们社会生活土壤之中的西方伦理观念，则最为敏锐地反映了这一历史变化，进行着自身的历史转换”①。这一时期的文学、伦理学流派层出，思潮迭起。有以叔本华、尼采为代表的德国唯意志论，以斯宾塞、赫胥黎为代表的英国进化论，以柏格森、居友为代表的法国生命伦理，以格林、布拉德雷为代表的英国新黑格尔主义等。这些都可以说是对康德的“实践形而上学”、黑格尔的“绝对理念”的质疑与挑战。而真正开启20世纪现代经验主义伦理学的是摩尔的直接主义。此时，在文学领域出现了以托尔斯泰、陀思妥耶夫斯基、司汤达、巴尔扎克、狄更斯、果戈理、海明威等文学巨匠引领的现实主义文学思潮。聂赫留朵夫、安娜、于连、拉斯蒂涅等文学形象，直到今天仍然闪现着耀眼的光芒。20世纪摩尔的《伦理学原理》被称为20世纪伦理学史上的“哥白尼革命”。它是对非理性主义的反动，是人们的道德理念触及概念逻辑的发展。摩尔的伦理主张被称为“元伦理学”。他认为“目的善”与“手段善”不同，不再把“行为正当”认作“目的正当”；反之，目的正当，行为也不一定正当。比如，对一个垂死的病人“说谎”，其行为不善，目的是善的。当然，经学式的伦理观也成为他的缺憾所在。20世纪的伦理思想，大致包括以摩尔、普理查德为代表的直觉主义，以罗素、维特根斯坦、史蒂文森为代表的情感主义，以黑尔、图尔敏为代表的语言逻辑伦理学派，以海德格尔、萨特为代表的存在主义，

① 万俊人：《现代西方伦理学史》，中国人民大学出版社2011年版，第2页。

以胡塞尔、舍勒为代表的现象学，以弗洛伊德、弗洛姆为代表的精神分析学，以詹姆斯、杜威为代表的美国实用主义伦理流派。在文学领域有福克纳、艾略特、卡夫卡、萨特、贝克特、奈保尔、马尔克斯、博尔赫斯、大江健三郎、库切等作家，他们以文学构想反映伦理思想的变迁。文学与伦理学所属范畴当然不一致，但相关学者在方法上尝试将二者打通进行跨学科交叉研究，这是当前学术研究的一种行之有效的新方法。

（二）中国文化伦理思想发展及其文学表现

中华文化数千年历史，伦理道德有着鲜明的民族特征。仁爱、纲常、天人合一是中国伦理思想中的核心词。早在商代就有了将天与祖先神灵合一的看法，这实际是周公“以德配天”“敬德保民”思想的源头。《尚书·周书》中提出的九种治国大法，其中包含五行思想、中道思想以及天道思想，是中华文化伦理和道德精神的基石。特别是中道思想成为儒学的重要内涵，既以天命论形成了以君主为中心的官僚统治，又以天命和德政相结合，造就了儒家积极进取的事功精神和敬德忧民、节性自律的主体意识。德国哲学家雅斯贝尔斯列举了四个伟人作为中西方思维范式的创造者——苏格拉底、耶稣、佛陀和孔子。他们成了塑造人类存在和文化伦理的典范，人类存在经验和道德原动力在他们这里都得到了充分发展。如果把文化伦理分为制度和非制度两个层面，那么对中华文化影响最深远的莫过于以孔孟为代表的儒家学说。孔子秉承周公“敬天修德”的精神，推崇周公治礼的伟大创造，并将尧、舜、禹、周列为最理想的道德典范。“周虽旧邦，其命维新”“上天之载，无声无臭”“乾道变化，各正性命”“保和太和，乃利贞”“天行健，君子以自强不息”，是孔子修订儒家经典时所弘扬的基本价值取向。孔子重视礼乐教化，他提出蕴含礼乐伦理和道德价值的“仁”学。它的核心要义在于克制、修养。所谓“兴于诗，立于礼，成于乐”“克己复礼为仁”“礼之用和为贵”“人而不仁，如礼何”“里仁为美”等，这些思想内化为道德修养的准绳。“食不言，寝不语”“己所不欲，勿施于人”等伦理规范，通过“格物致知、正心诚意”来逐步提升自我修养。孔子强调实践精神，比如“仁远乎哉？我欲仁，斯仁至矣”“己欲立而立人，己欲达而达人”，要知性知命而道济天下，智周万物，成就内圣外王的君子人格。“天生德于予”“本立而道生”，生命本体和道德本体相联系，培育并铸就生生不息、刚健自强的道德精神。然而，所谓“爱人”，是统治阶级对平民的仁义。

> 子张问仁于孔子，孔子曰：“能行五者于天下为仁矣。”“请问之”，曰：“恭、宽、信、敏、惠。恭则不侮，宽则得众，信则人任焉，敏则有功，惠则足以使人。”（《论语·阳货》）
>
> 王如施仁政于民，省刑罚，薄税敛，深耕易耨。壮者以暇日修其孝悌忠信，入以事其父兄，出以事其长上，可使制梃以挞秦楚之坚甲利兵矣。（《孟子·梁惠王上》）

可见，无论孔子的言论还是孟子的思想，在他们“仁爱”价值的背后，是统治阶级对民众的“恩惠”。它着重强调的是政治作用与等级理念。到汉代，董仲舒制定“天人三策”，提出独尊儒术的主张，全面阐述“三纲”“五常”的伦理内涵。儒家文化成为后来几千年中国文化的主流。宋明时代，儒学吸收佛道思想，以理学的新形态呈现出来。程朱理学“以理为主体”，明中叶之后，王阳明继承了陆九渊思想，主张“心即理”“致良知”。清代儒学“崇实黜虚”，儒学具化为朴学。就“仁义”而言，汉唐宋明时期，对“仁爱”的伦理主张是不变的，韩愈认为“博爱之谓仁”、张载认为“民吾同胞”，皆为“仁爱”思想的发展。不过，儒家之“仁爱”，几经变迁，其核心建立在封建等级基础上，是上对下的体恤与恩赐。现代著名史学家陈寅恪对儒家和传统文化的思考非常精辟："自晋至今，言中国之思想，可以儒释道三教代表之。——两千年来华夏民族所受儒家学说之影响，最深最巨者，实在制度法律公私生活之方面，而关于学说思想之方面，或转有不如佛道二教者。"① 陈寅恪认为儒家思想在制度层面上更深入地塑造了中国人的伦理观。"天尊地卑，乾坤定矣。卑高以陈，贵贱位矣"，孔子一再强调在伦理政治系统中自我角色的定位，比如"不在其位，不谋其政""君子思不出其位"，其实也是对尊卑等级的强调。在这种政治制度与伦理主张下，形成了中国伦理文化中对人格"内圣外王"的心理要求与"天人合一"的思维结构。与儒家伦理相对，道家主张"自然""无为"，反对儒家的"仁爱"。在人伦情感中，道家主张自然而然的感情，约束规范不像儒家那样严苛。

> 我有三宝，持而保之。一曰慈，二曰俭，三曰不敢为天下先。慈故能勇，俭故能广，不敢为天下先，故能成器长。今舍慈且勇，舍俭且广，舍后且先，死矣！夫慈，以战则胜，以守则固。天将救之，以慈卫之。（《老子》第六十七章）
>
> 大道废，有仁义。智慧出，有大伪。六亲不和，有孝慈。国家昏乱，有忠臣。（《老子》第十八章）
>
> 圣人之爱人也，人与之名，不告则不知其爱人也。若知之，若不知之，若闻之，若不闻之，其爱人也终无已，人之安之亦无已，性也。（《庄子·则阳》）

"慈"本是父母对子女的血缘之情，即自然之情。老子将之扩大，认为人与人之间都应该保持这种情感。庄子亦然，主张自然素朴的自然之情，反对能动与自觉。道家伦理哲学经由庄子得到发

① 刘桂生、张步洲：《陈寅恪学术文化随笔》，中国青年出版社1996年版，第14页。

展。另外有黄老之学，该学说主要用于政治领域，以“道生法”干预政治。黄老之后，“无为”思想有“放任”倾向，不过，在儒家主流文化的等级政治中，不啻是一种矫正。魏晋时期，黄老之学发展为“玄学”。王弼、阮籍、嵇康、郭象、向秀等皆为其间有影响力的玄学派思想家。唐宋时代，道家转变为道教，不少帝王追求长生之道。因此，这一时期的哲学、政治学都带有了类似宗教的神秘色彩。不得不提的是，魏晋时代，佛教传入中国，和中国固有的儒道两家文化结合，形成三教合一的文化局面。明清之际，腐朽的封建统治日渐加剧，“非朱子之传义不敢言，非朱子之家礼不敢行”。《红楼梦》以艺术笔法真实地反映了这种状况。贾、王、史、薛四大家族象征整个封建制度，其家族的衰亡也即社会的衰败。家族中父子母女、兄弟姐妹、夫妻妯娌之间，“一个个不像乌眼鸡似的，恨不得你吃了我，我吃了你!”《牡丹亭》中写道：“第云理之所必无，安知情之所必有邪?”这些文学经典在“情与理”之间展开深刻的思考。“三言”（《喻世明言》《警世通言》《醒世恒言》）展示出世俗生活的真实面相。此类文学作品同时为明末清初之际的伦理启蒙做了铺垫。李贽、黄宗羲、顾炎武、戴震等早期启蒙思想家对儒家三纲五常的伦理纲常给予尖锐的批判，同时开启了中国现代伦理思想的先声。

五四新文化运动在辛亥革命的基础上，进行了一场天翻地覆的道德伦理革命。它否定了几千年来以孔孟道德观为主流的礼教伦理，开始真正确立“人”的价值标准。李大钊、鲁迅、胡适、陈独秀等一批现代思想家，致力于现代文化与现代人观念的建构。陈独秀指出：“无论人类进化至何程度，但有二人以上之交际，当然发生道德问题……革故更新之则可，根本取消之则不可也。”[①]他进而指出：“伦理的觉悟，为吾人最后觉悟之最后觉悟。”[②]李大钊以

---

① 陈独秀：《陈独秀文章选编》上卷，生活·读书·新知三联书店 1984 年版，第 190 页。

② 陈独秀：《陈独秀文章选编》上卷，生活·读书·新知三联书店 1984 年版，第 109 页。

"民主""自由"号召"民彝"，即冲破圣贤经训，以求独立解放。他在对孔子的评价中说："吾华之有孔子，吾华之幸，亦吾华之不幸也。自有孔子，而吾华之民族不啻为孔子而生，孔子非吾民族而生焉。……孔子生而吾华衰。"[①]鲁迅对中国传统文化的批判更为深刻，他的《狂人日记》《我之节烈观》《灯下漫笔》《二十四孝图》对"吃人"礼教进行了彻底颠覆。有学者这样评论："我觉得他这《日记》，把吃人的内容和仁义道德的表面看得清清楚楚。那些戴着礼教假面具吃人的滑头伎俩，都被他把黑幕揭破了。"[②] 胡适从改良主义和实用主义原则上对封建伦理进行批判，他认为"有许多守旧的人觉得这是很（狠）可痛惜的。其实这有什么可惜？衣服破了，该换新的……这个道理不适用了，该换一个"[③]。今天看来，"五四"对古代文化伦理与道德的批判矫枉过正。但就文化结构的某种超稳定性而言，这种批判可视作一种方法与策略的运用。鲁迅曾经清楚地指出："旧社会的根柢原是非常坚固的，新运动非有更大的力不能动摇它什么。并且旧社会还有它使新势力妥协的好办法，但它自己是决不妥协的。在中国也有过许多新的运动了，却每次都是新的敌不过旧的，那原因大抵是在新的一面没有坚决的广大的目的，要求很小，容易满足。"[④]"中国人的性情是总喜欢调和，折中的。譬如你说，这屋子太暗，须在这里开一个窗，大家一定不允许的。但如果你主张拆掉屋顶，他们就会来调和，愿意开窗了。没有更激烈的主张，他们总连平和的改革也不肯行。那时白话文之得以通行，就因为有废掉中国字而用罗马字母的议论的缘故。"[⑤] 从这个

---

① 李大钊：《李大钊文集》第一卷，人民出版社1999年版，第152页。

② 吴虞：《吴虞集》，四川人民出版社1985年版，第167页。

③ 胡适：《实验主义》，《新青年》1919年第6卷第4号。

④ 鲁迅：《二心集·对于左翼作家联盟的意见》，《鲁迅全集》第四卷，人民文学出版社1981年版，第235页。

⑤ 鲁迅：《三闲集·无声的中国》，《鲁迅全集》第四卷，人民文学出版社1981年版，第13—14页。

意义上来看，鲁迅等五四先哲的“彻底反传统”既是他们的文化选择，也是一种思考方法。“对中外文化遗产的‘批判地继承’，是人类社会每一时代的文化理想，也是20世纪中国文化转型的最终目的。但是，历史的进程中，目的的确定和目的的实现有时并不是一致的。‘批判地继承’的目的，往往不是用‘批判地继承’的方法所能实现的。”①可以肯定地说，五四新文化运动给中国文学带来了全新的变化与发展。

新移民女作家在20世纪90年代市场经济导向下商业风潮袭来的时候，已移居国外。她们经历了漂泊之痛、生存艰辛，其小说作品独具异域特质的审美意蕴与价值取向，并体现了文化的融合与会通。在这个意义上，有学者指出：“‘文化伦理’主要指的是今天的伦理形态。第二次世界大战之后，人类进入后现代时期。德里达的解构主义思想如一枚重磅炸弹，雄霸西方世界千余年的‘逻格斯中心主义’土崩瓦解。中心没了，终极的价值没了，任何稳定的关系结构也消失了。人处在一个由诸多如‘语言、神话、宗教、艺术、科学、历史’等要素编织的文化网络中，成为了卡西尔界定的‘文化人’。因此，‘文化伦理’用来描绘当下时代人与人之间的关系比较准确。内外和谐是文化伦理之核。每个个体都是‘不完整的主体’，都要依赖另外的个体来达成一个相对完整的关系。个人如此，每个民族、每个国家、每种文化都面临着这样一个关系结构。因此说，和谐、互补就是目前和未来一段时期人类的共有价值。”②因此，探究不同文化之间的关系，文化视域下人与人、人与社会、人与自然等宇宙间一切要素之间的关系，正是本书考察与分析的重点。

---

① 张福贵：《惯性的终结：鲁迅文化选择的历史价值》，吉林大学出版社1999年版，第217页。

② 修树新、刘建军：《文学伦理学批评的现状和走向》，《外国文学研究》2008年第4期。

二 “文化伦理”的内涵与界定

文化伦理是一个大而复杂的概念，它抽象却恰当地概括了全球化背景下人类生活的文化状态与价值期待。伦理，简单而言，它指人与人之间的关系，包括社会生活中不同所属、不同身份、不同种族、不同性别等人伦关系。随着现代社会的发展，伦理关系还包括人与集体、社会、国家、自然、世界等诸种关系。[①] 文化是一个“包括智识、信仰、艺术、道德、法律、风俗以及人类在社会所得的一切能力与习惯”的复杂总体[②]。把文化与伦理放在一起来理解，便涵盖了人类与社会中的所有关系。伦理与道德相关，它们各有所指又有很大交集。“道德是具有社会效用的行为应该如何的规范，是对于社会具有利害效用的行为应该如何的规范”[③]，然而，作为拥有情感，尤其是具有理性思考力的人，会质疑某些道德规范的合理性，所以导致伦理范畴中应然与实然冲撞的可能。考察“文化伦理”的相关界定，有学者认为：“所谓文化伦理，一是指文化与伦理之间的必然联系，二是指文化发展的价值追求。作为概念，‘文化伦理’是对现象世界的把握方式，表达伦理存在；作为逻辑，‘文化伦理’蕴含着‘文化’与‘伦理’二者之间的内在联系，显示伦理必然；作为价值，‘文化伦理’则向往超越，表达伦理自由。”[④] “‘文化伦理’范畴不仅陈述一种社会存在，而且它始终意味着一种姿态：对人的生存状态的反思与批判，对人类历史的检讨和对于未来的伦理期望。……此处的‘文化’是广义文化，包括物质文化、制度文化与精神文化形态；‘伦理’是广义‘伦理’，与‘道德’通义。因此，文化伦理研究，就是在较为广阔的视野，研

---

① 宋希仁：《伦理与道德的异同》，《河南师范大学学报》（哲学社会科学版）2007 年第 5 期。

② 陈序经：《中国文化的出路》，岳麓书社 2010 年版，第 12 页。

③ 王海明：《新伦理学原理》，商务印书馆 2017 年版，第 118 页。

④ 李萍、魏则胜：《文化伦理：存在与意义》，《中州学刊》2005 年第 6 期。

究文化与伦理的存在与发展两个维度的关系，它们的历史过程和未来前景，以及文化与伦理对于人类的义务或责任。”[①] 也有学者对这种界定进行商榷，认为这种论述“揭示了文化伦理的基本含义，是近年来文化伦理研究中相对成熟的表述，但还不足以表达文化伦理的本质。文化伦理要表达的不仅仅是文化构成中的伦理要素，也不只是伦理的文化表现，它是指以‘善’为核心分析文化中的价值追求及文化发展中应当遵循的伦理规范和对文化是否‘善’所做的评价”。“文化伦理的提出是‘新轴心时代’到来之际，人们对文化向着什么样的方向发展即文化的价值追求和什么样的文化才是符合主体生存、发展即对文化合伦理性反思的结果。这一术语代表了主体在文化发展中的觉醒，是主体（人）作为‘文化的动物’追求美好、向善文化生活的反映和对文化发展中出现的伦理问题的积极回应。”[②]这种阐释点明了伦理范畴的核心构成元素。王春林的《道德求索与伦理追问——许春樵长篇小说论》、丁帆和施龙的《人性与生态的悖论——从〈狼图腾〉看乡土小说转型中的文化伦理蜕变》，对文化伦理与人性关系作出了分析。前者指出：“市场伦理认可的，是利益的最大化，传统文化伦理强调的，是所谓的‘立功、立德、立言’，是血缘亲情的难能可贵。在这个意义上，则徐春樵《酒楼》所集中凝聚表现着的，就是传统文化伦理在市场伦理面前最终的土崩瓦解。”[③]后者结合韦伯的资本主义新教伦理指出了资本与市场铸就现代伦理文化的合理性：“《狼图腾》所张扬的‘狼性’不同于新文化运动时期对‘兽性’的提倡，就这一股文化思潮理念的本质而言，它是反文化、反文明和反人类的。”[④] 那么，当代文化

---

① 魏则胜、李萍：《文化伦理的逻辑》，《天津社会科学》2006 年第 2 期。

② 张永奇：《评价机制：文化伦理研究的重要维度》，《理论导刊》2015 年第 4 期。

③ 王春林：《道德求索与伦理追问——许春樵长篇小说论》，《中国现代文学研究丛刊》2015 年第 2 期。

④ 丁帆、施龙：《人性与生态的悖论——从〈狼图腾〉看乡土小说转型中的文化伦理蜕变》，《文艺研究》2008 年第 8 期。

伦理精神与五四新文化伦理精神的本质区别是值得进一步讨论的问题。周积泉的《伦理启蒙的壮举》指出："文化伦理道德改革与更新的'阵痛'，将波及每一个人，这应是'五四'启蒙精神的继续。……继承'五四'，才能达到'五四'的目的。"[①]在这些文章中，涉及文化立场与伦理精神的核心。越是深入内里，我们越发现文化伦理范畴的丰富与复杂。张艳梅、吴景明认为："文化伦理是一个比较大的概念，那么，当我们从思想史出发，进入文学史，来思考作为一个特殊的社会群体，作家的伦理观念和伦理想象与社会生活有着怎样切近的关联，可以说，我们面对的问题也许远比我们想象的还要复杂。一方面，社会生活与文学创作有着复杂的互动关系；另一方面，作家作为主体的人，其伦理信念和文化归属也未必是表里如一、自始如初的。"[②] 也就是说，以文化伦理切入的文学研究是集思想史、文化史与文学史为一体的综合性研究。傅守祥认为："审美文化的大众文化转向，标志着社会学维度的大众文化迅速融入美学维度的审美文化之中，形成了具有浓厚时代意味的大众文化审美化现象。'审美文化'概念的出现，体现了对孤立地研究纯审美活动或现象的不满，表现出当代审美研究的一种新诉求：立足于日常生活世界而对发生于每个人周围的各种泛审美活动加以观照，凸显具体审美活动的文化维度及其意义。"[③] 他在文章结尾处也极为警惕地指出："已成事实的大众文化也许并非毫无前途。总之，对于风风火火的大众文化，我们既应该怀有深深的同情，又不能对其放任自流。"[④] 如果说文化伦理所包含的思想与文化是横向的综合性概述，那么，这种具体以大众文化来分析文化伦理精神的情况，是个案的、历史性的。

---

① 周积泉：《伦理启蒙的壮举》，《理论学习月刊》1989 年第 5 期。

② 张艳梅、吴景明：《当代作家的文化伦理立场与社会和谐》，《电影文学》2008 年第 10 期。

③ 傅守祥：《大众文化的审美品格与文化伦理》，《文学评论》2009 年第 3 期。

④ 傅守祥：《大众文化的审美品格与文化伦理》，《文学评论》2009 年第 3 期。

文化伦理随时代变迁而包含不同含义，其中文化理念、伦理立场、审美趣味都在变化。尤其在当前全球化背景下，新移民文学处在跨文化的多重视域中，更具混杂性与多变性。然而正因此，新移民文学显示了它在文化伦理视域中独特的意义与价值。有学者指出："全球化以来，寻求跨文化的人类共同伦理已经成为伦理学发展的方向。学者们以各自不同的思想进路提出了自己的观点，其中理性主义的立场似乎得到越来越多的认同。最近，美国著名宗教哲学家史蒂文·卡兹（Steven T. Katz）教授的《多元文化背景下的人类伦理》一文，集中表达了这一立场。然而，理性主义者由于预设了理性的先验至上性，而拘守于既有的理性主体，导致其在寻求跨文化伦理时存在着无法克服的理论困境，最终无法真正为跨文化的伦理建构提供参考。为此，我们需要深入到更为本源的、前主体性的'存在－生活'视域中，基于共同生活的生活感悟，才能超越各自不同的文化传统，超越自身既有的主体性，通过新的主体性的确立，而使跨文化伦理建构成为可能。"[①] 如果说小说创作包蕴的人生经验与生活感悟成为我们思考跨文化伦理的突破口，那么它可以补充理论的欠缺与不足，以丰富的艺术形象与审美建构充实理论概念。综上所述，文化伦理是涵盖文化与思想、社会与道德、哲学与宗教、文学与艺术的多重命题，它从各个角度显示人在社会中的关系，集中关注人的生存状态与生命存在的方式。同时考察社会制度结构与历史文化的发展，探讨何种社会文化更能使"善"成为可能。在小说艺术中，我们着重以人性为中心对文化伦理展开讨论。因为文化伦理与社会历史的关系，它属于历史性命题，在不同时代有不同所指；又因为与道德伦理、宗教精神的关系，它具有内在稳定性，即对于"至善"伦理的坚持。

需要补充说明的是，以上对概念内涵的梳理与辨析，也是一种

---

① 郭萍：《理性的困惑：跨文化伦理何以可能——与史蒂文·卡兹教授商榷》，《学术界》2014 年第 8 期。

方法论启迪。作为一种方法，它使我们认清“那些被作为事实陈述的事情是如何成为事实的”“那些过去似乎是如此自然的历史和社会风俗，现在却被理解为不是自然的表达而是史的表达”[①]。“在我们过去的文学史中，那些我们经常使用，习焉不察的事实、概念、评价，是如何形成的，是通过什么样的办法‘构造’出来的？……在原先已有的叙述的结论上发现问题，或者说，把既有的叙述‘终点’作为出发的‘起点’。”[②]周保欣的《伦理视野中的中国当代文学》与张艳梅的《文化伦理视阈下的中国现当代小说研究》等相关著作，他们的研究与本课题视角相似，但研究对象不同、语境背景迥然。所以，本书与前述相关著作、论文相比较，在文化视野、伦理内涵、价值取向、审美趣味、思维方式等方面都有很大不同。本书重在强调新移民文学对中国现当代文学在纵横方向的延展，同时呈现新移民文学域外创作的异质性、混杂性、伦理文化互渗性等特征。

三　新移民文学所处文化伦理的现实语境

一般而言，新移民指的是20世纪80年代在中国大陆改革开放背景下出国的留学生、打工者、经商者、投资者等移民。所谓“新”，是相对于五六十年代出国的中国台湾留学生而言。新移民文学是指上述各类人等的文学创作。在文学史的长河中，新移民文学代表着当下文学的最新样态。“新移民文学是世界华文文学的新生长点，它为世界华文文学注入一股新鲜血液，并正逐步形成了一支新生的主力军。它所创造的欣欣向荣的文学新景观，必将成为世界

① 洪子诚：《问题与方法——中国当代文学史研究讲稿》，生活·读书·新知三联书店2015年版，第89页。

② 洪子诚：《问题与方法——中国当代文学史研究讲稿》，生活·读书·新知三联书店2015年版，第89页。

华文文学走进新世纪的新成就的新标记。”① 同时，新移民文学面临的是一种新的文化语境与伦理背景。

首先，全球化是当前文化语境的鲜明特征。全球化包括经济全球化、政治全球化、文化全球化。事实上，任何一种全球化的内涵都包括当前社会、政治、经济、文化、宗教、艺术等各种领域与人类之间的关系。德国著名社会哲学家哈贝马斯指出：“全球化的进程，不仅是经济全球化，是我们逐渐习惯于另一种观察问题的角度。从这个角度，我们越来越清楚地看到社会福利活动范围变得日益狭隘，看到人类共同承受的风险以及集体命运把人们紧紧地联系在一起。”②慕尼黑大学的贝克教授指出：“全球性指，我们早就生活在世界社会里，也就是说相互封闭的领土认识越来越模糊。任何国家，任何团体都不能相互隔绝。因此各种经济、文化和政治形式相互碰撞，这一切，也包括西方模式，必须重新自我辩护。”③记者张哲在调查中给我们提供了一组数据，他说：“全球化加速了人口的跨国流动。如今全世界每一百人中至少三人是移民。据英国《卫报》近日报道，英国民调机构与官方调查网（YouGov）调查显示，英国民众对于移民的态度明显缓和，反对跨国流动人数比重从原来的63%下滑到54%。大规模的人口流动究竟是福是祸？人口流动是否可以推动全球经济复苏？人口在流动的过程中会给社会带来活力，那么，社会是否准备好迎接这些人？”④ 就海外华人而言，“据

① 陈公仲：《论新世纪新移民小说的发展》，《小说评论》2010年第2期。同时他指出：世界华文文学与海外华文文学的概念有争议。一般而言，世界华文文学包括港澳台地区暨世界各个地区的华文文学，海外华文文学则指中国以外的海外华文创作。本书采用海外华文文学概念。但在这段引述文字以及后文相关引文中，两个概念相通。

② 转引自吴奕锜、陈涵平《寻找身份——全球视野中的新移民文学研究》，中国社会科学出版社2012年版，第7页。

③ ［德］乌尔里希·贝克：《什么是全球化》，常和芳译，华东师范大学出版社2008年版，第12页。

④ 张哲：《欧美学者探讨人口流动的极限影响——“人口流动”辞条续编与当代欧洲移民问题》，《西安日报》2013年6月28日。

统计，至2011年，美国华人430万，占美国人口12.8%，至2012年，加拿大华人120万，加拿大人口3600多万，华人占人口3.3%"[①]。另外，据研究，从14世纪开始，就有中国人移民东南亚马来半岛。19世纪末，随着英国资本家在新加坡等地开辟橡胶园，中国南下劳工徒然扩增。至1941年，新加坡、马来西亚两地的华人总数达到230万，约占当地全部人口（550万）的42%。[②]"据研究者统计，这一群体已经超过800万人，分布上集中于欧美发达国家和澳大利亚、日本、新加坡等国。"[③] 文学是源于现实并超越现实的，新移民文学逼真地描述着全球风云时代移民的生活与情感、体悟与思考。

其次，全球时代的文化伦理特征。20世纪中后期以来，受科学技术发展的影响，新功利主义伦理学、境遇伦理学、行为主义伦理学、新人本主义伦理学（心理学伦理）的发展比较突出。这意味着伦理学从传统规范伦理向科技伦理的转变。事实上，文化伦理史上每一次伦理的突破，都会受到科技革命的影响。比较大的影响，一是20世纪初，以居里夫人、爱因斯坦、狄多涅等引领的物理、化学、数学领域的突破，促成了元伦理的产生。元伦理，即以逻辑的、语言的分析方法阐释道德伦理文化。二是20世纪60年代以来的又一次转变，同样是科技革命，但引起的结果不同。60年代的科技革命是以医学、计算机、生物为主导的，它所引发的是人们对生命、性道德、爱的重新理解，以生物学的、计算机式的方法来理解身体、生命以及宗教问题。所以，艾滋病、堕胎、私生子、单亲家庭、安乐死等问题，导致人们对伦理道德的

---

① 黄唯：《移民之道——一位美籍华裔律师教你如何合法移民美利坚》，中国人民大学出版社2012年版，第16页。

② 王润华：《华文后殖民文学——本土多元文化思考》，文史哲出版社2010年版，第99页。

③ 丰云：《漫游在第三空间——新世纪以来新移民小说的主题嬗变》，中国社会科学出版社2020年版，第2页。

人文思考。[①] 弗莱彻尔提出境遇伦理学，代表了一种“新道德”。他的“境遇伦理”介于律法与反律法之间。他认为传统律法犹如“普罗科拉斯提斯之床”（普罗科拉斯提斯之床：普罗科拉斯提斯是古希腊神话中开黑店的强盗。据说他把人劫持后，使高者睡短床，使矮者睡长床。从而将高者截取，矮者拉长。相当于汉语中削足适履，强硬要求千篇一律的意思）。弗莱彻尔认为：“达到一定背景下的适当——不是‘善’或‘正当’，而是合适。”[②]所以要根据特定境遇来决定善恶的标准。斯金纳提倡行为主义伦理学，他认为传统的伦理观过分强调人的情感、人格等因素，他甚至提出尊严与自由只是人们的一种幻想与自我欺骗：“为自由和尊严的斗争一直以捍卫自主人为目的，其着眼点并非是修正人生存于其间的强化性相倚联系。我们完全能掌握一种行为技术，它能更成功地减少行为的不利后果……并能使人类取得自己能取得的最大成就。”[③] 诸如此类，当下伦理观正在朝着技术、行为的实用方向发展，这种思想也反映在教学领域。微课、慕课等网络课程的开设与这种文化背景及伦理思想皆有关。这些现象与观念同样构成新移民女作家笔下的文学素材与题材，在描述、纪实、虚构小说中也反映出他们对文化的判断与伦理认知。

再次，后现代社会中延续的现代性难题。以上命题突出地表现了后现代社会状况特征，但它和现代性的文化伦理命题密切相关。“主体性”“自由”“权力”等仍然是当下社会关心的问题。关于现代性，最有代表性的是吉登斯、哈贝马斯和福柯的相关阐释。吉登

① 万俊人：《现代西方伦理学史》，中国人民大学出版社 2011 年版，第 824—825 页。

② ［美］J. 弗莱彻尔：《境遇伦理学》，廖申白等译，中国社会科学出版社 1989 年版，第 17 页。

③ ［美］斯金纳：《超越自由与尊严》，陈维纲、王映桥等译，贵州人民出版社 2006 年版，第 101 页。

斯着重“从制度层面来理解现代性”[①]。他指出：“它具体表现为两个突出的结果：一是对于社会而言，它确立了跨越全球的社会联系方式的‘全球化’；二是对于个人而言，它确立了西方的个人主义的价值观念与行为方式，即以自我实现为核心的‘我该如何生活’的思考与追求。”[②]哈贝马斯认为现代性是“未完成的设计”[③]，“它旨在用新的模式和标准来取代中世纪已经分崩离析的模式和标准，来建构一种新的社会知识和时代，其中个人‘自由’构成现代性的时代特征，‘主体性’原则构成现代性的自我确证的原则。”[④]福柯认为现代性是“一种态度”：“所谓‘态度’，我指的是与当代现实相联系的模式；一种由特定人民所做的志愿的选择；最后，一种思想和感觉的方式，也是一种行为和举止的方式，在一个和相同的时刻，这种方式标志着一种归属的关系并把它表述为一种任务。无疑，它有点像希腊人所称的社会的精神气质（ethos）。”[⑤]“后现代”是现代的延续与构成。后现代文化以“消费”“解构”著称，预示着一种新型的社会生活、新的经济秩序、新的思想观念、新的思维方式的出现。加拿大哲学家泰勒曾经著述《现代性的隐忧》，他提出现代性包含“三个隐忧：一是源于西方‘个人主义’而来的意义的丧失、道德的沦丧；二是源于工具主义理性而导致的目的的迷失；三是在现代高度集权化、官僚化的政治世界里的自由的丧失”[⑥]。在后现代伦理思想中，如何重估现代性的命题，是当代学者所着重思考的，因为这一命题已经深深嵌入受过启蒙思想启迪的人

---

① ［美］安东尼·吉登斯：《现代性与自我认同》，赵旭东等译，生活·读书·新知三联书店1998年版，第1页。

② 陈嘉明：《现代性与后现代性十五讲》，北京大学出版社2006年版，第4页。

③ ［德］于尔根·哈贝马斯：《现代性的哲学话语》，曹卫东译，译林出版社2004年版，第1页。

④ 陈嘉明：《现代性与后现代性十五讲》，北京大学出版社2006年版，第4页。

⑤ ［法］福柯：《何为启蒙》，转引自汪晖等主编《文化与公共性》，生活·读书·新知三联书店1998年版，第430页。

⑥ 陈嘉明：《现代性与后现代性十五讲》，北京大学出版社2006年版，第343页。

们的思想结构中。甚至可以说，对前卫式的行为伦理学、境遇伦理学的理念，人们还未必接受。恰恰相反，现代、前现代的文化伦理命题才是他们所关注的对象。因为我们还没有现成的知识理论来解释当下人面临的现实状况。人文学科的研究和科学并不同向，甚至相反。“物理学与生物学均已经历了漫长的发展过程，但人类行为学的发展根本无法与它们的发展相提并论。古希腊的物理学和生物学现在仅剩下了历史意义（当今任何物理学家和生物学家都再不会求助于亚里士多德），然而，柏拉图的对话集迄今仍是学生的必读物……好像它们揭示了人类行为的底蕴奥赜。亚里士多德丝毫不懂现代物理学和生物学，但苏格拉底和他的朋友们却能不太困难地理解今天关于人的问题的大部分讨论。”①

最后，儒学在现代文化中的创造性转化。面对当下社会的现代性困境与道德伦理难题，许多学者提出理论建设主张。其中比较有代表性的观点是，以儒学的现代性转化应对全球危机。儒学在现代被称为新儒学。尽管学界对这一提法还没有达成普遍共识，但新儒学与孔孟、朱熹所定义的儒学显然不同。新儒学代表人物有熊十力、冯友兰、余英时、梁漱溟、牟宗三、杜维明、徐复观、汤一介等。他们结合西方文化哲学与伦理思想发掘儒家文化在现代文化中的价值。新儒家学者普遍认为，对于儒家之“三纲五常”，我们要否定的是“三纲”，而非“五常”。五常，即五伦，是应该保留的。而且在“五伦”之基础上，他们提倡“六伦”建构说。据考证，第六伦最早由清代张濂提出。②它所指向的是建构一种陌生人之间的关系。传统的“五伦”，即“父子、君臣、兄弟、朋友、夫妇”五种关系，它们都属于“私德”，缺少陌生人之间的公共道德内容。现代社会的发展，全球化的人伦关系，更多的是这种陌生人之间的

① ［美］斯金纳：《超越自由与尊严》，陈维纲、王映桥等译，贵州人民出版社2006年版，第3页。

② 郭齐勇：《中国思想的创造性转化》，上海教育出版社2018年版，第254页。

关系。韦政通指出："广义的伦理可以包含法律，法律却不能取代伦理，伦理除法律与守法的问题之外，还大有事在，人间的关系除权利义务关系之外，还有许多复杂的关系，其中有些关系不是靠法律能处理的。"①对于新移民女作家所处的域外文化语境，如何应对"第六伦"的人伦关系尤其重要。

四 新移民女作家创作的文化立场与伦理诉求

在新移民作家中，女性作家的创作尤为突出。有学者注意到："在海外华文文学界有一个特别引人注目的现象，那就是这一领域的女作家创作相当活跃，而且她们已于 1987 年成立了'海外华文女作家联谊会'（1993 年改为海外华文女作家协会），先后在美国、马来西亚、中国台湾举办了四届海外华文女作家会议，成果有目共睹。近十多年来海外华文女作家的作品在大陆陆续出版，很多女作家的作品已为人所熟知。"②近 40 年过去了，海外华文女作家（此处指新移民女作家）的创作与活动更为显著。③ 2006 年 7 月，在吉林省长春市吉林大学举办了"第十四届世界华文文学国际学术研讨会"，在此次大会上，设立了学术、女性文学、青年学术等六个委员会，女性创作的数量与质量都已得到普遍认可。2008 年 10 月，世界华文文学大会第十五届会议在广西南宁召开，此次大会总议题为："世界华文文学学术前沿"，其中分议题有"东南亚华文文学新进展""国际新移民文学的新思考""华文文学中的女性书写"等。新移民文学女性书写卓然凸显。2012 年 10 月第十七届世界华文文学国际学术研讨会在福建省福州市福建师范大学召开，会议分论题由"台湾文学论坛、女性文学论坛与青年学者论坛"三部分构

---

① 韦政通：《伦理关系的突破》，中国人民大学出版社 2005 年版，第 191 页。

② 饶芃子、陈丽江：《海外华文女作家及其文本的理论透视》，《文学评论》1997 年第 6 期。

③ 在以上引述的文字中，所述对象为"华文女作家"，包括新移民女作家在内。

成。2014 年 11 月“首届世界华文文学大会”在广州凤凰城召开，大会的“十个专题”包括“华文女性文学的世界图景”“新移民文学的格局与走向”等。2016 年 11 月“第二届世界华文文学大会”在北京举办，同样含有“女性写作”与“新媒体时代”等分议题。2014 年 11 月在江西南昌举行了新移民文学研讨会，严歌苓、虹影、张翎、陈瑞琳等知名海外女作家、国内外学者出席了这次会议，并就新移民文学与女性创作做了主题发言。

目前，在新移民女作家中，以创作实绩著称的已不胜枚举。如周励、严歌苓、张翎、施雨、融融、方丽娜、吕红、陈谦、陈霆、虔谦、二湘、凌岚、虹影、林湄、穆紫荆、刘瑛、海娆、黄雨欣、昔月、夏青青、宇秀、弥生、华纯、林祁等。从作家年龄结构来看，已呈现出老中青代际差异的特征；从创作风格来看，已显示了审美的传承与变异。第一代女作家大约出生于 20 世纪 50 年代末 60 年代初，和国内同期作家相比较，她们属于知青文学作家一类；第二代出生于 20 世纪 60 年代后半期，她们对历史的描述持客观与冷静的态度；更年轻一代接近国内 20 世纪 90 年代的新生代作家，她们的价值观与审美观比较前卫。当然，这都不是截然划定的，她们的创作中也有交叉现象。即使是同一个作家，她的创作风格与审美取向也在不断地改变，比如严歌苓、虹影、张翎等在近 30 年中三个阶段的创作风格各不相同。总体来看，无论是纵向发展还是横向比较，新移民女作家小说创作现象已经蔚为壮观。从上述国内外成规模的华文文学或新移民文学学术研讨大会中，可以看出批评界对华文文学、新移民文学及新移民女性文学的研究在同步进行，在创作与批评之间形成了一种“共生对话”“回应互动”“相互促进”的可喜现象。

新移民女作家在当代文坛的活跃与批评界对她们及其创作的热情关注，并非空穴来风。女性作家创作的普遍特征在于：在任何一种文化中附加了性别之维与情感因素。在异域语境中的新移民女性文学更加显示出她们的独特性。有学者指出："女性文学批评本身就是站在世界文学的基点上对女性文学进行跨民族、跨文化、跨学科研究的，它与生俱来拥有一种世界的、全球的和人类的眼光与视野。在全球化的境遇中，女性主义文学批评对文化的变革与重构，对促进异质文化间的交流、对话和互补、认同，对推动文化趋同化与本土化的互动都有特殊的、积极的作用。"① 新移民女作家成长于世纪之交，身处异质文化语境中，目睹全球时代风云中的文化危机，对国家、民族、家庭、性别、个体乃至宗教等多种文化之间的结构性差异有着最为直接的感知与思考。她们亲身体验着母国文化如何被"连根拔起"却又"藕断丝连"、异国文化又如何强行注入而后被理性接纳或者拒斥、不同种族的人与人如何共处、多种文化血液如何交融互渗、现实与历史如何纠结……面对不同伦理内涵的各种文化景观，她们在经历"连根拔起"的移植后，逐渐形成了"第三种文化伦理观"②。因此也导致了新移民文学学科身份的多重性。在中国文学史的血缘脉络中，它可以说是中国当代文学的一个支流，许多学者也把新移民文学看作"中国当代文学的一个组成部分"③。但是新移民女作家已经不再拥有中国国籍，严格来说她们已经不是中国作家。相对于所属国来说，她们属于亚裔少数民族作家。然而，同样可以说，她们不属于任何一个派别，她们是独特的一个文学群体。面对异域文化，她们经历了从文化的对抗到吸纳的过程；面对自身文化的血脉，她们承袭却不守旧；在多种文化交融中，她们的创作呈现出混杂而非单一、求新却非横移、包容却不妥协等鲜明特色。具体缕析，她们的创作在总体上呈现出以下鲜明特征。

① 谢景芝：《全球化语境下的女性主义文学批评》，河南人民出版社 2006 年版，第 4 页。

② 杨匡汉、庄伟杰：《海外华文文学知识谱系的诗学考辨》，中国社会科学出版社 2012 年版，第 148 页。

③ 洪治纲：《中国当代文学视域中的新移民文学》，《中国社会科学》2012 年第 11 期。

第一，“文化自信”与“祛怨和解”的伦理立场。与20世纪五六十年代白先勇、於梨华等一代留美学生相比，新移民女作家多数是自愿选择、主动迁徙的移民。她们背后是日渐繁荣昌盛的强大祖国，而且她们是掌握先进技术、能够跻身于异国白领阶层的高层次人才，她们拥有文化身份上的优越感。所以，她们笔端不再流露出“浓郁的乡愁”，而是表达出“落地生根”的愿望。从这个意义上说，新移民是为了实现马斯洛所说的自我实现、自我超越。她们面临的困境和焦虑多是关于精神归宿与彼岸关怀的，对以往移民小说中诸如身份认同、文化对抗等主题，就有所淡化。从性别立场而言，新移民女作家创作中很少有传统文学中“怨妇”“怨女”之类女性形象，更多是具有豁达宽厚品行、秉持多元文化理念、拥有独立意识与承担精神的现代女性形象。

第二，“多重边缘”的身份处境与“女性独立”的新伦理问题。与20世纪五四时期新文化的先驱者相比较，新移民女作家是浸淫于异质文化中的移民，而不是携带异国文化“火种”回国改造国民性的精英。她们不再像大部分五四时期先驱者以启蒙眼光俯视众生、改造庸众，而更多地与“小人物”惺惺相惜。作为女性，在强大的男权社会中，她们依然处于种族、性别、社会、家庭等多重文化的边缘境地。在当代伦理文化语境中，新的伦理困境和矛盾也层出不穷。比如，女性在获得经济独立甚至精神独立之后，依然摆脱不掉诸如家庭与事业、生育与性爱、责任与自我等悖论性难题的纠结。甚至越是独立自主，家庭问题可能越成为首要问题。如何对待生育与家庭、孩子与事业等问题，构成了当前新移民女性面临的新伦理困境。

第三，极致环境中的人性普遍性与人类性立场。“人性”是用来阐释新移民女作家作品的关键词之一。在对历史、社会以及政治等宏大题材的叙事中，新移民女作家往往采取淡化历史与政治的思维理念，即使是对大历史的叙事，也只是将之作为背景。

她们擅长通过对情爱伦理的叙述，进而挖掘人性在极端境况下的善恶表现。异域文化中的人性呈现，成为她们创作的最佳素材。由于劣势处境将女性天性中的敏感放大了，她们对“非常态”环境中人与人之间关系的把握就能更加深入。她们以双重文化的视域、双重时空的经验对多种族的异域日常生活进行叙述，探索人类命运中人性的普遍性，以及人与人、人与社会、人与文化、人与自我、人与自然等复杂的伦理关系。她们的创作因此具有了人类性向度与世界文学的意义。

第四，身体诗学与命运悲剧的不自觉呈现。女性作家并非总想拿身体来说事，但身体的确是造成女性被伤害被侮辱的源泉。身体叙述本身也并不重要，重要的是，正是“身体”使女性介入战争、历史、社会与政治等大场域中。因此，身体也就成为女性作家叙事的重心，同时构成了反抗男权的策略。无论将之归因于宿命论还是文化论，抑或独特的生命体验，女性作家的身体书写都因此而具有了别样悲剧意蕴的美学向度。

第五，文化杂糅、差异与“雌性”的包容。新移民女作家创作中包含中国传统文化中的儒释道思想，也具有来自五四新文化思潮中的现代意识，更体现出当下在异域文化语境中面对不同种族人群时塑造的“混杂人”形象。在总体上她们的创作呈现出“杂糅”的文化特征。但无论是哪一种文化素质，她们皆以女性立场、女性视角以及女性的生命体验进行书写，从而呈现出鲜明的“雌性”特色。

以上几点是新移民女作家创作中重要的却非全部的审美特质。这使她们在当代世界文坛获得了名副其实的赞誉。不过，本书的结构安排并非按照这几个特征进行分类，而是从不同题材与主题切入。在方法上，本书以文本细读的方式深入文本内部，以伦理学与文学结合的跨学科交叉视角，从而对文化伦理的肌理加以透析，并发掘新移民女作家创作对中国乃至世界当代文坛的意义。拙著的章节设置大致如下：第一章着重突出存在主义伦理视域下新移民女作家的漂泊经历。在漂泊生命中，她们体味“失根”悲剧感，体验“此在”与超验的感知，触摸形而上的彼岸关怀。在纯粹个体生命感知中，承受现世的负担，探索自为、自由、死亡、性别之间的哲学命题。第二章从情爱伦理关系入手，细致地分析新移民女作家作品中对两性关系的微妙刻画，继而探讨她们的观察视角、价值取向与思维方式。在纵向历史与横向国别的不同维度上，力争发掘她们在思想与传统伦理观上的差异性，以建构更人性化的文化伦理观。第三章从家族伦理分析新移民女作家小说中所描述的现代家庭关系，并与男权历史家族伦理形式相比较，进而探讨男权传统家族结构解体的必然性，以及建构女性家族历史对现代女性生命的重要意义。第四章论述革命战争叙事与革命伦理的关系，着重分析新移民女作家创作中的抗战叙事、革命叙事等方面的书写特色。其中着重提炼她们关于革命伦理的文学表述，分析历史纵深处渗入的现代知识分子的价值期许、文化立场、伦理诉求，以及她们表达家国与个人、人性与心理、现实与想象之间的关系与张力。第五章重在突出新移民女作家小说中对技术伦理的描述，探讨技术理性导致的人性异化、生态恶化等现实问题。结合性别差异理论，论述女性与自然之间的伦理关系，从而彰显新移民女作家对现代文明发展的深入思考与对现实关切的人道情怀。第六章通过对新移民女作家小说中教育伦理观的分析，探讨中西教育伦理的差异，揭示现代教育中普遍存在的实用主义弊端，从而显示新移民女作家以独特的审美方式发出当代“救救孩子”的呼声。第七章阐释新移民女作家在伦理叙事中所运用的宗教元素，诸如东方道教故事中的鬼怪神仙、西方宗教中的教父与教堂意象，以及印度佛教中的受难、祷告等情节，由此发现这些宗教元素的运用是小说伦理叙事的一种策略与方法。它们只起到结构故事的作用，以一种超现实主义的叙事剖析深层人性。总体而言，拙著侧重对东西文化伦理异同进行比较，进而发现新移民女作家审美构思中思维方式的转变以及对伦理思想的突破性所在，期待更符合人性的文化伦理观念的生成。

第一章

彼岸意识与存在伦理

离散、飞散、流散（diaspora）是常用来指称移民迁徙的理论术语。它来自古希腊语 diasperien，dia 指“跨越”，sperien 指“散播”。原意指植物花粉扩散与繁衍。在《旧约》中用来记述犹太人散居世界各地无以为家的流亡情景。现在作为一种文化/文学术语，特别用来指移民离开故/家园的生活状态。这同样可以用来形容当前新移民女作家散居于世界各地的情形，不过特定所指当然不同。如果“离散”（飞散、流散、流浪、放逐等类似词语）的原初含义，含有政治或生存意义上的“被迫”因素，当下新移民女作家则不然。她们是在 20 世纪 80 年代中国改革开放背景下，随着新时代的出国潮移民的作家群。她们中间有专业作家，也有业余作家。经过 40 年来的发展变化，她们中的大多数人在国外愈来愈拥有了优越的社会地位，已经跻身于西方国家的白领阶层中。她们将几十年来的人生经历与生命体验化为笔下的文字。她们的写作，不为生计与财富、不为名利与仕途。严歌苓说，自己的写作是出于“一种生理需求”①；张翎认为，写作是“飞翔的翅膀”“可以进入一种相对自由的境界”②；吕红认为，写作是“生命价值的寻找与超越”③。

① 江少川：《海山苍苍：海外华裔作家访谈录》，九州出版社 2014 年版，第 18 页。
② 江少川：《海山苍苍：海外华裔作家访谈录》，九州出版社 2014 年版，第 35 页。
③ 江少川：《海山苍苍：海外华裔作家访谈录》，九州出版社 2014 年版，第 191 页。

各家表述各异，其共性在于，她们的写作是非功利的，是来自孤独个体内在世界的灵魂诉求，是存在论意义上形而上的精神追寻。按照海德格尔的理解是，人“被抛入”“此在”后对彼岸世界的生命追问：“我是谁？我从哪里来？我到哪里去？”对于几千年来人类共通性的形而上困境，新移民女作家从自身的个体生命体验出发，特别是凭借女性所特有的生命感觉，体验“异域”的身份焦虑，体悟焦虑中的生死惶惑，进而反思人类在虚无与荒诞中的生命意义。她们深切思考“流散者”的文化意蕴与精神涵摄，切实感知漂泊不仅是自我实现，无疑也是“自我”放逐，是对罪性自我的形而上审视。特别是对临在之爱的信靠与阐发，让生命本源重新恢复终极的意义联系。正因为涵摄上述精神元素，新移民女作家的小说具有了存在主义伦理的价值立场与审美取向，以存在主义的生命意识丰富了“流散”的内涵。

第一节　漂泊经历与孤独体验

一　存在主义伦理的文化要义

如果我们回溯存在主义伦理哲学巨擘的生命体验和文化书写，不难领略其博大深邃的心灵内蕴与伦理深旨，它是对人类心灵依归的探求，更是对现代人失去家园、处于永恒漂泊与离散状态中焦虑处境的深层关切。存在主义哲学伦理堪称 20 世纪文化强音，彰显出超越民族和时代的精神力量。克尔凯戈尔、海德格尔、雅斯贝尔斯、萨特、加缪、布伯、马塞尔等，这些耳熟能详的名字，构筑起存在主义伦理思想的价值坐标。克尔凯戈尔无疑是鼻祖级人物，被称为“主体性的思想家”。他反对黑格尔采用“绝对精神”对世界和道德的认知，尤为重视孤独个体的生命感受和生命体验。所谓“孤独个体”是具有自我关切和自由体验的主体性个人，是能够自我选择的主体性存在，这是其全部哲学和伦理学的基石所在。他认为芸芸众生都有怯懦的从众心理，对个体责任缺乏足够的尊重，而他自己则是这个世界的“陌生者和局外人”。这样的存在个体承受着形而上的无根体验，感受着生命的孤独，体验着生存与死亡带来的忧郁和绝望。唯有独自承担生死两元的本体结构，才可能真正选择并决定自己的行动，从而赋予自我及人类历史以独特意义。克尔凯戈尔肯定孤独个体的自由和创造，因为生命的有死性决定了存在的局限性。既然绝望和死亡是人类无法摆脱的宿命，那么人只能面对这种命运，选择成为真正的自己。如果说笛卡尔提出“我思故我在”是一种认知主体，那么克尔凯戈尔则是伦理学意义的存在主体。其生发的伦理关切显示为充分的主体内在性。在这位大师笔下，主体人生的孤独包含恐惧、烦恼、忧郁、绝望等因素。所谓恐惧并不是对具体某事某物的害怕，而是对人生终将陷落的无根惶惑。死亡的确定性和死期的不确定性让孤独个体处于一种无名而持久的恐惧之中，无时不在，弥漫一生。因为时时处于战栗与恐惧中，自我被巨大虚无所侵蚀，人面临深渊般的心灵痛苦感受。因此绝望是一种精神上最深刻的表现形式，是“成为你自己”的孤独承担。绝望不是一种消极和否定的情绪，而是平静和超越的前提基础。如果没有对生之绝望，就永远不可能获得自由真谛，也不可能实现对人生的跨越，这就是克尔凯戈尔存在主义伦理学的基本义理。

海德格尔的存在主义被称为“原始伦理学”，语言艰涩，奥义深刻。海德格尔认为“本真此在”的特征是“烦”。与本真存在相对的是“常人”的存在。“常人”活在无明之中，被日常的欲望所纠缠，被世俗性的渴望所异化。“常人”卸脱了自身责任，保持了某种“杂然共在”的特质，实际上这种“共在”状态就是个体的“沦陷”。海德格尔向人们揭示了此在沉沦的种种形态，实际上让人们真正思考本体论场域的人生态度和道德责任。他的哲学伦理学把“真理”“自由”与“存在孤独”紧密地联系在一起。海德格尔认为本真人生是“去蔽”“解蔽”的过程。所谓“把握此在的原始存在的整体性”也就是要从整体场域“现身情态”开始。而整体场域则是将人的存在纳入生死规定之中，也就是说唯有将生命纳入时间性和局限性的整体认知中，才可能真正做到“现身情态”的涌现。“现身情态”的特征就是“畏”，某种意义上和上文提及的克尔凯戈尔式“恐惧”具有内在契合性。所谓“畏”，即最本真情态的现身，是从“常人式”的日常性沉沦中挣脱出来，直面存在的孤独和有死性本质。“畏”是脱出沉沦之境而返回本真状态的方式之一，唯有在“畏”中存在主体才可能真正筹划自身，领悟自身，正视自己的独特性存在。而且“畏”促使主体对死亡的深刻体悟，死亡在本体论上是自我属性和绝对规定。死亡不是一个事件，而是生存论上加以领会的对象，所以死亡就成为一种“悬临”。所谓“向死而生”，是从对死亡的领悟中超越对死的恐惧，开拓生命希望之路，从而拥有本真自由。所以海德格尔本体论思想强调生存主体的罪性体验，也即彻头彻尾的孤独感受。越是能感受到“原始罪感”，即在生存论意义上的敞开，向最本己的罪责存在的自身筹划，越是能获得自由，从而具有了最高选择和决定自己的可能，这就是海德格尔伦理学意义。由此可见，不论是克尔凯戈尔还是海德格尔，都强调通过体验罪性和深渊感觉进而体会“自由的晕眩”，在“畏惧”与“决断”中呈现一种主体“漂泊”的价值倾向。

二 家园想象与“无根”意识

从存在主义伦理视域下考察新移民女作家小说，会发现其对孤独况味的展示淋漓尽致。严歌苓用“连根拔起”来形容这种感觉。严歌苓是新移民女作家中的翘楚，她于20世纪90年代初移民美国，在国内时，她就已初露锋芒。《雌性的草地》《一个女兵的悄悄话》《绿血》都是她在移民前已出版的小说，当时已颇具影响力。移民后，她对异域生活的写照，对漂泊生命经历的描绘，显露了她杰出的创作才能与深层的艺术感悟力。《方月饼》《无出路咖啡馆》《失眠人的艳遇》《海那边》《阁楼上》都凸显了异域生活的精神困囿与关于“根”的思考。

《方月饼》，讲述旅居异国的“我”为了一次中秋聚会，买了一块价值不菲的“方月饼”，试图以传统节日的欢庆气氛来慰藉身居异乡的漂泊之苦。但是，当主人公热切地期待这次聚会时，却接到了一个个取消聚会的电话。她只能和同屋的玛雅来庆祝这个象征亲情的节日。她给玛雅讲述了富有浪漫色彩的“月亮”的故事，其中谈到了嫦娥和吴刚还有小白兔。但是，家园遥远和精神隔膜是难以消除的。玛雅并不关心她讲述的故事，而是很现实地提出买花的价钱将由两个人来承担。现实功利的考虑代替了情感慰藉。小说内在的张力来源于不同文化的碰撞和交融，“我”的家国怀想与外在的漂浮感，注定充满了悖论。“我”独自看着月亮，多少颂月诗篇中关于月亮的比喻，在这里却成了“阿司匹林大药片”。小说取名“方月饼”，颇具嘲讽。圆月饼意味着团圆、圆满。然而，“方月饼”不仅体现了形状的改变，还改变了中秋节月饼的内涵。方形给人的直感是凸出的棱角，横亘着的、扎人的、刺痛的。变了形的月饼，是对原乡记忆的不确定。这种乡愁，也便成为王德威所言的“想象的乡愁”（imagined nostalgia）[①]。王德威用该短语来阐释沈从文的作品，这里用来分析海外移民作家严歌苓的小说，是更为贴切的。变换了国籍的移民，作为异国边缘族群，她把自我生命感受与回忆的虚构结合，愁绪中凝结的是对民族文化的沉思。《海那边》中王老板、泡、李迈克都是中国人。老板王先生利用泡为自己打工，在精神上扼杀泡，体力上完全占有泡。泡看起来很傻很痴呆的样子，机械般地劳作，但性的欲望犹在。李迈克给予泡一张美女的相片，实际上给予他希望和等待。对女人的憧憬使泡变得快乐起

---

① ［美］王德威：《茅盾，老舍，沈从文：写实主义与现代中国小说》，麦田出版社 2009 年版，第 341 页。

来。小说以“海那边”为题，寄托的是家国想象与文化忧思。《栗色头发》中“我”结识了同为异乡客的李昂及他的朋友，尽管有了语言文化的亲和感，但是内心隔膜同样无法根除。《无出路咖啡馆》中，“我”受到一个陌生电话的骚扰，几次三番地换电话，却总也摆脱不掉她的纠缠。其中写道：“床的一步开外是窗子，打开来，捂在我脸上浓稠的冷中有异国的陌生。还有一种我从未体验过的敏感。”[①] 这篇小说描写了失眠症患者的心理行为与孤寂的内心世界。当清醒的眼睛面对长夜漫漫时，内心里无法消除的是置身异国的陌生感。当晚上人们沉浸在“睡眠”的安全岛上时，“我”放弃了哄自己入睡的温柔之语，开始了凭窗远眺，在黑暗的世界中寻找精神的慰藉。远处楼房的一间房屋竟然也亮着灯光，这家的主人也应该是像“我”这样的失眠症患者。在浸满了丝丝寒意的夜色中，“我”有了寻找到天涯知音的感觉。“我”坚信“一个物体一个感觉的存在不会绝对孤立，一个长明着的窗户对称另一个长明的窗，一个无眠的夜对称另一个无眠的夜”[②]。正当“我”决心去寻找自己的“同道者”的时候，那个屋子的主人竟从高楼跳下去自杀。这样的结果给“我”沉重的打击，一度渴望的心也只能“装殓进丝质睡裙”。心灵的“慰藉者”陨落了，生命终将陷入彻底的孤独之中。作品采用意识流的手法，对孤独本质予以形而上意义的思考，生命个体无法获得身心的自洽，面临着无法穿透的冰冷之“墙”。孤独感与生存荒诞感相联系，构成了严歌苓独特的文学世界。她将生命本质放回到虚空原点上，去体悟不同文化语境下漂泊不定的终极意义。萨义德认为：“‘流亡’是真正知识分子的思想生涯的一种必要而且必然的状态，知识分子即使一辈子生活在自己出生的社

---

① ［美］严歌苓：《少女小渔》，陕西师范大学出版总社有限公司2012年版，第253页。

② ［美］严歌苓：《严歌苓文集》第五卷，当代世界出版社2003年版，第259页。

群当中也完全可以是一个精神上的流亡者。”① 所以，“漂泊”不仅仅是对故国文化习俗情感认同与现实隔膜所滋生的感触，这种漂泊感的描写体现了严歌苓对生命本质的思考，内含对人类性的哲学反思，具有探求生存真相的价值。

严歌苓笔下的“漂泊”是人之“自为”存在的独特方式，隐含着对人类生存实质的本体论思考。“漂泊”背后展现的是极为难得的悲剧意识。这种悲剧意识是经由域外经验而激活，但并不是域外人类所独有。“生年不满百，常患千岁忧”“人生天地间，忽如远行客”，思接千载的生命意识源于对生存“无根”的领悟。生存与死亡、理想与现实的矛盾与苦恼困扰着人类的内心世界，体现了对生命短暂性和局限性的焦虑、惶惑与恐惧。悲剧意识的要义在于对生存意义和生存价值的思考，体悟到人类存在的孤独本质和无根状态。亚里士多德认为悲剧是通过人在行动中的过失和弱点，以引起观众的恐惧和怜悯。黑格尔认为悲剧是正义战胜片面的胜利。德国唯意志论哲学家叔本华、尼采认为悲剧的根源在于人的生命意志。这些理论阐释，从不同方面揭示了悲剧的形式、原因和可能的效果，显然都具有合理性。但是，对悲剧意识的阐释显然还有待进一步拓展。西班牙哲学家乌纳穆诺和俄罗斯哲学家别尔嘉耶夫、舍斯托夫皆认为：痛苦是意识的直接来源。悲剧意识是体会到人类生存终极无根的高峰体验，是卓异心灵凭借着秉性的颖慧，充分地体验到形而上“无家可归”的存在本质。在西方文学中，荷马、但丁、莎士比亚、托尔斯泰、陀思妥耶夫斯基等文学巨擘，皆是这样矛盾而深刻的伟大作家。在中国文学中，最有代表性的则首推曹雪芹的《红楼梦》，其所呈现的灵魂深处的冲突，直至今天仍使人感到震撼。像宝玉、黛玉这两个艺术形象，曹雪芹对其内心世界进行无比深入的挖掘，对人的精神痛苦和道德潜在因素的探索，彰显了

① 张跣：《“流亡”及其二律背反——试论萨义德关于流亡知识分子的理论》，《外国文学》2007年第5期。

中国文学艺术的高度和深度。鲁迅的《野草》、张爱玲的《倾城之恋》，同样是具有悲剧意识的伟大作品。悲剧意识犹如海德格尔所言的此在“被抛”，涉及存在本身的“罪感”担荷。肉身沉重、世界虚无、生命偶然、人生残缺，这就是悲剧意识所揭示的“可怕”真理。这种难得的极限意识赋予作家对社会历史和物质存在以敏锐的穿透力和洞察力，以彼岸意识烛照无常的人生。文学中凝结着悲剧意识，犹如尼采所言“带血”的文字，皆是苦闷灵魂的产物，是本质力量和内在视觉的深沉咏叹，从而构成了艺术审美的最高境界。新移民女作家以其漂泊的生命体验感悟形而上的存在意义与悲剧意味，给我们提供了存在主义视域内的文学范本，接通了世界文学中人类精神困境的共通性。

三 精神信靠与自我拯救

“漂泊与孤独”是新移民女性创作中凸显的主题之一。从大量文本来看，“孤独”大致包括三个层面：远离故国的现实生活孤独、性别焦虑的情感孤独以及哲学层面上的精神“孤独”。以新移民女作家施玮的创作为例，三重“孤独”在其作品中渐次递进，最终指向存在之思与精神信仰。由于西方文化中浓重的宗教色彩，宗教成为新移民女作家心灵救赎的路径与进行文化比较的入口。施玮是新移民女作家中的后起之秀，她于 1996 年移居美国，1999 年获文学博士学位。2008 年，曾发起“灵性文学学术研讨会”。次年研讨会论文集《灵魂拯救与灵性文学》出版。其中，“灵性文学”的文学主张得到了国内外专门研究中国基督教文学的著名学者关注。她不仅创作了长篇小说《柔情无限》《放逐》等力作，还发表了大量的诗歌。她的小说倡导灵性写作，诗歌更是以宗教的意象与充满张力的内在韵律，构筑起耐人寻味的诗意世界。特别是其对上帝之爱的书写，具有先验特征和存在意义的价值维度。小说《躲藏》，描述了主人公“我”处在绝望深渊之中，对于超验之爱的盼望。“我”

一直在黑暗中寻找更黑暗的角落躲藏，也不放弃寻找“光的”洞口。在这种身无着落的情绪中，“我”意识到所有事物都具有局限性，对意义的寻找似乎也已经终结，对生存无意义的焦虑与日俱增。在没有信靠的日子里，“我”如牧羊人般把我的泪水和寻觅归拢在一起，直到有一天：

> 突然。一种生命的音响从背后爆裂开来，是那样的响彻云霄，是那样的光耀着激情，它替代着我的歌唱，连温柔也明亮地熠熠生辉。我看着父亲和他的藤椅分崩离析，一起消散在光和音乐里，杳无痕迹。而“我”好像也归为了无有。只有一个躲在“他”血里的血液，被他孕育着。那陌生又熟悉的伤口，是新生命的子宫。一场又一场的阵痛，“他”的血肉不断地挤压着我，直到把我生出。我被倒提着拍打，以至发出极宏亮的呼喊。真正的父亲站在我面前，他的生命如轻风般在我的呼吸道安稳地徘徊着。而他的注视，情意绵绵地布满了我周身繁细的大小血管，持续着永不止息的低语。①

“我”由绝望的体验上升到信仰，赋予了承担生命意义与罪过的力量。所谓“真正父亲”的出现，实际上表达了神圣的上帝与个体心灵的相契合。唯有把这种联系紧紧握住，存在依据才更踏实。施玮不但在小说中倡导超验之爱，而且在诗歌中对临在闪光的描写更加突出。《初熟之祭》中这样写道：

> 我没有所罗门的智慧
> 你却将我栽在雅歌中
> 仿佛一颗秋麦，被不经意地抛下

---

① ［美］施玮：《新城路100号》小说卷第一辑，中国广播电视出版社2008年版，第30页。

百合花的香气，令我惊慌羞愧
你用一瞥回眸安顿我
歌声纷繁的羽翼，撩扰着这一刻的存在[①]

“临在”标志着上帝的超然性，他的荣耀普照大地。正如创造一直在上演，人类对于罪性的救赎也一直在上演。假如没有对临在之爱的敬畏，那么如何平息“我”不安的精神？“临在”体验被施玮定义为绝对的依赖感和个人蒙恩意识。如果没有这种蒙恩和敬畏，精神的神秘感知也即随之消失，心灵就会陷入死一般的空虚中。蒙恩同时也要赞美，去分享更多欢乐并参与永恒启示。《垂钓一首歌中之歌》中，诗人如此咏叹：

不敢动作，生怕碰破一场风暴
岁月中积淀的渴望，沉重喘息，擂响紧绷的肌肤
回音，重重迭迭——你能离开吗？求你离开我
放弃面对，放弃审判，让我远离真实
让爱情息了劳苦，无疾而终
这一刻的诉求仿佛是杯葡萄酒。殷红。迷醉
将明天隔在遥远，不敢预支一份平静的死亡
你似乎在犹豫，目光忧郁地黯下来
四周的森林，在一秒中长成。浓黑。幽阴——远古的时光弥漫着致命的香气
为何不肯离去。你的存在让时空稀淡苍白
一片片谢落的玉兰花瓣，从树顶，缓缓坠下
光耀的面容穿越一切死亡的事物，凝望我——垂钓一首歌中的雅歌[②]

---

① ［美］施玮：《琴与炉》诗歌卷第一辑，中国广播电视出版社2008年版，第2页。
② ［美］施玮：《琴与炉》诗歌卷第一辑，中国广播电视出版社2008年版，第4—5页。

诗人见证了人类的悲剧命运，见证了存在的绝望与终极虚无。在黑暗的感受中，生命堕入了绝望深渊。一旦没有选择性，就将经受毫无意义的心智奴役。整个世界的黑暗是因为人性的沉沦。人类一旦偏离价值本源之道，一旦脱离信靠之爱的庇护，必然造成罪与欠。所以在本体论上，要想重获新生唯有期待天福“雅歌”，乃能实现人类的神性本质。当然，在追求天福的信念中，诗人也在不断地感受时代贫困以及人类游离临在之爱太远的事实，不管内心如何惶惑，都要在上帝的信靠中实现生存价值：

> 谁能知道我呢？谁愿意将我牵挂？造物主是否会以预言的方式
>
> 向人类弯下腰来？是否会以预言，伸出父亲般的手，抚摸冰凉的头顶？风，无声地吹动着树梢
>
> 我的眼睛和天外的眼睛彼此倾听，深深地，沉入馨香的寂静
>
> 先知们的预言像大大小小的鱼，在头上游来游去，吐着闪光的泡
>
> 我们却因爱而成为彼此的预言①

施玮如此执着于精神信仰，在超感性世界中索求现实意义，从而达到了对绝对价值的追问。另一位新移民女作家鹤子则以寓言的方式讲述了在“不可决定”的环境中，如何去承担责任的存在伦理问题。她的小说《大风起兮》用隐喻和拟人化手法讲述了一头黑豹“大风”（拟人化了的动物）和一位瘫痪“少年”对“自为存在”的执着追求。“大风”（黑豹）生活在“囚笼”里。他清晰地记得隔壁也曾住过一头绚丽的同伴，记得年轻时他们曾经比赛各自的啸

① ［美］施玮：《琴与炉》诗歌卷第一辑，中国广播电视出版社2008年版，第7页。

音。当争鸣的呼啸在这个院子上空轰然滚过，连那些无聊的鸟儿都停止了喧哗声。后来隔壁的邻居死了，“大风”可能是这里活得时日最长的。他现在二十岁。小说写道：

> 每次，大风看到一大片金色在树梢间一点点熔化的时候，他都有一种异样的感觉，似乎有一股力量从地下传来，推他必得不停地乱走。在狭小空间的这边走到那边，用他的三条腿，急速而不安地奔走、奔走、奔走，喉咙里抑着低低的轰鸣。直到黑暗跳上来，笼住一切。在望见一轮金灿灿的光明滚过夜空时，大风才能停止奔走，抑在喉咙里的那声低啸才会豁然迸出，直逼那环明亮。随后，万籁俱寂，再无声响。那是夜晚的开始。[①]

“大风”有一天看到一只黑猫在草丛中跑过，“他”明白了自己不应该生活在这个笼子里。“他”渴望奔跑，像那只骄傲的黑猫，展现自己矫健的步态。有一位残疾少年参观了动物园后，不再喜欢那些安详的大象、憨态十足的狗熊、精巧的猴子。他看到这头美丽的黑豹在夕阳的笼子里走来走去。尽管“他”只有三条腿，但走得急速平稳且不乏和谐。少年从“他”那矫健的体态以及美丽如缎的黑衣身上，感受到了宛若游鱼的“自为本质”。黑豹为了逃离“囚笼”，废了一颗珍贵的牙。但“他”也终于在地上找到最薄弱的土层了。“大风”知道如果自己有两只完整刚健的前爪，“他”就不会这么悄然地伏在这个只能走十一步的铁格子里了。但是“他”继续倔强地向下刨动。在另一个地方，一个少年也为了“逃离”轮椅在不断地努力。他每次伸出腿迈向下一个台阶时，都会遇到很大的困难。他看见了猫，在广大的野外自由自在地游荡。他甚至还回忆

---

① ［美］施玮：《新城路 100 号》小说卷第一辑，中国广播电视出版社 2008 年版，第 134 页。

到一对恋人，隐约地呼吸到一股莫名的幸福气息。经历了无数个失败的月夜之后，他终于发现：承认自己残疾比想象自己健康更具有挑战性。他无法接受这一切，泪水涌了出来。他也在寻思自己究竟渴求什么？少年打开窗，撑开父亲为他预备的巨大红色伞包，带他飘向星空。他看见自己落在了铁丝网的旁边，冲他的老朋友“大风”招呼道：“起来，我们走。”“大风”“豁”地站了起来，毫不费力地穿过那道细细密密的铁丝网，迈着矫健的步子走出来。月亮在天上圆圆满满地挂着，“大风”冲着灿烂的月光长啸一声，催下无数的白色花瓣，在长长的街道上扑簌簌地铺洒，落到少年身上，也落到“大风”身上。他们两个就踩着一路馨香飘然而去。黑豹“大风”与残疾少年面对的共同困境是“因果性”或者说是“被约束”的，他们只能被迫接受眼前被“束缚”的命运。但是他们都有一种要改变自我境况，拥有“自为存在”的意识。如果没有“自为”与“自由”，出国就什么都不是。唯有靠我们自己的态度和价值来构塑自己的性格，方能承担起生命的价值和责任。无论“大风”还是“少年”，他们共同的精神特征就是反对“被束缚”，通过“行动”追求灵魂的自由。

区曼玲的小说《上岸之后》，思考虚无处境下自由选择的可能性。她塑造的主人公好比萨特笔下对宇宙世界感到“恶心”的那一类人物形象。万物随意漂流，周遭充斥荒诞，但人在荒诞环境中具有某种必然的位置和生存目的。人类虽然如萨特所言拥有一种无用的激情，但将自己转换为自为存在的渴望却永远深藏在心底。《上岸之后》开头这样写道：

> 浪潮拍打着海岸，迎面而来的，是熟悉的海风。这湛蓝宽广的大海、咸腥的气味，早已是我身体的一部分。蓝天的无际呼应着波动的潮水，在声声向我招唤。我纵身跳下海里，意欲回归家乡——那一直在我心里的、宽阔自由的家乡。没想到家

> 乡却成为囚笼，自由变成泡影。海，给了我多彩多姿的人生；海，也无情地夺去我行动的自由。在那一次跃下海里之后，我已不再是我。①

“我”是一位对宇宙人生抱有敌意的“疏离者”和“孤独者”，对生命荒诞的本质有着切实体悟。正如萨特所讲关于“自为存在”是自由，实际是在“被选择”的世界中要进行“选择”。对《上岸之后》中的主人公而言，如果在“囚笼”中进行选择，那么自由只能成为“泡影”。“我”试图以“自杀”方式寻找“自由实现”，因为人有生存的权利而没有活下去的义务。但这种极端的方式未遂，却导致“我”颈部以下全部瘫痪。之后，“我”只好求告安乐死机构，希望得到法律许可借助外力自杀。辩护律师胡丽亚和另一位单亲妈妈通过电视新闻知道了这件事。那位单亲妈妈罗莎竟然愿意一辈子照顾“我”，不嫌弃“我”的残疾。但是“我”仍然深深感受到这个世界的荒诞与无意义，甚至可笑。最后，嫂子和哥哥精心地照顾“我”，罗莎哭哭啼啼地打电话说要见“我”，父亲也来照顾“我”，连小侄子也来关心“我”。刹那间，“我”发现自己的生存竟然和这么多人联系在一起。“我”以前要独立自由，信奉如果不能自由做事，那活着还有何种意义？“我”的瘫痪实际上是一种“选择”的结果，“我”意识到：介入世界严肃性的张力在于虽然世界是荒诞的，但是不可以因此就推导出生活无意义。这部小说结尾写道：“人生的意义，不在追问自己的价值，而是体现自己爱的能力。”②小说讲述了“不可决定性”以及“决断主体”之间的张力，揭示了在不可选择的命运中自为存在以及责任承担的重要性。

---

① ［美］施玮：《新城路 100 号》小说卷第一辑，中国广播电视出版社 2008 年版，第 54 页。

② ［美］施玮：《新城路 100 号》小说卷第一辑，中国广播电视出版社 2008 年版，第 59 页。

第二节　边缘困境中的伦理选择

一　种族边缘的生死抗衡与自省

超越生死的形而上思考，是存在主义伦理学重点思考的内容之一。在种族与性别文化的边缘处，思考生与死的问题，是新移民女作家创作的独特魅力所在。“我是一个来自中国内地的年轻女人”，这是严歌苓许多文本中对“自我”的定位，它充分显示出一个边缘族群中的边缘女性的身份特征。《栗色头发》中，“我”“被安置在一把高高的椅子上。而椅子被搁在四平方米的椭圆形浅池中。所有灯全对准了我，灯后面的一切都变得黯淡了。那椅子高得我不能随意上下，但可以旋转。有人上来把椅子上的我朝四面八方摆弄一番，不知怎么了，所有人的英语顷刻间变成一种我完全不懂的语言。这屋子上下左右都围着深紫色丝绒，我被孤零零地镶在这片深紫色中，汗水开始在我脊梁上爬”[①]。“我”作为异国的“他者”/“怪物”，被人“凝视”，心中充满的屈辱、难堪、悲怆可想而知。《女房东》中主人公老柴在美国以每月 150 元的价格租到了颇为考究的房子。满心欢喜之后，却仓皇逃跑。小说中沃克太太始终没露面，她的神秘给老柴以无尽的遐思和想象，激起了老柴无法抑制的欲望与冲动。老柴偶尔发现客厅里一张纸巾：“纸巾被轻微地揉过，折皱那么朦胧。还有些朦胧的湿润，还有一晕浅红。他将纸巾凑到鼻子上，气味很不具体，但存在着。”[②] 老柴由纸巾联想到沃克太太的身体，他在无法克制的烦躁中搬离了这座房子。他的惶恐其实来自作为“他者”的种族自卑与怯懦。语言与文化的隔膜、思想与情感的陌生，往往让人产生精神裂变与生死恍惚。

---

① ［美］严歌苓：《栗色头发》，《吴川是个黄女孩》，天津人民出版社 2015 年版，第 130—131 页。

② ［美］严歌苓：《少女小渔》，陕西师范大学出版社 2012 年版，第 192 页。

那么，如何面对这种边缘处境？中心与边缘之间是什么关系？严歌苓谈道："为什么老说移民文学是边缘文学呢？文学是人学，这是句 Cliche。任何能让文学了解人学的环境、事件、生命形态都应被平等地看待，而不分主流、边缘。文学从不歧视它生存的地方，文学也从不选择它生根繁盛的土壤。有人的地方，就是产生文学正宗的地方。有中国人的地方，就应该生发正宗的、主流的中国文学。"① 她在《茉莉的最后一日》《阁楼上》《海那边》《魔旦》《橙血》中都写到了凶杀与死亡，以这种极端方式表达中心与边缘的互调与转化。《魔旦》中"可明言的部分"是在展示中国精妙绝伦的戏曲艺术，而"不可明言的部分"则是对美与死亡关系的深湛洞察。小说采取"台上"与"台下"、"艺术"与"日常"复调叙事，揭露命运的无常与冷酷。"台上"是美不胜收的舞蹈艺术，"台下"是黑衣死神哈德斯。小说主人公阿玫是一个秀雅清俊的东方男孩。他的职业是戏子："两条欲神欲仙的水袖带起惊鸿般的圆场，眼睛不是美在它们本身，而是美在它们瞬息万变的神采。"② 这种变幻的神采随着水袖的上下舞动，将人们带入神秘、阴森与恐怖的氛围之中。奥古斯特爱上了阿玫。然而，阿玫遇到芬芬后，和芬芬一见钟情。奥古斯特决定抛家弃子带着阿玫私奔。可是在相约的地点却见到芬芬。小说以电影蒙太奇的方式写道："奥古斯特的尸首是第二天清晨四点被发现的。"③ 生与死的对调，显示出"自我"/"他者"之间的转化，是作为边缘族群的一种发声。《橙血》中的华人移民阿贤用自己的聪明才智获得西方贵族老板女儿玛丽的青睐。但是，玛丽时时处处表现出她的优越感。她不仅在文化身份上自负，而且让黄阿贤留着长辫子故意显示其"族群特征"。阿贤在几次目睹玛丽对中国商人的傲慢与极端蔑视后，内心升起的反抗

---

① 庄园：《女作家严歌苓研究》，汕头大学出版社 2006 年版，第 212 页。

② ［美］严歌苓：《少女小渔》，陕西师范大学出版社 2012 年版，第 69 页。

③ ［美］严歌苓：《少女小渔》，陕西师范大学出版社 2012 年版，第 83 页。

也就不再是个人式的境遇感受，而是对一个民族文化的耻辱感知。经过一番心理挣扎后，他毅然剪去长辫离开果园。他的反抗是自觉而理性的。然而，他的“死”却出人意料。“一声枪响从仓房那边传来”“只见阿贤躺在血泊里”①。阿贤存在的意义是因为他的“辫子”，剪掉辫子的阿贤就不再是阿贤。严歌苓用这种借代手法来表达对生存在异域文化中边缘族群所遭遇的不平的强烈的愤怒，进而对种族、民族、伦理、文化进行深入思考。阿贤作为觉醒者和反抗者，凝聚着中国传统文化中刚正不阿的精神气质。他反抗美国人对中国人的种族歧视，以决绝的方式对抗雇主玛丽的强势地位。正如霍米·巴巴曾说道：“处于民族边缘的那些人（如混杂体）在使民族得到持续的重新建构中，起到了特殊作用，因为他们有自己的抗衡主流的话语。”②

不过，随着中国综合国力的强大，以及更年轻一代移民女作家在国外自身能力的提升，她们对种族之间关系的思考，逐渐由对抗转为和解。这种转变不是妥协，而是她们从人性的视角、依据情感的逻辑来分析人与人之间的关系。“如何更好地自我实现”，而不是“对抗”，是她们思考的重点。曾晓文，2006 年移居加拿大，现居多伦多。代表作品有《白日飘行》《夜还年轻》《苏格兰短裙和三叶草——曾晓文中短篇小说精选集》《网人》《旋转的硬币》等。曾晓文在小说中多次描写有关“监狱”的场景与“入狱”经历。在新移民女作家中，曾晓文因其笔下的“监狱”书写而独具特色。仔细考察曾晓文小说的监狱叙事，我们发现其“监狱”的隐喻及其背后对“自我”的探求是动态变化的，它呈现出从“权力隐喻”到“心狱指向”、从文化对弈到精神空间、从现实记事到虚构想象等不同方面的变化。在这变化的背后，贯穿了她始终不曾放弃的对种族文化、性别立场与人性的思考。

---

① ［美］严歌苓：《少女小渔》，陕西师范大学出版社 2012 年版，第 187 页。

② 陈顺馨、戴锦华：《妇女·民族与女性主义》，中央编译出版社 2004 年版，第 29 页。

《白日飘行》是曾晓文的第一部长篇小说。原名《梦断得克萨斯》，最初于2006年11月至次年4月以繁体版形式连载于《世界日报》副刊。其简体版于2005年发表在《小说月报》原创版长篇小说专号上；单行本于2006年1月由百花文艺出版社出版，并被列入《小说月报》金长篇丛书中。后更名为《白日飘行》，于2010年3月由法律出版社再版。作品以主人公舒嘉雯进入“监狱”后的回忆展开。舒嘉雯在狱中回顾了她初到美国时的寂寞无助、在金麒麟餐馆的受难、在赌场的迷失、和男朋友阿瑞的相遇、而后共同创业的失败、好友阿瑞的出走、出狱后在神创公司的新工作、和阿瑞的重逢等一幕幕场景。回忆性视角使小说具有了双向线索，一方面是正处于监狱中的舒嘉雯对狱中生活的纪实，另一方面是用一种置身事外的旁观者态度冷静地将现实与过去交叠。整体来看，舒嘉雯的监狱叙事是苦涩的，她的人生道路历经波折，入狱后的她更是跌到了谷底。

> 她被困在这个铁笼子里，几乎快要疯掉了。①
>
> 以前每次在电视里看到有关监狱的镜头，她都会立刻转换频道，因为她不愿意看到罪恶与丑陋。现在她没有选择了，不管愿不愿意，她已置身于罪恶与丑陋之间。②

在狱中，她对美国文化有了另一种思考。美国虽然一直标榜自由与民主，但排外主义势力十分强大，特别是在“9·11”事件后，排外主义在监狱中尤为突出。“当大多数美国人保持团结并对他们的未来抱有信心时，他们似乎更愿意与外来移民分享未来；当他们发生分裂且对未来缺乏信心时，排外主义就可能抬头。”③《白日飘

---

① ［加］曾晓文：《白日飘行》，法律出版社2010年版，第381页。

② ［加］曾晓文：《白日飘行》，法律出版社2010年版，第40页。

③ 丁则民：《美国移民史中的排外主义》，《世界历史》2001年第1期。

行》以非虚构叙事的方式反映美国的这种排外政策。小说中嘉雯2002年入狱，恰好赶上“9·11”事件的后期。小说写道：“‘九一一’之后整个美国都陷入了不知所措的状态。美国人对外国人开始恐惧，想把他们都铲出去。”[①] 在这种情况下，舒嘉雯在狱中受到压迫在所难免。她被迫辗转于辛顿监狱、太阳城监狱、维卡监狱等5个监狱，历时98天才被释放。如果说舒嘉雯来到美国后遭遇的一系列事件使她陷入前所未有的困境的话，那么“监狱”就直接把她推向一个无底的深渊。这种经历使她真正体验到了权力与规训的硬道理。“监狱”作为一种隐喻，象征现代社会存在的形式。当看穿这一切的时候，她的美国梦破灭了，“监狱”作为一个机构包含了这一切，它是移民最初踏上异域生存状况最真实的写照。在辛顿监狱中嘉雯曾被看守萨莉骗入自杀监视室，受到非人折磨。狱中萨莉对嘉雯的恶意排挤仅仅因为她是一个“外来者”。移民在美国地位低下，不熟悉“游戏规则”就只能付出惨痛代价，并且这种现象在美国监狱中屡见不鲜。根据太阳城监狱的规定：“联邦政府的囚犯是不可以睡折叠床的，而移民局的囚犯即使睡在地上也无所谓”[②]，排外主义在这里再次展露无遗。监狱的管理者们正是因为清楚移民没有固定身份，大多数人不会讲英语，无法准确表达自己的意愿而趁机压榨他们。不得不承认，在美国监狱的“罪犯”中，移民同样处于最底层的位置，甚至不如贩毒分子和杀人犯。曾晓文在另一篇小说《遣送》中，借大众之口猛烈地控诉了美国的排外主义。小说中移民局警察本杰明和佩蒂奉命遣送怀孕的中国女子夏菡回国，他们行为粗暴且根本不顾及她的安全。幸运的是夏菡在途中有幸求助于一位美籍华裔彩发女子。这位华裔女子借助电视媒体力量使本杰明“虐待移民”的新闻传遍了整个得州。上千中国人、白人还有墨西哥人举着“还我人权”“救救孩子”“善待移民”“美国也是移民

① ［加］曾晓文：《白日飘行》，法律出版社2010年版，第379页。

② ［加］曾晓文：《白日飘行》，法律出版社2010年版，第395页。

的国家”等标语向移民局示威。最后在沸沸扬扬的“夏菡遣送案”的压力下，本杰明被罢免了职务。与其他作品不同的是，《遣送》里的华人已经渐渐摆脱早期唯命是从的态度，开始有了自主的人权意识。正如《白日飘行》所写：“可是美国本身就是一个由移民组成的国家呀？把外国人都铲出去，是不是只有印第安人才有权利留下来？”[①] 美国的排外主义一直存在着，排华问题曾一度成为“全国性的政治问题”，曾晓文以“监狱”为窗户审视这一问题，显得意味深长。

以上曾晓文笔下的“监狱”喻指“华人”的“他者”身份，而且，小说主人公皆是女性的性别设置，使种族歧视的视角上再加上一层性别歧视。性别视角的介入使我们重新思考“自我—他者”的关系。《重瓣女人花》中将“重瓣花”作为不孕女人的别名。晨槿、凯琳、纳塔莉娅、玛莎等都是来自不同国家的女性。文化背景、职业、年龄等各不相同，她们都因未生儿育女而形成一个非营利组织——重瓣花俱乐部，目的是为不孕不育女性争取社会权利。《移民岁月》中，北北是一个患有忧郁症的男孩，可是他的症状却从不曾引起爸妈的注意。这其实是中国父母的一个通病：认为忧郁症是一种可耻的现象。他们甚至否认自己孩子有忧郁症，拒绝带孩子去医院治疗，由此酿成悲剧。不孕不育和忧郁症可以视为“监狱”意象的一种扩散，这些问题就是一个又一个的“小型监狱”，将受害者困于其中。由此可以发现，曾晓文笔下的人物都是戴着镣铐出场的：精心策划复仇的维维安（《维维安在美国的最后一天》），竭力维持自己网络霸主地位的“网魔”张国栋（《网魔》），挣扎于爱情和物质之间的云翔（《原本无意》）……“监狱”作为一种隐形的意象仍然无时无刻束缚着曾晓文笔下的人物，但“监狱”不再是“他者”设计的，进入监狱的人不再是被迫的，它已

---

① ［加］曾晓文：《白日飘行》，法律出版社2010年版，第379页。

经变成了“自我束缚”。到《卡萨布兰卡百合》中，东方女性俪俪被陷害入狱，与西方女子蒙妮卡相遇相知。蒙妮卡为了帮助女友实现明星梦而走上贩毒的道路，在入狱后就被抛弃。各自悲惨的经历和受伤的心让俪俪和蒙妮卡在狱中惺惺相惜。至此，曾晓文的叙述重点从“种族”转向了人性，从权力转向了温情。事实上，《白日飘行》中也包含这种思考，只是被庞大的种族阴影遮盖，这些细节不很明显。如嘉雯在狱中一次又一次的磨炼中，逐渐意识到自己原本是一个漫游者。漫游者的人生似乎生下来就注定要漂泊，因此不必有任何怨怼。嘉雯在漂泊中最终“成为她自己”。在《白日飘行》中囚犯对于霸道无理的监狱人员没有任何反抗能力。到了《遣送》中，记者及各家媒体争相报道作为监狱人员的本杰明对移民的粗暴行为，在网站上还有几千人在捍卫移民的正当权利，移民局只能撤销对夏菡的遣送令。这种叙事视角的转变是作者有意对移民社会地位有所提升的展现，同时也表现出超越种族的人与人之间的情感相通。在超越种族、超越文化基础上来思考生命困境与自由的真谛：一切指向自我本身。

二　性别边缘中的忧伤与超越

如果说张爱玲认为“爱情是一袭华美的袍”，严歌苓则认为：爱情就像跳探戈，你过来，我过去，永不交织，却很美丽。无论是“袍”，还是像“探戈”，都透露出哲思女性作者对爱情、人性、性别以及人生的虚无感、荒诞感、苍凉感的深刻洞悟。不过，严歌苓毕竟不是张爱玲，她在苍凉的底色上增加了许多暖色调，她剖解人性的丑恶、软弱，却坚信人性的善良与真诚。她强调特定环境与情境下复杂人性的变化。在表达方式上，她少了几分刻薄，多了几重讥诮。正如一位评论家所言：“读严歌苓的小说，很难感染到快乐，几乎所有人物的精神背景都来自痛楚和伤感，只是这‘痛楚’被她纤细的笔精致和美化，即便‘伤感’也是冷静成‘诗化’的忧伤。”① 《风筝歌》中的四个人，以“寻找”为链条牵涉在一起。“旅馆”本为旅人暂歇之地。肯特是一个流浪汉，他并非因为生活拮据而无奈流浪，而是在精神气质上向往“流浪”。这样，“流浪”具有了生命哲学的意味。小说中肯特帮助父亲寻找父亲的梦中情人海伦，发现海伦已成家，父亲的愿望永远不会再实现。肯特只能继续流浪。寻找的实物已经虚化，肯特时时感受着漂泊中的孤独，就像那不落地的“风筝”。但他又特别喜欢这种孤独。旅居澳大利亚的诗人庄伟杰以“牧羊人”来描述这种状态：“漂流者自称是一群牧羊人/选择自由敞开的路通向众多境界/在都市跌宕的腹部游荡/刺痛头顶苏醒的目光/然后，注视莽莽苍苍的远方/背叛昨天，向未来逃亡。”② 谢冕如此评价：“生命因这种流动而美丽，生命又因这种流动而悲伤——人始终都在路上。”③ 漂泊、流浪、悲伤、美丽都是严歌苓小说揭示出的生命情态，但作为女性作家，在此基础上，其作品又增加了女性所特有的对情感的体味与对人性的体察。

《无非男女》是以情爱透视复杂人性与炎凉人世的佳作。小说中的叙述者也是主要人物雨川，她的婆婆家“不是婆婆嘀咕媳妇、小姑打跑嫂子、妯娌争丽斗艳那种正常家庭”④，而是一个平和礼让的知识分子家庭。家庭中有一个特殊的成员“老五”（雨川丈夫蔡曜的弟弟）。老五先天体弱，得过肾病，腰部塌软，处境犹如《变形记》中变成大甲虫的格里高尔。父母兄妹都对之淡漠，丢了钱就怀疑是他偷的。“我”对他由好奇到爱怜。在与他的接触中，“我”从他身上发现了尊严、品德、精神情怀。他惜时如金，把生活安排

① ［美］陈瑞琳：《冷静的忧伤——从严歌苓的创作看海外新移民文学的特质》，《华文文学》2003 年第 5 期。

② ［澳］庄伟杰：《从家园来到家园去》，国际华文出版社 2001 年版，第 6 页。

③ 谢冕：《简单的几句话——序〈从家园来到家园去〉》，［澳］庄伟杰《从家园来到家园去》，国际华文出版社 2001 年版，第 1 页。

④ ［美］严歌苓：《天浴》，陕西师范大学出版总社有限公司 2012 年版，第 19 页。

得井井有条，全力以赴追求诗意般的生活。相较之下，蔡曜忙于为编辑部采稿，看似事业辉煌，却醉酒嫖娼，无所不为。“我”与老五渐渐产生了心灵默契。有一天，老五约“我”到一个地方，在“我”到达车站的时候，没找到他；当“我”离开时，发现他的身影。我们交错而过。故事的结尾：老五给“我”的闲章上刻着“无非男女”。这四个字概括并道尽了所有人间男女的悲欢离合，“孤独”之境、苍凉之美由然而现。其中有《红楼梦》所蕴含的“悲凉之雾，遍被华林”（鲁迅语）的深层意味。

《浅析〈太平洋探戈〉中叙述视角的调用》讲述毛丫和罗杰的爱情故事。他们心心相印却总是“错过”。如有学者所指出的“时空上的错过并不能阻断他们精神上的相遇甚至相恋。对似远实近的精神之围的感知使那份孤独便有了着落”[①]，文本超越爱情表层，精神上的相遇相依完成了对“孤独”境界的审美探求。小说没有交代毛丫和罗杰的最终去向，但开放式的结尾延展了无限的审美空间。小说对孤独与绝望的描写揭示了生活的某种本质——明知虚无仍然不肯放弃的韧性，显示出对生命的坚持与执着，但越坚持越悲凉。《我不是精灵》中“我”与画家的爱情有始无终，不是因为外在阻力，而是自己情感的自生自灭。因为父亲抛弃了母亲，“我”去宾馆规劝父亲。“我”认为他“没有资格整天谈感情”“只剩下义务、责任和做父亲的尊严”[②]。然而父亲说“我”不懂得爱是什么。在父亲那里，“我”与画家邂逅。“我”看画家作画，产生一种钦慕、感动甚至不能忘怀之情。后来知道了他在特殊时期的经历，“我”无法遏制地表达对他的爱。寒天里“我”穿着单衣单鞋去火车站接他，在梦中与他相逢。终于画家来约“我”，我们一起到海边度假。真正相处在一起，“我”发现我们之间有心灵代沟，而且行为习惯完全不同。“我”喜欢迎着海风捡拾海边的贝壳，饱尝海边特别的

---

① 吴楠：《浅析〈太平洋探戈〉中叙述视角的调用》，《北方文学》2011 年第 10 期。

② ［美］严歌苓：《天浴》，陕西师范大学出版总社有限公司 2012 年版，第 141 页。

美食，而他习惯关起门来冥思。年龄、思想与爱好的悬殊导致我们心灵的隔膜。最后“我”选择了同龄男友郑炼。《初夏的卡通》中讲述年近七旬的东方老人艾米丽与一个六十多岁的男人罗杰产生情感涟漪的故事。艾米丽与丈夫生活了几十年，没有子嗣。丈夫去世后，她生活中唯一的乐趣就是每天遛狗，这几乎成为她单一生活中的寄托与慰藉。罗杰原是一位生物学家，最近刚刚从精神病院逃离。他带着一条狗在公园散步。特定的场合使两位孤苦老人同病相怜。小说为了渲染两位老人内心孤独、希冀获得对方情感，着力描写了两条狗的依恋过程。严歌苓细致地描绘两条狗如何相互寻找，相互舔闻，以此衬托两位老人的感情需求。虽然只有短短的两次相遇，但是这种无法用言语表述的感情让他们体会到了生活的美好。然而，罗杰最终还是被精神病院强行地拘押回去，而且他误以为是艾米丽告发了他。小说主题意味深长，相爱却互不信任。人性的善良与邪恶如此复杂。整篇小说读来给人带来虚幻感，一切看来都是无用的激情，人的孤独本质终究难以避免。荒诞人生，不只“他人是地狱”，自我也可能是“地狱”。这种对人性的反省，鞭辟入里，力透纸背。

三 文化边缘处的审美建构

置身于双重文化语境中的新移民女作家，不可能全盘接受异质文化，也不可能决然丢弃自身文化。他们对差异文化进行审视和遴选而后糅合，从而形成了独特的文化景观——“第三元”文化。“第三元”文化的较早提出者是法籍华人程抱一。程抱一，1948 年赴法留学。从作家群归属来说，他不属于新移民女作家。但他对“第三元”文化的自觉探索与明确提倡，为新移民文学文化伦理的生成与建构起到了不可忽略的作用。他说：“一元的文化是死的，是没有沟通的，比如大一统、专制；二元是动态的，但是对立的，西方文化是二元的；三元是动态的，超越二元，又使得二元臣服，三元是‘中’，中生于二，又超于二。两个主体交流可以创造出真与美。”① 程抱一的长篇小说《天一言》很好地体现出中西文化融会后的智慧。《天一言》讲述主人公赵天一出生于中国。他在中国经历了战乱与爱情，后来出国到巴黎学画。他在从艺生涯中体会到了东西艺术的巨大差异。他艰难地走进西方艺术中，但最终在理解西方艺术奥妙之后，却回归到东方艺术的境界中。小说结尾处，天一回到中国，领略到真正的、艺术的、生命的“元气”。这种“元气”是那么熟悉与亲切，但不再是原初的样貌。正如程抱一在《万有之东——程抱一诗辑》中所言：“‘万有之东’的‘东’并不是指‘东方’，而是指超越‘万有’之外，超越东、西之外，超越一切之外的‘东’，这是一种包容一切的境界。”② 这种包容与融合以及超越东/西文化的“第三元文化伦理”的建构深受新移民女作家、学者的认同，这也成为新移民女作家创作的方向，即力争体现中西文化在摩擦中走向融合。

林湄，1973 年移居香港，1989 年辗转比利时，1990 年定居荷兰。她是新移民女作家中优秀者之一。她的《天望》出版后，在海内外引起了强烈反响。法国巴黎大学韦遨宇教授认为：“《天望》是这场新千年，新时代的文艺复兴运动的一只报春之燕。”③ 小说中，林湄塑造了一位出国女孩微云，她顺利地在欧陆某国定居，并幸运地嫁给了人品高尚、家庭条件优越的弗来得。由于两人各属两种“文化身份”，他们从结婚开始就不断地因“文化观念”不同而发生“无形冲突”。在新婚之夜，弗来得谈论的是亚当与夏娃、挪亚方舟及阿里斯托芬。而在微云的观念中则是女娲和伏羲的东方远祖传奇。这是两种不同的文化逻辑、思维方式和道德意识。这种差异成为两人日常生活中的“摩擦点”。小说中写到关于“饭后洗

① ［法］程抱一：《天一言》，山东友谊出版社 2004 年版，第 288 页。

② ［法］程抱一：《万有之东——程抱一诗辑》，同济大学出版社 2007 年版，第 3 页。

③ 江少川：《海山苍苍：海外华裔作家访谈录》，九州出版社 2014 年版，第 66 页。

碗”的一个场景：

> 她拿起洗洁精往洗碗用的海绵上倒，准备用海绵将碟子洗刷一遍，再用水冲之。弗来得见状，连忙放下手风琴走过去，教她欧洲食具的洗濯法：先用冷水将食具上的剩物冲掉，再往泡有洗洁精的水槽里洗一遍就行了。微云生怕洗洁精有化学成分，将水槽里取出的食具再次冲洗。弗来得解释说：这是柠檬制成品，没问题，微云还是不习惯地冲啊冲……啊呀，新生活真是不容易，连洗碗的方式方法都不同。[①]

另如：家里鸟笼里一只名叫“卡那利”的小鸟死了，微云将其丢进了垃圾桶。对于微云而言，小时候在故乡的夏夜，她和小朋友捉麻雀、将之烧烤的情景，是一种趣味。但是对于有虔诚信仰的弗来得而言，这种行为简直是不可理喻。他教导微云要爱惜动物，并将“卡那利”包在一块小花毛巾里，充满悲悯地为其梳理羽毛，然后将其埋葬。微云不善言辞，当丈夫言及地狱与天堂时，她并不争辩。但她脑海中闪现出的是玉皇大帝、吊死鬼、盗窃鬼以及《山海经》里那些幽都上的玄鸟、玄狐等形象。由于不同的文化历史背景涵养了各自独特的道德观念，因此自身的行为和人格就成为文化属性的某种标记。弗来得受到祖父影响，对宗教事业充满了热情。他卖掉土地和房子，去做一个行为“圣徒”。作为东方女性，微云认为女人对男人的依附和顺从是天经地义的。可是她对丈夫的行为打心底里并不满意。一次偶然机会，微云和出国深造的老陆发生了一夜情。微云强烈体会到中西结合的婚姻，更多源于“好奇”和“缘分”，深在骨子里的文化血液不会改变，微云魂牵梦萦的依然是童年、故乡以及亲人。在差异文化的对比中，微云发现真正的自我

---

① ［荷］林湄：《天望》，长江文艺出版社2004年版，第32页。

所属与文化认同是自身携带的本土文化。然而，这种文化却不再是原本所是。林湄在谈到《天望》的创作时说："全球化的今天，种族、肤色、文化、习惯不同，但人的内心世界和情感意识仍然是相似的，科技和经济发展无法改变人类的情感和七情六欲问题；教育提高了，贪婪淫乱的手法也变得高超了——神秘宇宙天空在看着芸芸众生的生存景况——他们在忙些什么，他们在干什么，他们在想些什么，他们要的是什么？文学艺术离不开生活，生活在变在发展，人的观念也跟着变，因而，应该创作出古今中外都没有的作品——《天望》即是我在、我思、我索、我写的一种文学创作。"① 言外之意，林湄致力于对超越文化与种族之外的人性进行书写。然而，人性是什么？按照卡希尔所言："如果有什么关于人的本性或'本质'的定义的话，那么这种定义只能被理解为一种功能性的定义，而不能是一种实体性的定义。我们不能以任何构成人的形而上学本质的内在原则来给人下定义；我们也不能用可以靠经验的观察来确定的天生能力或本能来给人下定义。人的突出特征，人与众不同的标志，既不是他的形而上学本性也不是他的物理本性，而是人的劳作（work）。正是这种劳作，正是这种人类活动的体系，规定和划定了'人性'的圆周。语言、神话、宗教、艺术、科学、历史，都是这个圆的组成部分和各个扇面。"②《天望》所完成的同样是对中西文化冲突的思考，以及努力超越任何一种单一文化而使之走向融合的伦理期望。

第三节　离散生命中的写作伦理

一　"创造新的汉语体"

新移民之"新"，不仅源于他们与上一代移民在出国时间上的

---

① 江少川：《海山苍苍：海外华裔作家访谈录》，九州出版社 2014 年版，第 66—67 页。

② ［德］卡希尔：《人论》，甘阳译，西苑出版社 2003 年版，第 119—120 页。

先与后，也不只表现为表达“乡愁”的浓与淡，也不单限于生存/存在的抽象探究。在全球化语境中，他们承载着新时代的新使命，他们将在世界范围内播撒汉语文字，通过不同语言与文化的会通“创造新的汉语体”。严歌苓在马来西亚文艺营开幕式上的致辞，充分展现了新一代移民的精神气魄。她说：“在海外生活、学习了八年，使我认识到中国文学在世界文坛的地位是次要的。汉学界外的文学读者对于中国文学，几乎是无知的。……我总感到我们这个文学游牧民族面临的挑战非常的大。这挑战包括寻找到更具环球意识的叙述角度，寻找到能够全世界流通的写作方式和语言……我们在聆听和阅读别种语言的过程中，应更有意识地体验别种语言的表达方式、描述方式，从而在华文中寻找出最精确、最令人心领神会的表述语言。一旦找到或创作出这样的中国文学语言，才不会在翻译过程中流失大量的中国文字之美丽、之含蓄、之生命。……而文学工作者们，如我们这样用祖传文字来创造当代语言之艺术的人，对中国语言的开掘与更新，则应是有意识的。”① 严歌苓尝试寻求一种既能保留中国文字原汁原味，又能让外国读者心领神会的独特语言。从20世纪90年代初赴美留学至今，她坚持不懈地写作，志在高远。她曾经谈道：“我是个对自己很法西斯的人。”“也许我有自虐倾向。”② 调侃的言辞背后凝结着她写作的艰辛。现今，她以创作实绩验证了她的成功。如果说出国初期创作的《扶桑》《少女小渔》《栗色头发》《阁楼上》《海那边》《也是亚当，也是夏娃》等作品中，她突出边缘处境中的小人物的底层身份，展现文化冲突中游牧族群的身份焦虑与文化隔膜。那么，在后来的创作中，如《小姨多鹤》《第九个寡妇》《一个女人的史诗》《陆犯焉识》《芳华》等，不仅表现出创作体例和规模的突破，其内在意蕴体现出她心态上的余裕与自信，从而在语言运用上也表现得出神入化。众所周

---

① ［美］严歌苓：《波西米亚楼》，当代世界出版社2001年版，第110—111页。

② 庄园：《女作家严歌苓研究》，汕头大学出版社2006年版，第257页。

知，她的小说非常“好看”“耐读”。这个“好看”的背后是她“自成一家”的思想风格与语言独创性。

作为女作家，严歌苓在她的作品中塑造了众多的女性形象。这些千姿百态、栩栩如生的女性形象，是严歌苓创作最突出的特征，也是她给中国文学特有的贡献。其中有善良如水的扶桑、小渔、多鹤；有热情似火的王葡萄、田苏菲；有懵懂浪漫的穗子、陶小童；还有年近半百却风华依旧的冯婉喻、徐凤志。这些女性性格殊异，却有着共同的特点：聪慧、善良、执着、韧性。她们并不美艳如花，却拥有生命的强力与本性的“善”。如果说张爱玲笔下的女子多是“屏风上的鸟”，严歌苓则让她们飞起来，而且飞得动感十足。不难看出，两代女作家对女性的塑造背后，审美观发生了质的变异。前者强调女性的“他者”身份，后者重在突出女性的“自我”拥有。她们同样对人性有着深刻的把握与精准的描绘，前者更突出人性恶，后者则显示人性善。严歌苓能在虚无中发掘存在的意义和生命价值，能在绝望中看到希望，在邪恶中挖掘善良，让美与丑相互转化。在对善与美的极尽追求中，却同样不失悲剧精神。她 12 岁当女兵，之后上过战场，见证过纷飞战火与死亡场面。她的作品中很多关于战争与死亡的描写，既能反映出“未知生、焉知死”的生死观，也体现了“向死而生”的西方哲学理念。她以对东西文化的深入理解与融汇，突破了语言的障碍，将二者有机地“杂糅”在一起。饶芃子这样评价：“我们读严歌苓移居国外的小说，无论是海外题材，还是故土题材，都明显地感觉到她的思想意识和审美情趣发生了很大的变化。她多次提到西方的教育和生活经历，使她深深感受到中西语言、文化之间的距离和对话的鸿沟，自觉地把西方文学的优质元素融入自己的文字里面，‘试图通过这种借鉴和融合创造一种新的汉语体。’正是从中西的文化差异中，严歌苓找到了自己文学创作的新起点。”①

在西方语境中，结合自身经历与对东西方文化的理解，坚持用汉语写作并致力于向世界传播中国文化，力争“创造新的汉语体”，这几乎是每一个新移民女作家所努力的目标。李彦，1987 年赴加拿大留学，1997 年起在滑铁卢大学任教，2007 年起任滑铁卢大学孔子学院院长。李彦自觉有一份使命，在自己被问及“孔子学院”的意义时，她说：“我总是很坦率地说出自己的观点：目的就是加强世界对中国的了解，促进世界各族人民之间的友好往来。”② 她深知国外学生对中国文学文化的隔膜，她说：“我在教授中国文学通史这门课，讲起唐诗宋词时，那些中国人世代传诵的千古佳句译成英文后，外国学生觉得实在是平淡无奇，不理解为什么会被中国人奉为经典。”③ 所以“滑铁卢大学孔子学院成立后，不但积极协助东亚系开设了更多的中文课程，完善了‘东亚研究’专业的设置，还针对社区的需求，开设了不同层次的兴趣课程，介绍中国文化。”④ 事实上，李彦不仅是文化传播的实践者，而且是文坛中的作家。她的英文长篇小说《红浮萍》颇受好评。她以一个海外作家的独特视角重写 20 世纪的中国往事，将汉语与英语两种思维方式交叠，两种文化与思想糅合，在语言的贯通中实现飞跃。当然，语言的本质是一种思想，是精神心灵的外现。“新的汉语体”的创造，需要一种深邃的心灵、超越性的思想以及独特的艺术审美观。新移民女作家处于中西交汇的边缘文化语境中，立足于中国传统文化思想进而追求世界性特色，具有女性特有的敏感与细腻以及独特的生命体验方式，最有可能酝酿出新的思想与新的文体。

---

① 饶芃子：《世界文坛的奇葩》，花城出版社 2012 年版，第 276—277 页。

② 江少川：《海山苍苍：海外华裔作家访谈录》，九州出版社 2014 年版，第 86 页。

③ 江少川：《海山苍苍：海外华裔作家访谈录》，九州出版社 2014 年版，第 83—84 页。

④ 江少川：《海山苍苍：海外华裔作家访谈录》，九州出版社 2014 年版，第 86 页。

二 "实现自身价值"

新移民女作家尽管在创作中不断呈现出文化困惑与身份焦虑等问题，但她们依然选择"迁徙"。吕红曾谈道："没有人类的探索和转变，就没有现在高度发达的我们。不，应该说没有那第一个爬上陆地的鱼儿，就没有现代的我们"，"寻找机会实现自身价值为所有移民迁徙原因之一"①。美国著名心理学家马斯洛指出，人类的需求从低到高分别为：生理需求、安全需求、社交需求、尊重需求与自我实现的需求。自我实现是人类在超越了最基本的物质生存与社会现实羁绊之后，对自我潜能的发掘与回归自我之后的飞跃。在很大程度上，今天多数新移民女作家的创作是对自我实现的需求所致。研读新移民女作家的小说，不难发现，她们写出了新一代移民全新的价值理念与自我认知，以崭新的思维方式思考人的内在精神需求与探险欲望。就女性作家而言，首先表现为女性意识的独立与性别意识的觉醒。她们要越过情感的误区，保留女性的温婉而不失坚强。她们的大部分创作以情爱为主题，叙述千古不变的爱情主题，但已经是完全不一样的"女性自我"。

周励是较早出国的新移民女作家之一，她的《曼哈顿的中国女人》奏响了中国新时期以来女性的最强音，可以说开创了新移民女性文学之先河。她写道："当我在纽约第五大道我自己公司所属的客户大进口公司里，与总裁谈判着这一年度的款式、进货、开信用证、交期等业务时……"② 这里展现的是一个成功实现"美国梦"的中国女性，她凭借自己的聪慧与努力跻身于美国白领阶层，获得了异国女性的价值认同与尊严感。在谈到这本书时，她说："这本书是'谨献给我的祖国，和能在困境中发现自我价值的人'。"③

---

① 吕红：《彼岸追寻》，《美华文学》2005 年第 59 期。

② ［美］周励：《曼哈顿的中国女人》，北京出版社 1992 年版，第 2 页。

③ ［美］周励：《曼哈顿的中国女人》，北京出版社 1992 年版，封面题词。

吕红，华中师范大学文学博士，现居美国旧金山，任美国华文文艺界协会副会长，是《红杉林》杂志的总编。创作有《美国情人》《女人的白宫》《午夜兰桂坊》《红色沧桑》《尘缘》等。《美国情人》中塑造了一个名叫芯的主人公形象。芯在国内时，已小有名气，但她放弃了所有财富与名利，赴美国旧金山闯荡。在陌生的国度中，经历了各种艰难曲折，她终于又一次站在领奖台上。“就像是沙漠中生命力极旺盛的植物——仙人掌，或人们所形容的‘有九条命的猫’！即便在逆境中，仍能找到自身价值，焕发出独特的魅力。”[①] 芯的选择与经历为我们全面展现了新移民女性的心路历程与生命境界，她不断地放弃与重新选择，不断地回到自我并超越自我，实现一种“意义”。《女人的白宫》以女性立场记录自己的离散经历，吕红谈道：“早年气盛而又懵懂的我，若抓住命运给予的机会，人生当重新改写。”[②]

张惠雯毕业于新加坡国立大学商学院，1995 年至 2010 年定居新加坡，现居美国休斯敦。她是“70 后”作家，属于新移民女作家中的新生代。小说创作有《水晶孩童》《两次相遇》《醉意》《失而复得》《岁暮》等。其中《醉意》描写一个被丈夫冷落的妻子，在一次酒醉之后和一个单身男客人埃利克的暧昧之情。尽管后来知道了埃利克是同性恋者，“但她并未觉得太失落，甚至想到自己也许并不爱他，她爱上的不过是一个夜晚，是一个想象中的人，它们让她接近过幸福”[③]。这种“幸福观”表达了真正回归自我内心体验与生活诗意的感受以及对东西方伦理文化和谐交融的审美期待。曾有人评价：“张惠雯真正的意图并非破除家庭、婚姻带给人的禁锢，而更多的是寻求内部和解，与家人和解，与自己和解，与往事和解，与逃离和解。东方、西方、南方、北方、暮

---

① ［美］吕红：《美国情人》，中国华侨出版社 2006 年版，第 2 页。

② 江少川：《海山苍苍：海外华裔作家访谈录》，九州出版社 2014 年版，第 183 页。

③ ［美］张惠雯：《在南方》，北京十月文艺出版社 2018 年版，第 95 页。

色、晨光、爱情、家庭，并不是非此即彼的对立，不应受到观念的限制与刁难。”①

值得强调的是，在女性自我与社会他者/男性他者之间，并没有泾渭分明的二元对立。“纯西方的男人和纯东方的女人，都不是最有魅力的。你是个坚强的东方女人，而我是个温柔的西方男人，我们都将一条腿跨越出自己的文化之外。也许这就是为什么我们能保持这种遥远漫长的友谊，直到今天。”② 文化如此，性别也如此。王芫的《路线图》展现的是女性在自我实现过程中的迷茫与困惑。何为自我实现？在实现自我之后的新的迷思，成为新移民女作家面临的新伦理困境。《路线图》讲述主人公安泊按照自我设定的路线逐渐行进，她以超出常人的毅力与能力实现了自己的“梦”——顺利出国并且能“用英语写作”。安泊在而立之年移民加拿大，考试学英语、上编剧培训班。她为自己制定了“路线图”：首先，在加拿大安居；其次，把女儿带出来；最后，帮助外甥留学……但刚进行到第二步时，她发现自己重新又陷入了日常的琐碎中，置换的仅仅是一个地理意义上的不同空间。当家族几代人都来到美国后，何谈“用英语写作”？安泊在追求梦想的过程中打转。到美国，一切似乎又回到了原点。如何真正实现自我的跨越，是王芫作品给我们更为深刻的启示。也许在自我行进的路途中，时刻需要重新出发。

三　“寻找回家的路”

中文写作是海外写作者永远的精神家园，是诗意栖居地，是生存、更是存在的一种方式。德籍作家恩丽曾谈道：“母语写作有治愈心灵的作用。当我们在异国他乡感到孤独时，母语就是我们最好

① 欧逸舟：《延宕的南方踪迹——读张惠雯小说》，《南方文坛》2018 年第 6 期。

② ［美］陈霆：《漂流北美》，中国文学出版社 1998 年版，第 287 页。

的安慰。"[①] 孟悟谈道："对于海外作家，汉语是心灵的家，是永远的安慰和温暖的地方，纵然一生漂泊，一路孤独。"[②] 在这里，"家"指的是心灵之家、精神之家与文化之家。一个人无论走得有多远，总携带着自己的文化身份。越是在全球化时代，越需要有自己本民族的文化之根。正如斯宾格勒在《西方的没落》中指出过："每一种文化都以原始的力量从它的土生土壤中勃兴起来，都在它的整个生活期中坚实地和那土生土壤联系着；每一种文化都把自己的影象印在它的材料、即它的人类身上；每一种文化各自有自己的观念，自己的情欲，自己的生活、愿望和感情，自己的死亡……在这里，文化、民族、语言、真理、神祇、风光，等等，有如橡树与石松、花朵、枝条与树叶，从盛开又到衰老，——但是没有衰老的'人类'。每一种文化都有它的自我表现的新的可能，从发生到成熟，再到衰落，永不复返。"[③]

然而，新移民女作家面临的是新一代的文化寻根与文化认同。文化认同的方式包括情感认同、理智认同与审美认同三种不同的方式。[④] 按照这种分类，我们可以分辨新旧移民在创作的群体特征上的明显区别。如果说 20 世纪五六十年代留学生文学中的文化认同大多表现为情感上的认同，他们的作品中显露出流散岁月中的家国飘零或落魄无奈的情感；那么新移民女作家的文化认同基本上不再有情感上的纠结，她们对文化的理解是理性的、审美的。多数新移民女作家认为不同文化之间应该很好地沟通与融合。在她们的创作中可以看出她们能够双向地、客观地审视不同文化各自的特点，甚至有时候进行自省式的反思与批判。赵淑侠，20 世纪 60 年代赴法

---

① 朱文斌、刘红英：《世界华文文学研究》第十三辑，安徽文艺出版社 2020 年版，第 253 页。

② 公仲：《新移民文学的里程碑》，百花洲文艺出版社 2016 年版，第 106 页。

③ ［德］奥斯瓦尔德·斯宾格勒：《西方的没落》，齐世荣等译，商务印书馆 1963 年版，第 39 页。

④ 饶芃子：《世界文坛的奇葩》，花城出版社 2012 年版，第 190—191 页。

留学，后定居瑞士，现居美国纽约。她在《告别紫枫园》中叙述“搬家”的场景，她写道：希望“更多更广的认知和沟通，至少在自己选择的第二故乡——欧洲，真正感受到自己是这块新土地里的一员，不以自外的心情从事创作，而会有一种两种不同文化水乳交融后的和谐感、成就感”。[①] 她出国时间比较早，属于新移民女作家中的第一代女作家，代表作品有《我们的歌》《落第》《春江》《西窗一夜雨》《当我们年轻时》《人的故事》《湖畔梦痕》《塞纳河畔》《赛金花》《紫枫园随笔》《异乡情怀》《海内存知己》《故土与家园》《文学女人的情关》等。从她的创作主题与文化关怀来看，正如她曾经说过的：“我到底是个地地道道的中国人，一张国籍证明无法改变我的心，更不能稍减我对祖国的关怀。”[②] 这种对国族意识的表述与她的文化融合观并不矛盾。

张翎，1986 年出国，现居加拿大多伦多。她在谈到自己的文化认同时说：“我保持审美主题，人类择水而住，我从一个小地方温州到上海，又从上海到加拿大，肉体离故乡越来越远，精神离故乡越来越近。我主要表现的是人类的共性，而不是表现文化冲突、文化冲撞。”[③] 张翎出生于浙江温州，她的写作几乎从未脱离温州。但是，她所表达的思想观念与文学主题，是人类性的、世界性的。文化认同未必就是歌功颂德，如何促进文化会通与人类文明的进步才是最重要的。张翎的创作，无论是素材选择、结构安排，还是价值理念与文化立场，都是“双向”的。《雁过藻溪》《望月》《邮购新娘》《余震》《交错的彼岸》《劳燕》等，都呈现出一个对称性的结构形式。换言之，对称结构与对称思维方式是张翎创作的特征。有学者评价：张翎的《交错的彼岸》中“对彼岸的向往不是单向和

---

① ［法］赵淑侠：《一棵小树——欧洲华文作家协会成立大会上的讲话》，《亚洲华文作家》第 29 期。

② ［法］赵淑侠：《紫枫园随笔》，中国友谊出版社 1984 年版，第 74 页。

③ 江少川：《攀登华文文学创作的高山——张翎访谈录》，《世界华文文学论坛》2010 年第 1 期。

残缺的，而是交错的和相互的，这种互为彼岸、互相对视的双向流程体现着内在意义的平等与公正。”[①] 窥一斑而见全豹，在张翎小说结构形式的背后，是她的文化平等意识。

施雨，1989 年赴美，弃医从文。担任海外文学创作团体“文心社”总社社长。她的代表性作品有《下城急诊室》《刀锋下的盲点》《归去来兮》《美国的一种成长》等。施雨充分利用网络优势，以网络平台汇集文学爱好者，她说：“作为文学社团，‘文心社’的宗旨始终如一：搭建一个全球性的文学、文化交流的平台。创造各种条件帮助作家提高创作水准，提供发表、出版等各种机会。”[②] 她在自己的创作中不仅对中美文化进行了对比，而且更突出描述了在美国的其他族裔（如日裔、韩裔、非裔等）与美国文化以及华人文化的关系。她说：“海外小说中，我们经常只看到是华裔在中西文化冲突中焦虑、迷惘、痛苦与挣扎，流露出一种无根的漂泊感。其实，美国是个移民的国家，也应该反映其他族裔的生存状态。西方文化的重要构成部分——其他少数族裔，这是一个非常重要的群体，正是他们才使得以欧洲裔为主流的美国文化变得多元和丰富多彩。因此，我在小说中将其他少数族裔引入了与华人文化的冲突中。”[③] 如此，各民族文化的冲突、交流与融合就更加深刻与真实。

从赵淑侠、张翎、施雨等的作品及其创作观可见，新移民女作家在描写文化冲突与身份认同的时候，创作视角与价值观念都体现出了新移民女作家“新”的内涵。她们以此“新”实现另一种形式的“回家”。

---

① 吴奕锜、陈涵平：《寻找身份——全球视野中的新移民文学研究》，中国社会科学出版社 2012 年版，第 183 页。

② 江少川：《弃医从文 用母语坚守精神家园——旅美作家施雨访谈录》，《世界华文文学论坛》2012 年第 1 期。

③ 江少川：《弃医从文 用母语坚守精神家园——旅美作家施雨访谈录》，《世界华文文学论坛》2012 年第 1 期。

第二章

情爱伦理叙事中的女性意识

两性伦理是人类文化中最基本的伦理关系之一，是文化伦理中重要的组成部分。通过思考两性伦理，我们意识到社会生活中既定的思维结构值得怀疑，从而在质疑、反思中改变既成的思维定式与文化惯性，最终达到对人性善的理解。把两性伦理置于陌生的异域空间，在异族爱情与婚姻中思考两性难题，是对人性更为深层的揭示与剖析。新移民女作家有其身份的特殊性，她们不仅处于东方与西方、社会与个人的边缘处，而且处于性别文化的边缘地带。在“他者—自我”之间,需要面对多重生存体验与生命困境。如此，她们在思考文化观念的差异性、关注异域时空下婚恋伦理的精神内蕴方面，就具有了某种反叛意义与突破精神。她们关于两性伦理的审美书写，不仅描绘极端境遇下女性的实际日常经验，而且对男权本位文化进行价值反思；不仅解构传统的男权历史，而且重建自足完满的女性世界；不仅揭示文化博弈中的弱势族群的生存状态，更在于超越现实与个人，探求生命哲学意义上女性的精神困境与突围态势。

第一节 异族情爱伦理与非道德叙事

对异国婚姻故事的叙写是新移民女作家擅长的笔法。她们对跨域婚恋故事的书写，大体形成了一定的模式：年轻漂亮的中国女孩

（或离婚母亲）漂洋过海，为了生活，为了“绿卡”，嫁给拥有财富（或地位）的外国男性。这些婚姻的组合大多不是因为爱情，而是出于“等价交换”。女方以自己的姿色（身体）与劳动力交换异国男性的地位、财富或仅仅是一个身份。这种选择显然不符合传统道德规范与世俗伦理标准。仔细考察道德的含义，我们发现道德是一个随时代而变化的概念。“所谓的道德，应有‘常’和‘变’两个层次。道德或不道德，有些是亘古不变的，有些却因世、因时、因地、因人、因事而变。”“如果潘金莲的红杏出墙不承担过于严厉的道德压力，那么，她何苦一定要毒杀武大郎呢？所以说，潘金莲的不道德，实质上是源自那个时代的不道德。”① 社会道德观念的变化必然引发伦理关系的改变，反之亦然。随着科技革命的发展，社会经济与政治结构发生了天翻地覆的变化。现代社会中人与人之间的关系变得极其冷漠，人性异化，导致了道德价值观念的大反转。新移民女作家立足于世界文化前沿，受当今新功利主义伦理观的影响，她们对社会历史、国家民族与个人命运之间的关系进行了别样的思考。她们往往采取淡化历史、淡化政治的方式进行叙述。她们着重关注的是大历史中小个人的命运，从而对人性进行深层描写，发掘人性在极端境遇中的各种可能性。这种人性观与道德立场背后是以新功利主义伦理文化为特征的全球化背景。在全球化背景下，新功利主义伦理观与传统功利主义伦理观区别很大。传统功利主义伦理观强调道德目的论，即人们行为方式以行为效果作为道德基础，它强调“最大多数人的最大幸福”。新功利主义道德伦理观强调：“道德判断应该是以具体境况下的个人行为之经验效果为标准，而不应以它是否符合某种道德准则为标准。”② 新功利主义伦理学家斯马特指出：传统的规范伦理无法判断特殊情况的伦理选择。比如，“‘不许说谎’这一规则非但无法说明一位英雄在敌人面前机

① 刘红英：《穷形尽相，相得益彰——周保欣教授访谈录》，《文艺论坛》2019 年第 3 期。

② 万俊人：《现代西方伦理学史》，中国人民大学出版社 2011 年版，第 900 页。

智勇敢（说谎骗敌人）的行为，反而会因此把这位英雄的行为视为反道德（规则）的。"[①]。这种新功利主义伦理观，无疑成为我们评析新移民女作家创作中关于异域婚恋现象的理论依据与参考。

一　违逆正统道德的交换式婚恋

在新移民女作家关于异族婚恋的小说中，严歌苓的《少女小渔》最为典型。小渔为了男友经过"八千里路云和月"，从国内到国外。为了绿卡，男朋友安排她与一个又老又脏又懒的意大利老头假结婚。婚后，小渔会拥有外籍身份，老头会得到一笔钱。一年后离婚，各取所需。对于初出国的移民，很多人无法通过正常法律途径获得绿卡，便采取这种"假结婚"的方式。小说中江伟并不是不爱小渔，但在现实逼迫下，他只能出此"下策"。小说中小渔对江伟无限的体谅与包容，其背后是严歌苓以伦理"至善"原则对这种生命困境的思考，这不是一个简单的道德命题。她写道：

> 她想哭，但见他伏在她肩上，不自恃地饮泣，她觉得他伤痛得更狠更深，把哭的机会给他吧。不然俩人都哭，谁来哄呢。[②]

小渔这个人物形象体现出来的是人性的"善"，是明知江伟自私却保持赤诚与承担。她总是"笑"着，甚至这种"笑"在最后感化了愚顽的意大利老头。她让一个自甘堕落的糟老头重新精神焕发、自食其力。这样来塑造人物形象并赋之以道德承担与伦理"善"的叙事方式，贯穿在严歌苓大部分的小说中。《扶桑》里扶桑也总是"笑"着的样子，这种"笑"激发了12岁的美国男孩克里斯的好奇心，以至他从12岁到白发苍苍耄耋之年，一生保持着

---

① 万俊人：《现代西方伦理学史》，中国人民大学出版社2011年版，第903—904页。

② ［美］严歌苓：《少女小渔》，陕西师范大学出版总社有限公司2012年版，第8页。

对扶桑身上所体现出来的东方文化的向往。很多的解读侧重对扶桑“小脚”所蕴含的东方奇观的挖掘，人性的“善”却被忽略。《小姨多鹤》更是如此，一个战争中作为战利品的“女孩”，几经交易，多次被抛弃，“善”的品行始终如一，人性的光辉与伟大在此得到彰显。陈若曦的《纸婚》，顾名思义，“一纸婚约”，婚姻没有任何实际意义。“我”为了绿卡，与“项”结婚。“项”选择婚姻也只是为了掩饰其同性恋身份，这样的结婚交易也算公平。但在生活过程中，“我”越来越发现“项”是那么优秀。在不涉及爱情与性爱的婚姻中，两个人真诚以待，各取所需。“利用与否”不再是评价这种关系的道德准则。“利己利他”的新伦理探讨才是新移民女作家们思考的重点。汪洋的《洋嫁》中，四十岁的端木婷婷，在经历感情的波折后，最终选择了与六十岁的美国老头结婚，目的也是可以换取绿卡。新移民女作家作品中，在异域空间中获得法律身份的艰难，经由善良的情感而被淡化，闪现在字里行间的是理解与信任。这不是世俗平庸的风月记事，也不是出于某种信条与观念的突围与挑战，而是来自设身处地的感知以及由此而唤起的对人性“善”的诉求。

除了这种以“假结婚”交换绿卡的婚姻模式，另外还有一种“保姆”式的婚姻现象：真实地结婚，交换的不仅仅是绿卡，还有金钱与身体，如严歌苓的《红罗裙》《花儿与少女》《约会》等。在这类小说中，有几个特点：其一，小说中女主人公并非出国打拼的未婚少女，而是40岁左右的离异（或亡夫）的妇女，并带着孩子。其二，她们出国的理由更多是为了孩子在国外获得教育。其三，她们嫁给年老（六七十岁不等）的老外。其四，她们在家庭中名为“妻子”实为“保姆”。她们照顾老头，以换取老头的财富并供养自己的孩子上学。《约会》《花儿与少年》中都有年轻母亲带着儿女嫁给外国老头的情节。这两篇小说中的老头，知道妻子不爱自己。双方孩子造成的负担也增添了他们之间的不和谐。但纵然如此，在这类婚姻中，叙事者并没有揭示人性的异化，反而营造极端的情境进而激活每个人的善良本色，人与人之间用一种大爱与温暖去关怀对方。按照新功利主义斯马特的解释，“如果违背这一规则的结果之善性在总体上大于遵守这一规则的结果之善性，那么我们就必须违背这一规则，不管每一个人遵守这一规则的结果之善性比每一个人都违背这一规则的结果之善性是不是更大。简言之，当功利论者评价结果时，规则无足轻重，它只能作为掰手指式的规则而持有偶然的作用，或作为功利论者不得不籍以算计的社会制度的事实。”① 新移民女作家创作中对异域婚恋现象的描绘，无疑是在特殊情境下的伦理思考。这种情爱伦理叙事超越了单纯的爱恨情仇传统故事的叙述方式，是在全球化语境下对伦理关系与道德僭越的现实反映。

二　伦理禁忌与文化身份

新移民女作家在异域文化中，法律身份的获得固然是艰难的，但文化身份的改变难上加难。有学者认为这是一种“中国执念”②，也有人认为这是文化伦理中的“情感”使然③。不管怎么说，文化传统是根深蒂固的，正如“血缘”。新移民女作家在书写异域经历与经验时，不免以“我”观“物”，总有一个参照物在审视“他者”。在“他者”的困囿与焦虑中，有一个潜在的文化自我。

严歌苓小说《失眠人艳遇》《学校中的故事》《也是亚当，也是夏娃》《冤家》等关涉同性恋题材，这些小说反映她深层上的现实忧思与坚持现实主义的创作方法。《冤家》中女主人公南丝发现丈夫是个同性恋者的时候，她的最初表现是憎恶与反感。《失眠人

---

① 转引自万俊人《现代西方伦理学史》（下卷），中国人民大学出版社 2011 年版，第 909 页。

② 赵毅衡：《三层茧内：华人小说的题材自限》，《暨南学报》（哲学社会科学版）2005 年第 2 期。

③ 朱寿桐：《汉语新文学的文化伦理意义》，《文艺争鸣》2011 年第 3 期。

艳遇》中，“我”常常半夜接到骚扰电话，骚扰“我”的人正是“我”的室友。“我”似乎能理解她，但最后还是仓皇而逃，对同性恋比较排斥。《学校中的故事》中，“我”的老师帕切克温和、博学、善良。在不断尝试之后，严歌苓认为同性恋现象隐含着社会忧患。《也是亚当，也是夏娃》非常具有代表性。小说中主人公“我”由于经济窘迫，帮同性恋者亚当培植试管婴儿。出于“我”和亚当之间的交易，“我”孕育了孩子就算完成了任务。然而，孩子没有了母亲，生了一场大病，以致夭折。“我”在痛苦中反思，其背后是对现代文明社会中的人类不生育与不养育的忧虑以及关于人道精神的重审。

虹影的《康乃馨俱乐部》《翩翩》《辣椒式的口红》《带鞍的鹿》等也都是关于同性恋题材的，小说彰显出来的是一种激情、一种气势，一种为女性申冤做主的气魄。虹影的小说文化批判意味比较强，以极端的女性立场决绝地对男性权威进行挑战。《康乃馨俱乐部》里，“我”、债主、猫、妖精都有过失败的婚姻情感经历，她们联合起来捉拿男性，把男性吊起来割去他们的阳具。单纯看这一篇小说，会以为虹影是一个十足的女权主义者，然而，如果再读虹影其他小说，就不难理解这篇小说的主题为什么如此尖锐犀利。《翩翩》以第二人称的手法叙述一个终日为家庭操劳的中年妇女的命运。她相夫教子，洗衣做饭，却被丈夫冷落。有一天，她的梦中出现另一个女人与她缱绻。《辣椒式的口红》中“我”与小梅心有灵犀，以至我们一起对付男性指导员。《带鞍的鹿》中“我”和羊穗是发小儿。后来“我”知道她嫁出去后去世。小说结尾写道：“这个门为羊穗留着。当你被这个世界追踪得残缺不堪时，我希望能躲进我的这间小屋喘一喘气，如果那时我又一次来不及赶回来帮助你。”① 这句话可以这样分析，“我”写给羊穗，其实是写给自

① ［英］虹影：《虹影中短篇小说自选集》，新世界出版社 2012 年版，第 124 页。

己，写给那些负重的苦难的女性。在带有神秘恐怖色彩的虹影同性恋小说中，常常给人一种压抑悲凉的感觉，这种感觉像火山喷发前的预热。波伏娃认为，同性恋提供女人逃离自己的女性特质的机会——以及接受自己的女性特质的机会。[①] 在长期男性霸权的社会里，女性无从知道自己到底是谁，到底该如何去对待自己与他人。女性联合起来使她们清醒地意识到自我身份与自我内心感受，这是对男性中心文化的颠覆。虹影自己说："这只是象征。" 面对男性霸权，"我们主张甘地式的不合作主义，费边式的渐进主义，新马式的改良主义。我们要求女人团结起来，拒绝男人的性霸权，挫折他们的性暴力倾向，从而改造社会。"[②] 当然，虹影笔下也有一些关于男同性恋题材的小说，比如《鹤止步》中的杨世荣与谭因，《你一直对温柔妥协》中的小小与高峣，《内画》中小毛的哥哥与柳云。相对来说，这些男性同性恋小说，没有上述女性同性恋小说中女性的那种悲情与抗议。总的来看，新移民女作家关于同性恋小说的书写，是对两性关系越出社会规范与习俗伦常的一种重新审视。早期留学生文学中，白先勇把同性恋者看作社会的边缘弱势群体，他以悲悯情怀给予同性恋者更多的同情与理解（如《孽子》等），这也是一种书写的策略，通过同性恋现象对现代社会文明进程中人伦关系与性别意识进行深入思考。"大量已有的研究表明，同性恋者虽然在整个人口中占少数，但其绝对数量并不少。尤为重要的是，它是一种跨文化而普遍存在的现象。"[③] 新移民女作家以跨文化视角和中国传统文化精神审视异域语境中的异类现象，无不带有文化身份的印记。虹影式的决绝与肯定，背后是一种反抗与策略，是对女性权利的争取与女性意识的建构；严歌苓式的犹豫与否弃，是从人类

---

① ［法］波伏娃：《第二性 I》，郑克鲁译，上海译文出版社 2011 年版，第 196 页。

② ［英］虹影：《女子有行》，文化艺术出版社 2006 年版，第 48 页。

③ 李银河：《李银河自选集——性、爱情、婚姻及其他》，内蒙古大学出版社 2006 年版，第 59 页。

历史发展的角度对当下社会的忧思。她们秉持的是一种现实主义的创作方法，这使她们的作品读起来具有深广忧愤的文化意味。由于其中增加了一些现代叙事技巧与西方文化精神中对个体心灵苦闷的揭示以及对个性精神的宣扬，她们的小说便具有了文化混杂的审美特质。

三 伦理新变中的爱欲重估

"身体写作"与性爱叙事是女性作家通过小说文本表达自我心声、探讨女性主体实现的方式与途径。新移民女作家以先锋探险的姿态来探寻情爱关系中逸出社会规范与习惯认知的种种异域文化现象，诸如描写"一夜情"与"单亲妈妈"的文学题材。仔细辨析，我们会发现，这种阐释仍然是对人性善的理解与诉求，同样也是女性作家在异国文化中探究性别和谐与差异的新路径。融融，1987 年赴美留学，现为《星岛日报》副刊专栏作家。她出版有长篇小说《素素的美国恋情》《夫妻笔记》《来自美国的遗书》等。其中《夫妻笔记》以大胆的性爱描写对跨国婚姻伦理与深层人性进行思考，可谓石破天惊。有学者评价："在北美当代的华语文坛，以'性爱'的杠杆，正面撬开'生命移植'的人性深广，融融可说是第一人。"① 《夫妻笔记》中写道："婚外情有助于稳定婚姻，能够挽救和缓冲感情危机。"② 这种提法乍看匪夷所思，但它也是对深层人性的探求。小说描写来自中国的佩芬与丈夫任平，生活拮据，处于争取早日拿到绿卡的奋斗阶段。在生存压力下，佩芬去当保姆，偶然在报纸上看到保姆如果得到雇主的推荐，就有望得到绿卡。于是佩芬便与雇主葛莱希亚联系，并得到肯定答复。但接下来小说出现了另一条线索，佩芬在做保姆的同时，被葛莱希亚的前夫贝利（出

---

① ［美］陈瑞琳：《融融的情爱小说》，《海外星星数不清——陈瑞琳文学评论选》，九州出版社 2014 年版，第 140 页。

② ［美］融融：《夫妻笔记》，世界知识出版社 2005 年版，第 31 页。

色的摄影家）欣赏，充当了他的广告模特儿。模特儿与摄影师互相爱慕进而“出轨”。小说中作者并未按照世俗的道德评价去谴责佩芬，而是展开了关于保守与开放、性爱与婚姻的伦理观辨析。佩芬并未因为和贝利在一起，就背叛丈夫任平，反而在愧疚中对任平更好。事实上，佩芬与丈夫任平从未有过痛快淋漓的肉体满足。任平在“女人是祸水”的伤痕记忆（父亲和哥哥都是因为女人而身败名裂的）与“情欲动而止于礼”的伦理束缚中，总是难以正视自己的欲望本能。在佩芬出轨的同时，他也与同事妮可冲破了理性克制，实现了肉欲满足。在与妮可交往的过程中，任平一边满足着身体欲望，一边在负罪感中自我谴责。他在身体与精神的分裂中导致神志迷乱，最后只得求助心理医生。在颓废的性爱描绘中，作者意在辨析的是欲望本能与婚姻规范、自我释放与精神压抑、东方伦理与西方观念之间的差异，现代文明与传统礼教、人性与道德之间的悖谬。当“披着男子汉外壳”的东方男子与“保持着贞洁”的东方女子身处现代西方文化语境中，根植于内心的东方伦理约束逐渐受到冲击乃至最终破裂，他们在沉沦中释放自我的同时，却意外获得了自我。欲望主体与精神主体达到了统一。佩芬由保守转变为开放，一层层地脱落了文化的外衣，自我也在文化冲突、交融与互渗中逐渐地脱胎换骨。作者融融并非肯定婚外情爱，而是由婚外情爱的探险揭示了夫妻之间如何更好地平等相处与给予对方自我空间的伦理意识。《热炒》以三个经历了爱恨情仇的女子相约聚会为线索展开，三人相互袒露各自的情感经历与内心隐秘，在袒露中反省自我并理解对方，意识到爱情背后是更深层的欲望追求。从琼与诺姆之间来看，诺姆和琼的婚姻，不是人们所认为的“死亡爱情”，不能凭借赌气、吵架一类的方式来解决。“而是诺姆在成功之后，对自己的不满和不甘。他无意中得到的一个年轻姑娘，给了他以最轻率最省力的形式，来达到自虐和自乐的目的。他潜意识里有许多恐惧……”[①] 这种借肉欲、色欲来满足自己的心理，其实是内心自卑与恐惧的表现。两性和谐正如“热炒”，不是把所有材料放一起加热炒起来就可以，它需要火候，需要先后次序。这种对规范的“逃避”，所揭示的是对自由的探知。“逃跑，也许就是人的宿命，为了活下去，活得好一些，人人都在跑，逃离苦难，逃向和平，谁在乎跑道上的道德标签？……”[②] 道德往往凌驾于人们头顶之上，但人性才是真正决定人类行为的力量。

二湘，北美新移民女作家中的新生代作家之一。她毕业于北京大学，获得克萨斯大学奥斯汀分校计算机硕士学位。她的科幻小说《重返2046》入围第八届全球华语科幻星云奖。2018年由北京十月文艺出版社出版的长篇小说《狂流》，备受好评。小说以平缓的叙事风格，讲述了三位女性求学工作、出国移民、恋爱结婚等人生遭际。她们都是北京大学的优秀学子，得天独厚的资质与精深广博的学养为她们进入社会打下了扎实的基础。她们的生活不存在衣食之忧，即使出国打拼，也属于马斯洛所言“自我实现”的最高层次。小说引发的思考是在现代社会中，当物质富足以后，女性知识分子生活方式与婚姻价值观的新变问题。在“单亲妈妈”还并不能被主流价值观所接受的今天，《狂流》肯定了二位女性“只要孩子、不结婚”的大胆选择。追溯这种婚姻价值观的嬗变，可以看到她逾越了女性叙事背后对婚姻完整性的一贯追求，也超越了女性经济独立的价值标准。作者从情爱伦理新变以及个性自我关怀的视角，对主人公婚恋伦理观予以敏锐思考，呈现出一种对两性伦理、对女性生命意识的深入探求。《狂流》的深层结构是从突破传统婚姻道德的禁忌展开的，怡敏、林晚和海婷是小说中的主要人物，她们风华正

---

① ［美］融融、［美］陈瑞琳：《一代飞鸿：北美中国大陆新移民作家短篇小说精选述评》，中国文联出版社2008年版，第173页。

② ［美］融融、［美］陈瑞琳：《一代飞鸿：北美中国大陆新移民作家短篇小说精选述评》，中国文联出版社2008年版，第164页。

茂，是北京大学二年级学生，住在同一宿舍。怡敏是三个人中条件最好的，家境优越，天性活泼，果敢刚强。先后遇到久柯、假胖子、皮埃尔、范健四位男性。久柯是歌手，一首《狂流》拉近了与怡敏的距离，但阴差阳错，他们没能走到一起。皮埃尔天性风流，又是地地道道的法国人，性生活自由。当怡敏得知他有另外的女朋友时，便离开他。但皮埃尔是怡敏关于情感价值观转变的一个转折点，通过皮埃尔，怡敏逐渐地转变了对情感、婚姻与性爱的认知。这三者并非能够完美地融合在一起。怡敏对范健没有特别的爱与厌。她怀了范健的孩子，却拒绝与他结婚，自己带着孩子离开北京，到上海工作。最后选择了和假胖子结婚。林晚单纯、善良，习惯于隐忍。大二的光学课上，她喜欢上了物理老师周鸿飞。但周鸿飞已有妻子，并且很优秀。在周鸿飞妻子出国访学期间，林晚和周鸿飞相爱并同居。直到周鸿飞妻子回来，林晚正好毕业，出国留学。在一次回国探亲的晚上，林晚与周鸿飞见面，不自觉地又在一起。到周鸿飞再一次出国开会，在林晚家才发现和自己女儿相貌非常相似的又一个女儿，已经能够叫“爸爸”。周鸿飞无法取舍。林晚没有任何要求，她独自承担所有一切。海婷是三个人中家境比较差的，她来自农村，但成绩优异。她与丈夫陈迪一起出国，后来一起海归，负担着照顾双方父母的生活重担。和怡敏、林晚比较，海婷是一个传统的女子。出国后，她爱上了莫念衡，但道德感让她丢不下男友陈迪。她和陈迪共同来自农村，他们相同的生活经历，相似的家庭背景，当然也注定了他们婚后繁重的生活负担。怡敏和林晚有着相似的命运，她们家境都不错，但她们真正的共性在于：两个人都选择了无怨无悔地做“单亲妈妈”。这正是小说表现出来的审美意趣和价值关怀所在。在世俗伦理还不能完全认可“单亲”的家庭模式下，《狂流》进行了理想的尝试。这些北大学子，对独立精神与个性观念深谙于心。她们目睹异国风貌，体验异域文化理念。她们不需要为争取自我权利而呐喊，不需要为如何抉择而彷徨，不需要为某个决定而内心充满纠结，不需要为舆论而承受压力。在她们看来，似乎人生本应如此，一种超然自适的伦理理念与日常行为已浑然一体。她们周围没有来自家庭的干涉、没有舆论的阻挠、不需要辩解，没有恨与怨，也就没有冲突。整部小说的格调是和谐、平缓的，在一种开放性的语境中，沉入内在的自我选择中。即使是周鸿飞的妻子庄晓岩知道了丈夫和林晚的事，也没有太大的波澜。晓岩只是在反省自己做错了什么？然后潜意识地买了一处房子，也许有一天自己能用到。这显然是一种优雅知性的独立姿态。而且，这种和谐平缓的格调涉及三代人。周鸿飞的大女儿玉泉出国留学，正好和小女儿玉溪在一所学校。玉泉因为知道了玉溪和自己是同父异母的妹妹，经历了一段时间的思想挣扎，不过最后也接受了。玉溪得知玉泉的事，以其相貌相似替姐姐上课并顺利通过了考试，两人融洽相处。从上一代来说，尽管怡敏的妈妈也多次为女儿的婚事担忧，但并没横加干涉。女儿一个人带孩子，父母也没感觉不合时宜。一切都是淡然的，即使有一点冲突，却造不成戏剧般的矛盾冲突。林晚从小母亲早逝，父亲续娶。父亲与继母得知她未婚已孕，并已生下孩子让他们去照顾时，只是情绪上有所波动，也并不认为其大逆不道。由此可见，在怡敏、林晚等一类女性的思想意识里，她们已没有了世俗伦理道德对她们的捆绑和束缚。实际上，作者聚焦于婚恋独立的伦理关怀。传统的伦理规范和世俗步骤，在《狂流》中已经消失殆尽。该书传递出现代女性对自我主体性的认知，这种认知是对惯性的道德规范的挑战，同时真正确立女性自我。而且，这种挑战不再是如“五四”女性那样的反抗，而是真正地建构起女性独立之后的形象。

上述无论是对“单亲妈妈”的自愿选择，还是对“出轨”的新释，我们将之放在性别伦理范畴来看，这是对性别平等的期望。安东尼·吉登斯（Anthony Giddens）在《亲密关系的变革——现代社会的性、爱与爱欲》中指出：在现代社会的发展中，性已由私人领域转到了公共领域。“性革命发生了，很多思想家将革命的希望寄托于性上，对他们来说，性代表着一种潜在的自由王国，尚未被今天的文明框限所污染。”[①]“如果将它看作是平等的个人纽带的相互协商”，“亲密关系意味着对个人关系领域大规模的民主化，其方式完全可同公共领域的民主相提并论”。[②] 然而，对性别平等而言，正如政治、经济平等各个方面一样，在一定程度上，它只是一种期盼与愿望。伊利格瑞从女性立场一针见血地指出过：“对什么平等？”理性与逻辑制定出来的方法与规则值得怀疑，或者说，理性本身值得怀疑。理性的就是正确的吗？如果说“情感问题”是非理性的，那么将之纳入理性的逻辑框架中显然无法解释。换言之，如果不能在“差异”基础上而建构平等，那么，它并不合理。在性别解放的同时，性别差异是女性书写面临的更大问题。

第二节　历史回溯中女性形象的改写

新移民女作家的异域情爱与婚恋叙事，并非隔离中国历史与社会的断层文化现象。回溯性别审美经验的历史，她们经历了对男权社会的鞭挞以及对女性自我主体的构建过程，而后才以决绝的姿态正视当下，描述现实社会中一些光怪陆离的另类景观，并赋予之另类意义。苏珊·弗兰克·帕森斯（Susan Frank Parsons）在《性别伦理学》中关于“伦理学是不是男性的学科”进行了详细辨析。她引用洛琳·寇德（Lorraine Code）的观点指出：“认知中的男性在宣扬一种完美的理性中抛弃了主观性、关系与处境。相应地，女性的认知就被表现为不重要的和令人讨厌的，从而支持从男性的分

---

① ［英］安东尼·吉登斯：《亲密关系的变革——现代社会的性、爱与爱欲》，陈永国、汪民安译，社会科学文献出版社 2001 年版，第 1 页。

② ［英］安东尼·吉登斯：《亲密关系的变革——现代社会的性、爱与爱欲》，陈永国、汪民安译，社会科学文献出版社 2001 年版，第 3 页。

离立场所得出的对现实的更为真实的解释。因此，人们假定道德知识——对什么是善的和正确的知识，将来自这种男性的推理。”[①] 帕森斯强调这种结论的归纳来自西方历史的传统，事实上，东方中国历史上的男权传统有过之而无不及。有学者认为：“在中国宗法体制中，女性丧失主体/自我的现象在文化传承上有其传统性别规范的背景。《易经》的阴阳观，经过《吕氏春秋》《淮南子》《礼记》等经书典籍的传播转化，已把阳尊阴卑和男阳女阴的观念发展得更为成熟圆满。到了董仲舒写出《春秋繁露》之后，阴阳更被大量运用到宗法伦理体系之中，奠下以‘阳’为天、君、父、夫、男，以‘阴’为地、臣、子、妻、女的尊卑纲常。阳尊阴卑、天人合一的系统哲学观，到了董仲舒算是构成了完备的理论形态（顾文炳，1993：81～82）。”[②] “五四”新文化运动意在打破中国传统文化的桎梏，推进中国的现代化转型。陈独秀提出伦理之觉悟乃人之最后觉悟之最后觉悟。[③] 女性觉醒亦然，伦理观的突破，乃是最深层的突破。在今天，中国女性文学逐渐成熟，但古老的传统封建伦理仍然以“超稳定”结构影响着女性意识的深入。新移民女作家的创作，试图撼动这种“超稳定”的性别文化，进而建构女性新世界。

一 以“失忆”推翻男性历史

《陆犯焉识》是严歌苓的优秀长篇小说之一。许多研究者认为这部小说是严歌苓第一次以男性作为主人公进行叙事，所以笔者从男主人公陆焉识作为现代自由知识分子的形象分析入手，对男性话语中的历史政治与知识分子的自由品格等方面加以阐释。事实上，从性别伦理来看，这仍然是一部女性受压抑而后反抗的历史，只不

---

① ［英］苏珊·弗兰克·帕森斯：《性别伦理学》，史军译，北京大学出版社 2009 年版，第 47 页。

② ［马来西亚］林幸谦：《荒野中的女体》，广西师范大学出版社 2003 年版，第 5 页。

③ 袁伟时编：《告别中世纪：五四文献选粹与解读》，广东人民出版社 2004 年版，第 83 页。

过这种反抗不再以声嘶力竭、号啕大哭、委屈求诉的方式，而是以别样的方式试图扭转男权历史神话。小说中有这样一段细节特写：

> 婉喻突然往前一挣，两只胳膊同时抡了半个圈。雪锋冥冥中等待的意外事物终于被等来了：婉喻以迅雷不及掩耳之势挣脱了大女儿丹琼，并将她摔倒在地。……还没有等到丹琼从地上爬起来，婉喻将餐桌向前一推——推惯了红木八仙桌，推这个桌子太不算什么了，就算桌面上摆满杯盘碗盏也算不了什么，反正她一发力桌子就向她的对面顺当移去。坐在我祖母对面的人有我父亲冯子烨，我母亲钱爱月，还有我那个从大西洋彼岸来的不多言不多语的婶奶奶，他们在桌子卷土而来时来不及起身，更谈不上后退，变成了婉喻这台推土机的牺牲品，被碾到了桌子和杯盘碗盏下面。①

这本来是由大女儿丹琼给父母安排的正式“婚宴”，但婉喻将这场婚宴彻底推翻了。婉喻推翻的不仅是婚宴，而是“吃人”的男权历史。婉喻从孩童时代起，通过恩娘（恩娘名叫冯玉芳，是婉喻的姑姑，陆焉识的继母）住在陆焉识家，早已对陆焉识打心底里钦佩。后来由恩娘做主，两人成婚。接受过现代启蒙思想的陆焉识，从根本上排斥这种“被安排”的婚姻，所以在新婚之后，以出国求学为名，逃离家庭。留学归来，他仍然以事业为借口，每天泡在咖啡馆、图书馆来躲避婉喻，后来被劳改下放。但在劳改场的“黑屋子”中，他忽然想起婉喻，有一种从未有过的爱情的甜美感觉，于是，不顾一切越狱逃跑回去看婉喻。这段情节是《陆犯焉识》被改编成电影《归来》时选择的一段内容。电影的改编以通俗化的情爱主题切入，但也直观地呈现出两性关系的伦理内涵。陆焉识在最黑

---

① ［美］严歌苓：《陆犯焉识》，作家出版社2011年版，第381—382页。

暗的日子里，顿悟爱情的美丽。从此，爱的力量支撑着他一直到苦难结束。然而，终于等到和婉喻重逢的时候，婉喻却记不起他是谁。她“失忆”了。这不仅仅是出于叙事策略，更是作者对性爱伦理的深层揭示。婉喻“失忆”的弦外音：“你回来了，我就接受你吗?”作者安排婉喻“失忆”，隐含作者声音是，“我”（婉喻）的女性主体意识已经觉醒。事实上，婉喻潜意识中一直就是自我主体的驾驭者。她并不因对方（男性）的爱与不爱来决定自己的选择，“我爱你”是“因为我愿意”，那么，“我”（女性）同样可以自主地决定“我不爱你”。即使给了她所谓正式“名分”，她也不要。“失忆”，其实是不想再记起来；既往一切可以不计较，不追究，但这种男尊女卑的历史结束了。从此，陆焉识不可以再接近婉喻的“炮楼”。

记忆是不准确的，在某种程度上只是审美想象。“失忆”常常是作者用来构思小说情节的方法。陈谦的小说《我是欧文太太》中也有关于“失忆”的描写。小说主人公丹文其实是“拒绝回忆”。在叙事的内在模式上，《我是欧文太太》与《陆犯焉识》中对两性情感关系的描述同出一辙。“忘记”是可以选择的，它来自一种彻悟：“往事不必再提，人生已多风雨。”丹文是二十年前“我”在美国西部蒙大拿的冰山镇遇到的中国女孩，那年她只有三十岁。她来蒙大拿，是为了寻找前夫胡力。丹文在大三的时候冲破家庭阻力，与胡力相爱。后来胡力申请了美国的研究生。此时，丹文怀孕。她背着胡力做人流，放弃学位。只因签证迟迟办不下来，胡力提出离婚。丹文在离婚协议书上签字的时候就决定到美国找胡力，目的是要个“说法”。故事交代，丹文找到胡力，在风雪中展开激战，丹文将胡力杀死。这个案子一直悬置着，“我”作为知情者，却没有举报。因为“我”知道，对于丹文的案件，不是法律能够判清的，这里混杂了爱情、付出、牺牲、背叛、报复等复杂情感。小说叙事者“我”在二十年后遇到丹文的时候，丹文带着两个孩子，容貌也大变样。她说："跟他纠缠过那么久，是那个女人一生最大的错误，最深的不幸。""对不起，我是欧文太太。"[①] 二十年后的丹文已经是"欧文太太"，而不是原来"那个女人"。女性作为"他者"的历史可以如此被重写，因为历史本来就是被文化建构起来的，是男性依照自己的意愿构想出来的图景。从基督教神学中就已经开始体现，女性只是附属于男性身体上的肋骨。女性"从来没有构成一个独立的阶层：事实上，她们并没有力图作为女性在历史上起作用。要求女人作为肉体、生命和内在性，作为他者出现的理论，是男性的意识形态，绝不表达女性的要求。大多数妇女对命运逆来顺受，不想做出任何行动；企图加以改变的女子不想封闭在她们的特殊性中，不想使它获胜，而是想加以克服。当她们进入世界的进程时，是采取男人的观点、跟男人保持一致"[②]。波伏娃把女性置于历史、社会与文化背景中进行主体性建构，仔细辨析 sex 与 gender 的区别，从而彻底改变人们固有的偏见，这是从理论上对女性历史的重新认定。然而长期以来，女性是作为"他者"出现在社会中的。作为"他者"的女性常常是"无声"或者"失声"的，沉默寡言便成为形容女性美德的代名词。女性即使在被给予"说话"的权利时，也未必能发出自己的声音。然而，在沉默表象的内心世界里，反抗与辩解的声音却未必微弱。《陆犯焉识》中典型的中国旧式女性婉喻，最终以决绝的方式爆发，以彻底推翻的姿态显示出性别历史改写的可能。

二 以"出走"建构女性自我

陈谦不同于严歌苓以"失忆"的方式来塑造女性人物形象，陈谦笔下"出走"的女性发出了自己内心的声音。"在叙事诗学（即'叙事学'）里，'声音'……指叙事中的讲述者（teller），以区别

① ［美］陈谦：《我是欧文太太》，太白文艺出版社 2017 年版，第 121 页。

② ［法］波伏娃：《第二性 I》，郑克鲁译，上海译文出版社 2011 年版，第 187 页。

于叙事中的作者和非叙述性人物。”[①] 陈谦的小说文本艺术性地呈现了这种“声音”。《望断南飞雁》写的是一个家庭主妇抛弃丈夫的故事，其中有对女性主人公内心世界的层层展现。小说以男主人公沛宁对往事的追忆而展开，对主人公南雁的心理描写是这篇小说的亮点。南雁爱好绘画，跟随男友出国，以为到美国可以实现自己的梦想。当有了两个孩子后，她只能做起了全职太太。她向丈夫提出自己的爱好与读书的想法，却被拒绝。于是南雁“抛家弃子”离家出走。丈夫想不通“本来一直温良的南雁到了中年，竟也突然要去活出强女人的样式”[②]。他在寒夜里一张大床上想象：

> 南雁今夜该是浸在旧金山的寒雨里。她如今已不在乎雪。她如今不在乎的又岂止是雪？连自己一双年幼的儿女，都全部甩下。那是南雁的离弃，沛宁借着这静谧的雪夜，首次认下——他还是不愿意说“抛弃”。[③]

沛宁一点一点地回想，他无法明白南雁哪儿来的这种“决绝”。在他的心目中，南雁是弱小的、温良的“天使”。沛宁身边的两个女性，一个是“天使”南雁，另一个是“魔鬼”王镭。沛宁本来与王镭青梅竹马，他深爱着王镭。但王镭的优秀与强大，让他寒噤。他宁愿放弃真爱，选择了与他并没有多少真情的“天使”。沛宁的选择大概符合多数男性的审美标准与价值裁断。他想不到“天使”也会出走。女性内在的心理变化与心路历程，沛宁没有去理解过。小说写道：

---

① ［美］苏珊·S. 兰瑟：《虚构的权威：女性作家与叙述声音》，黄必康译，北京大学出版社2002年版，第3页。

② ［美］陈谦：《望断南飞雁》，新星出版社2010年版，第19页。

③ ［美］陈谦：《望断南飞雁》，新星出版社2010年版，第4页。

南雁在最初的日子里，每夜都醒着给沛宁开门。[①]

后来，沛宁回家的时间越来越晚，进门时迎接他的，变成了小客厅顶上那些形状诡异的黑影。[②]

南雁的菜烧得有模有样，倒真是出乎沛宁的意料。[③]

“他是深爱着这个在自己臂弯里安静地眨着一双无辜大眼的妻子的。晚春里又一个这样的早晨，南雁忽然在他的臂弯里哭出声来。”[④]

从“醒着等待”到“黑影”，再到“烧菜烧得很好”，然后“哭泣”，这其中的心路历程应该是，甜蜜的爱—希望—失望—无言—转而做事（内心悲伤）—发声地哭。沛宁注意到的只是几个断点，从来没有把它们连接成一条线，仔细思量南雁的心路历程，更没有想过这种心路走下去会让南雁爆裂。类似于鲁迅的《伤逝》，小说以涓生的忏悔来追忆子君的一生。作为男性作家的文本，小说讲述者在讲述涓生的忏悔中，通篇都未曾顾及子君的心声。但《望断南飞雁》中，南雁的心理变化过程被刻画得细微逼真，其辩解的声音清晰有力。讲述者强调，南雁原本有自己的“美国梦”，沛宁却以度蜜月来安慰，就像哄骗一个小孩：

沛宁拨弄着她的头发，轻声说：来陪读的太太们，都要过个关的，渐渐就会习惯。这话像不小心触到了个什么开关，南雁瞳仁里本来摇曳着的两点微弱蓝光，“啪”地一下就灭了，泛出极小的两点墨黑。……南雁安静地起身，慢慢穿着衣裳，轻声说：“Too bad, that is not my American dream”（遗憾，那

---

① ［美］陈谦：《望断南飞雁》，新星出版社 2010 年版，第 59 页。

② ［美］陈谦：《望断南飞雁》，新星出版社 2010 年版，第 60 页。

③ ［美］陈谦：《望断南飞雁》，新星出版社 2010 年版，第 60 页。

④ ［美］陈谦：《望断南飞雁》，新星出版社 2010 年版，第 60—61 页。

不是我的美国梦）……[①]

在这里，沛宁认为美国梦“不分你我”，是对南雁爱好与个性的漠视。南雁不得不像请客人吃饭一样请丈夫吃饭，正式地提出“想出去工作”。而沛宁的反应是：“你这是开的什么玩笑？……孩子们怎么办？”[②] 不管是妻子失控大爆发，还是正言厉色地提出要求，丈夫都从来没有改变过自己对家庭秩序的坚持。看似性格温和又博学多识的丈夫，也是一个家庭专制者。他对妻子的藐视与冷漠，背后是索取与占有，以及人格上的不尊重。南雁的“出走”已成必然。她有一颗追求艺术的心灵，对“流浪”充满向往。她柔弱的外表下拥有倔强的个性。南雁不得不走，留下所谓越来越富有的家庭与两个可爱的孩子。如果说古希腊神话中美狄亚的出走是因为丈夫另有新欢而进行报复，南雁则完全是为了自我实现。在陈谦小说创作中，“出走”与“回归”是她对女性自我获得的思考重点。她在《爱在无爱的硅谷》《无穷镜》中都延续了这种“出走”的话题。不过，后者更多涉及对社会与历史、科技与艺术等内容的思考，相关论述将放在第五章详细展开。

三　以“拒绝”彰显女性独立

“吴尔夫在《伯纳特先生与布朗夫人》中说的话表明，正宗的现代派文学是男性的事业。虽然她使用了‘写小说的男男女女’这个字眼，这篇文章中出现的女性名字都是小说人物的名字，而她列举的作家都是男性。”[③] 换言之，在男性作家笔下，女性声音与内心感受是被隐没的。但经由女作家创造与构建出的文本世界则明显不

---

① ［美］陈谦：《望断南飞雁》，新星出版社 2010 年版，第 61 页。

② ［美］陈谦：《望断南飞雁》，新星出版社 2010 年版，第 103 页。

③ ［美］苏珊·S. 兰瑟：《虚构的权威——女性作家与叙述声音》，黄必康译，北京大学出版社 2002 年版，第 119 页。

同，她们重视女性内在的声音，以及女性在社会历史建构中的作用。张翎，多伦多新移民女作家群成员之一，创作多产，质量奇高。在越来越多消解历史的新历史主义写作中，她独自重建宏大历史，追求恢宏博大的叙事特色，彰显出大历史大叙事气魄。在她笔下，与其说呈现的是"男性缺席"的文本，不如说是女性主动地"拒绝男性"、安心建构自我世界的文本。《阵痛》写的是一个家族四代女人的故事。就性别伦理而言，小说揭示的是"女人生孩子不需要丈夫"，她们注定了要世世代代在孤独中经历生产的阵痛。[①] 第一代女人上官吟春，嫁给钦慕已久的"大先生"。有一次她从娘家回来的路上，遇到日本兵，遭受强暴。大先生怀疑吟春怀了日本人的孩子。孩子出生的时候，吟春一个人到离村子很远的据说有鬼无人敢进的山洞里去生孩子。第二代女人，吟春的女儿小陶。上大学时正值越南南北内战时期。小陶的恋人是越南留学生黄文灿。越南内战爆发，黄文灿回国。此时，小陶怀孕。生产的时候，又是男人不在场。第三代女人便是小陶的女儿，武生。武生大学毕业赶上出国潮。她有一个在美国某大学任教的教授父亲（黄文灿）。她爱上华裔杜克。但生产的时候，她已与杜克分手：

> 她挣扎着爬到屋里，扯下床单裹在自己身上，踉踉跄跄地跑到了街上。夜已经烂熟了，她没有想到她已经在地板上躺了这么久。路上的行人和车辆都很稀少，她有气无力地挥舞着床单，几辆汽车从她身边经过，犹豫了一下，却又呼啸而去。……她不想弄脏他的车。身子还来不及在这个新的姿势里安定下来，一股温热已经从她的两腿之间奔涌而出。她拿手一探，摸着了一团湿黏的头发。
>
> 天哪，我把你生在路上了。[②]

---

① ［加］张翎：《阵痛》，作家出版社 2014 年版，第 333 页。

② ［加］张翎：《阵痛》，作家出版社 2014 年版，第 330—331 页。

第四代女人的名字叫路得。小路得在小学一年级的课上回答问题，说“长大了要当接生医生”。如果说前两代女人的男人不在身边，是出于战乱的特殊原因，后两代女人则出于主动放弃。以拒绝男性历史的方式来建构女性世界是张翎小说的思维特征。《交错的彼岸》也是关于一家三代女人的故事。不过，故事中的三代女人都带有《阵痛》中前两代女人的特征，不得已而离开。从《交错的彼岸》到《阵痛》中女性形象的嬗变，可以看出女性从“被动”放弃到“主动”撤离后而建构女性世界的过程。“主动性”的获得是女性自我认同的开始，但这里不再是观念上的独立，而是出于女性的生命体验。张翎小说中这种弃绝“他者”与“自我”的对抗，女性以自我承担而获得独立的认知是具有特殊意义的。《阵痛》中的黄文灿，他不是故意抛弃女友，而是要回国去参加正义战争，后来他还在一直追悔、等待、寻找他的女友。对两性离弃的书写在这里显示出对性别历史叙事模式的改写。如果说严歌苓《陆犯焉识》的写作风格逆转了对男性历史的正统叙述，陈谦以“出走”的方式寻找新生，张翎则干脆以拒绝男性转而建构女性独立丰盈的自我世界的方式来叙述历史。女性主体性的层层推进，是新移民女作家对两性伦理与文化思考的深入。

第三节　从伦理反思看启蒙困境

无论是书写在异域时空下对婚姻道德的僭越，还是叙述在历史场域中扭转男性权威历史，新移民女作家从两性伦理关系进行不同侧面的想象与探测。“无爱”的婚姻、“出走”的勇气、拒绝男性的独自承担能力，皆标志着当代女性自我主体精神的获得与个体意识的增强。然而，人的主体性到底在多大程度上能够实现？在一定意义上，主体精神是随着西方 18 世纪启蒙运动而兴起的。在中国，五四文化运动以前所未有的决绝姿态反传统，其思想直接来源于西方的启蒙意识与人文主义。然而，在当前全球化语境中，启蒙越来越显露出它给人类带来的困境。“知识就是力量”与“我思故我在”的哲理激发了人们的征服欲，显示出人类自身的伟大，但同时它也走向了人类自我的反面，走向了自我毁灭的危机。新移民女作家通过两性伦理叙事，在不断僭越与突破伦理规范的同时，对启蒙之后的未来人类寄以深深的忧思。

一 对启蒙理性主体的解构

施玮是新移民女作家中明确提出自己文学理论主张的少数作家之一。她在中国“性灵文学”的基础上，结合西方基督教神学提出“灵性文学”的概念。她特别强调了“文学是人学，不是神学”，不过文学创作应该更注重人学中“灵”的属性。施玮认为接受过启蒙教育的当代知识女性，拥有了一定的社会地位，经济上也已完全独立，精神上也拥有了“一所自己的房间”。优雅与知性是她们最突出的特点。然而，她同时质疑这种优雅。因为伴随这种优雅而来的是孤傲与冷漠，她认为“优雅”是致命的，其实质是自足的虚妄和道德的冷漠。她的小说《纸爱人》叙述的是一个妻子将丈夫“捉奸在床”的故事。一般而言，面对这种情形，妻子大概会哭会闹。然而，小说中妻子看着床上的两个人，优雅地转身，让他们各自穿衣，然后拉开窗帘，让女子走掉。小说交代：丈夫最难忍受的就是妻子的这种“优雅”。甚至出轨的理由，只是想激怒一下妻子。题目“纸爱人”，即没有血肉的爱人，这是对失去生命感觉的现代人灵魂的生动写照。施玮认为现代社会所构塑的理性价值观，过分强调理性的价值期待，而否定了个体生命的当下感受。现代知识女性接受了启蒙理性教育，即便面对丈夫出轨，她们也不再像秦香莲似的哭诉，也不再像秋菊那样讨个说法。这种理性的“优雅”似乎有些“不近人情”，因为优雅理性的背后是一台没有生命感觉的机器。这台机器定时定量地收放自如，没有情感、情绪，它可以绝对地操控自我与环境。然而，我们知道，当人绝对拥有自我的时候，其实已经走向了自我的反面。20世纪的知识女性逐渐挣脱封建伦理纲常的束缚与自身的柔弱，一步步走向独立自主，成为拥有独立精神的现代个体。但事实上，理性启蒙所包含的乐观精神实际上也伴随着其无法克服的矛盾，理性兀傲的现代人目空一切，认为自己可以统治自然、统治世界。当自我主体以为可以主宰一切的时候，实际上也就是理性的“谵妄”幻象，结果成了像马尔库塞所说的“单面人”、爱伦·坡笔下的“人群中的孤独者”或者“面对面的陌生人”。当然，这种质疑并不完全否定启蒙理性。正如阿伦·布洛克所说：“（启蒙运动）没有最后一幕：如果人类的思想要解放的话，这是一场世世代代都要重新开始的战斗。”[①] 理性启蒙是其中必要的一步，是哈贝马斯所言“尚未完成的现代性”。那么，濒临机械般的理性主体，一旦面临个体的孤独无助甚至终极危机时，还能继续保持“理性的优雅”吗？她们又该如何来拯救自己呢？危机与拯救成为施玮小说叙事的结构模式，也成为其独特的叙事魅力。《记忆条》写于2013年。这部小说以童话的形式书写，从主人公安琪因为丈夫出轨“离婚”写起，像上述《纸爱人》中的女主人公一样优雅地离婚。离婚后，安琪将面对怎样的命运，她是否还能一如既往地保持“优雅”？我们可以将这篇小说看作《纸爱人》的续篇。安琪离婚后，祸不单行，她得了绝症。莎拉是安琪的好友，也是一个引渡者，是上帝的信使，莎拉带安琪到教堂。但安琪固执地认为：如果上帝爱世人，为什么要惩罚没有犯错的无辜者？她质问：

> 作为一个女人，我已经做到百分百了，是这个男人忘恩负义，是他品味低……犯淫乱罪的是他，为什么上帝不惩罚他？

---

① ［英］阿伦·布洛克：《西方人文主义传统》，董乐山译，生活·读书·新知三联书店1997年版，第127页。

难道因为他不是基督徒？上帝，你要公平！若说你只管教你的儿女，那我不要你这个父亲，因为我没错……至少在这事上我没错。①

安琪对上帝的质问是每一个没有信仰的尘世人的普遍疑问。这时，她的初恋情人华峰出现。华峰得知她的消息从国内专程来看她。然而，安琪认为：女人依靠男人获得救助，早已是一个神话。安琪曾路遇一位坚信上帝的街头艺术家，他站在马路边喊："上帝爱你！"安琪反问："上帝爱你吗？"对方并没在意安琪的嘲讽，反而兴奋地向她解释："上帝爱世人，甚至将他的独生子赐给我们，叫一切信他的，不至灭亡，反得永生。他爱我，也爱你！上帝爱每个人，你要信他！""我的家不是上帝拆的，是我们自己拆的……"艺术家的话触动了安琪。安琪最终认识到："我发现自己已经无法理直气壮地怨天尤人了……"② 这是一个关于罪孽、惩罚、救赎与宽宥的故事，同时也是施玮对女性自我主体的重构过程。但是，《斜阳下的河流》记述的是男女主人公林迎辉和陈雪依四十年的守候与等待的爱情故事。四十年来支撑他们力量的是"爱是持久忍耐""在爱中全无惧怕"。这部小说所蕴含的深意在于，真正能救助人类的是精神的信靠。关于现代理性思维的冰冷逻辑，真正的诗人和哲学家都提出怀疑与批判。布莱克认为科学理性杀死了"爱"的知更鸟，而舍勒则甘愿以头撞墙，捍卫灵性视域的价值关怀，对理性神话提出猛烈抨击。陀思妥耶夫斯基在《卡拉马佐夫兄弟》中传达了一个非常明确的思想："自由本是人与生俱来的天性与权利，尊重人的自由是人道主义的应有之义。但是，不应将个人的自由绝对化；如果将之绝对化，脱离了上帝的约束，

① ［美］施玮：《日食·风动》，鹭江出版社 2017 年版，第 187 页。
② ［美］施玮：《日食·风动》，鹭江出版社 2017 年版，第 237 页。

脱离了‘爱上帝，爱邻人’的戒律，便会走向反面。”[①] 在他看来，人类一旦失去信仰，一切皆有可能。片面推崇理性自我的绝对自由，只能给人类带来更大苦难。施玮小说所蕴含的同样是理性神话给人性带来的冲击，人类犹如生活在荒原之上，无法获得心灵的栖居。而假若能拥有上帝关怀意识，人的精神状态则必然呈现出全然不同的状态。

二 身份置换与文化心理的错位

卡罗尔·克里斯特认为：“当代女性的精神探求始于对虚无的体验，自我充足形象缺失的一种存在体验。她超越于虚无经验的探寻的动力，未被受陷于与盛行神话的妥协中，是根植于一种图景和一种超越的体验，无论多么短暂，她将自身认同于这一图景。”[②] 在此基础上她提出两性差异伦理，两性只有互补地在一起生活。然而，互补式的关系中，却仍然会有不平等。女性坚持的是情感原则，而男性执意将之放入理性秩序当中，两者不相兼容。吉登斯在分析两性性爱与情感关系时指出：“妇女越是追求融汇之爱的伦理，男性情感从属就难以维持。”[③] 严歌苓近年来的作品一再显示出女性在情感面前的挣扎与无助。《妈阁是座城》中梅晓鸥赢得了赌场、赢得了亿万家产，身边有段凯文（清华大学毕业，北京“宏凯建筑集团”总裁）、史奇澜（几亿家产，一表人才）、卢晋桐（前夫）等成功男性。然而，驰骋于赌场，能用各种手段与方式把男人玩控于手掌间的梅晓鸥，却在情感上一败涂地。她对卢晋桐：

---

① 雷永生：《东西文化碰撞中的人：东正教与俄罗斯人道主义》，华夏出版社2007年版，第109页。

② ［英］苏珊·弗兰克·帕森斯：《性别伦理学》，史军译，北京大学出版社2009年版，第33页。

③ ［英］安东尼·吉登斯：《亲密关系的变革——现代社会的性、爱与爱欲》，陈永国、汪民安译，社会科学文献出版社2001年版，第155页。

卢晋桐发誓再也不赌了……只要他们好好活着，他做狗也无妨。这话她不信，但她爱听，垂着泪让这句话补药一样进入她亏空的身体。[①]

她对史奇澜：

她无心照看赌场的客户，在北京恍恍惚惚地逗留，一天又一天。……自从跟史奇澜同居，晓鸥基本上不去赌场。她发现自己开始有早晨了。原来她是这么喜欢早晨的人……[②]

《上海舞男》中四十岁的张蓓蓓，读书、应聘、晋升，后来开创了律师行，成为亿万富婆，感情却空白得如一张白纸。她爱上了一个三十出头的舞蹈教练杨东，和他进入了“男主内、女主外”的婚姻程式。然而，一年之后，杨东离开了。蓓蓓找到他，哄小孩似的“取悦、示爱、和解”“为他一掷千金”。接下来杨东一次次地出走，他找了新的女朋友并生了小孩，蓓蓓把杨东和孩子找回来，最终杨东还是一次次地背叛。张蓓蓓反复追问自己，她爱杨东的到底是什么？郁闷而不得解。弗洛伊德认为：女人的需要并不在于“爱的给予”，而在于“被爱”。小说中女性处于弱势位置，无论是张蓓蓓还是梅晓鸥，即便拥有了财富和社会地位，她们仍然是情感的俘虏，绕不出“自我的困城”：“从此，蓓蓓害怕回家。杨东把一个空空的房子留给她，那就不能叫家了。”[③] 小说交代杨东后来想念蓓蓓，以至无意之中走进蓓蓓所在的高档小区，被保安抓住。他看到了她，却没有“喊她”。仔细分析，这是因为现代人的文化心理与现实位势的不平衡。以杨东为代表的男性大多有一种“大男子

① ［美］严歌苓：《妈阁是座城》，人民文学出版社 2014 年版，第 62 页。
② ［美］严歌苓：《妈阁是座城》，人民文学出版社 2014 年版，第 354—366 页。
③ ［美］严歌苓：《舞男》，上海文艺出版社 2016 年版，第 64 页。

主义”心理，“他们”自认为应该是历史、社会、家庭的主宰者，但事实上，现实已经移位。现代社会中女性已经更多地融入社会中，并且获得了经济与政治权利。如杨东类的很多男性已成为“失势”群体，却消除不了“心结”。而以蓓蓓为代表的女性为什么会陷入“情感泥淖”，其实是出于同样的原因，她们在心理上仍然保持着一种依附惯性，即文化无意识心理状态。本来已经掌握了一切权利，但仍然按照“被爱”的感觉逻辑来支配自己。有的人认为这是一种生命体验，有的人认为是宿命论，有的人认为回到了本质主义，但实际上仍然是因袭的文化心理使然——一种错位的文化心理。女性外在身价改变，但没有改变“依附”的内在情感价值观；男性外在“失势”，但没有失去心理上“主人”的地位意识。事实上，在社会进步与人们心理结构之间，文化心理意识并不同步于社会文明进程，错位的价值观致使两性之间有一道难以逾越的鸿沟。性别悲剧之因仍然来自伦理文化的束缚，它潜移默化地储存在人们潜意识心理结构中。所以，女性主义者提倡：“为了意识到我们是一个阶级并成为一个阶级，我们首先必须消灭关于‘女人’的神话，包括其中诱人的部分（我在想弗吉尼亚·沃尔夫，她曾说过，女作家的首要任务是消灭‘家中的天使’）。”[①] 无论女性意识取得多大的进展，我们至今实际仍然处于一个“男权”社会中。事实上，在女性自身突破“天使”角色限制的时候，男性也应该放下潜意识中的男权意识。

---

① ［美］佩吉·麦克拉肯：《女权主义理论读本》，广西师范大学出版社 2007 年版，第 195 页。

第三章

人性视角下的家族伦理重塑

家族是组成社会的基本单位，也是审视文化精神和人性品格最重要的场域。新移民女作家拥有中西方文化的双重经验，以及流浪离散的现实经历。她们多采用文化伦理对比的视角，对“人伦”关系进行互照审视，着重从父母与子女的关系展开对家族伦理的书写。她们从中西家族伦理文化差异处落脚，思考在历史嬗变中道德精神与文化惯性的复杂关系。她们的文化焦虑在于，随着现代化工业文明的推进，家庭结构越来越松散。有识之士当深思其背后凸显的价值危机。本章着重分析新移民女作家作品中的家族书写，试图从多方面来透视新移民女作家的文化立场与伦理观念。

第一节　母女/母子伦理的文化认知

新移民女作家在书写异域家族/家庭关系时，描述了各种“乱伦”现象。“乱伦”在文学中并不少见。西方自古希腊神话以来，乱伦已经成为文学表达的母题之一，从俄林波斯神的诞生、繁衍到《俄狄浦斯王》以及拉辛的《费德尔》，再到奥尼尔的《悲悼》，贯穿文学史的始终。中国文学亦然，从《诗经》《左传》到《金瓶梅》《红楼梦》，再到《雷雨》《山上的小屋》，都涉及乱伦描写。值得思考的是，这种在社会学领域不符合人伦规范的“乱伦”现象在文学书写中为什么会层出不穷？这里面牵涉的理性与情感、命运与现实、人性与道德之间的矛盾纠葛当如何分析？对“乱伦”主题的探究，不仅是对家族伦理的探索，也是对人性深层的深入探讨。

一 “乱伦”：道德僭越中的文化所指

新移民女作家笔下有很多对“乱伦”现象的叙写，其背后揭示的是移民问题，特别是女性在移居异国他乡后面临着生存与精神的双重困境。移民女性往往通过“再嫁”的方式找到了生存的归依，但在精神上却无所依傍。正如严歌苓所言：“到了一块新国土，每天接触的东西都是新鲜的，都是刺激。即便遥想当年，因为有了地理、时间以及文化语言的距离，许多往事也显得新鲜奇异，有了一种发人省思的意义。侥幸我有这样远离故土的机会，像一个生命的移植——将自己连根拔起，再往一片新土上栽植，而在新土上扎根之前，这个生命的全部根须是裸露的，像是裸露着的全部神经，因此我自然是惊人地敏感。伤痛也好，慰藉也好，都在这种敏感中夸张了，都在夸张中形成强烈的形象和故事。于是便出来一个又一个小说。”[①] 这些小说中的移民，生活艰辛困顿、漂泊无依，在寻求精神佑护的同时发生了理性无法驾驭的“乱伦”关系。这种关系是在特定文化空间下的人性写照，进而对世俗社会伦理规范有所质疑，对人伦关系的“应然”与“实然”加以辩证思考。严歌苓的《红罗裙》中，37 岁的海云丧夫，带着 21 岁的儿子嫁给了 72 岁的外国老头。老头喜欢海云，但不喜欢她的儿子。小说中两个意象最为醒目：“红罗裙”与“灰色城堡”。年轻的妻子住在灰色的城堡里，而这座城堡恰如一座与世隔绝的古堡。红色裙子在这里格外显眼，灰暗沉闷的城堡具有了反讽意义。在剧烈的反差中，小说传达出的是人生的悲凉。海云对老头没有感情可言，却与老头的儿子卡罗之间有了一种暧昧。小说写道：

---

① 庄园：《女作家严歌苓研究》，汕头大学出版社 2006 年版，第 220 页。

卡罗走上来，把嘴唇慢慢触到她面颊上，她脖子上，她不动，没有邀请，也没有拒绝。……她抬起脸，看着他，感到自己在红色太阳裙下渐渐肿胀。她对伦常天条的无知使她无邪地想要和想给。[①]

另外文中还有一段，海云和亲生儿子之间：

海云这时已剥下了衣服，欲试新装，几乎裸出大半个身体。听儿子讲到此，她眼眶一胀，两大注眼泪倾出来。她不知低吟了句什么，将儿子搂进怀里——她那原始状态的雌性胸怀里。儿子在她赤裸的乳房间一动不动，她又感到十年前那种拥有；这拥有感将支撑往后她与儿子的长相别。[②]

海云与继子之间的行为显然可确定为“乱伦”，而她与亲生儿子之间，也比较暧昧。按照故事情节，在“母与子”或“母与继子”之间的这种关系，并非因为海云在道德上的无知，而是在非正常婚姻中人性压抑的自然外现。如果说海云与继子之间的关系，源于肉欲的冲动；那么，她与亲生儿子之间则属于精神血脉的缔结。这种亲密关系无法用俗世伦理道德进行评价或是谴责。在现代伦理视域中，当人性与道德相互冲突的情境下，我们更倾向于理解人性。这并不是说，讲人性可以没有道德。问题在于，如何解释这种对道德的突破与伦理的越轨？张祥龙在考察历史、文学、哲学以及生物学意义上的乱伦现象后指出：“乱伦禁忌与人类家庭有内在关联。对于人类而言，乱伦与乱伦禁忌都不仅是生物性的，而且渗入了文化与社会制度的影响和解释。例如在有的民族中，与父系表兄妹的通婚是乱伦，但与母系姨表兄妹的通婚就不算。可见此禁忌有

① ［美］严歌苓：《少女小渔》，陕西师范大学出版社 2012 年版，第 59 页。

② ［美］严歌苓：《少女小渔》，陕西师范大学出版社 2012 年版，第 58—59 页。

文化和制度的解释空间。”[1]《约会》中五娟的儿子已经读大学了，可是五娟仍然把他视作三岁的小孩。在他生病时，五娟毫无顾忌地给他换内衣：

> 她抱着他，也被抱着。……一份原始的，返祖的秘密欢乐。[2]

这种亲子之爱是“返祖的”“原始的”，同时也是终极的，是柏拉图所言的：“一个人加入了这种爱的秘仪，按既定的次序看到了所有这些美的方面，也就最后接近了终极启示。苏格拉底，到了这个时候，他那长期辛劳的美的灵魂会突然涌现出神奇的美景。这种美是永恒的，无始无终，不生不灭，不增不减，因为这种美不会因人而异，因地而异，因时而异，它对一切美的崇拜者都相同……”[3] 母子之爱在这里得到充分展现，它超越了一切伦常。世界上没有超越母子之间的这种纯粹、博大与永恒的爱。离散状态中的移民，被隔离在家国之外。这种亲子之爱显得真切而纯粹。当然，这只是新移民女作家在西方文化语境中，在失根彷徨的心灵感悟中，对社会历史中既成道德伦理的某种思考。以这种思考反观中国传统社会的封建道德观与人伦关系，就会发现很多问题值得重审。中国传统文化中有着森严的人伦规则以及“谈性色变”的思维惯性。严歌苓的《人寰》通过描写主人公处于东西不同文化道德夹缝中的生活，反思自我的心理负重及其背后的文化历史。陈思和认为：“人性在这种差异中得到了透视，立体地展示了它的复杂

---

① 张祥龙：《家与孝·从中西间视野看》，生活·读书·新知三联书店2017年版，第142页。

② ［美］严歌苓：《约会》，《少女小渔》，陕西师范大学出版社2012年版，第106页。

③ 张祥龙：《家与孝·从中西间视野看》，生活·读书·新知三联书店2017年版，第169页。

性和多义性。"[①] 小说中，"我"从六岁、十岁、十一岁到十八岁，在不同年龄阶段和贺叔叔的接触与交往中，都夹杂着东方式的伦理阴影。贺叔叔是"我"爸爸的朋友。在"我"幼小的记忆中，他是英雄，是"我"崇拜的偶像。在"我"十一岁时，父母托付他带"我"坐火车到上海。在火车包厢里，"我"第一次感到一种说不清的内心隐秘——一种朦胧的爱。"我"长大后出国，和舒茨教授恋爱。但"我"心里一直放不下的是"我"与贺叔叔之间的那种"隐秘"的情感，这种情感成为"我"的心理重负。无疑，那是一种幼稚的朦胧的爱，但在"我"的心理认知中，它属于"乱伦"行为。"我"在西方文化语境中回顾"我"小时候和贺叔叔的交往，并在心理医生的帮助下，才慢慢走出那片阴影。但舒茨教授不同，他背着妻子和"我"交往，却没有多少压力。他说："做愚事能让自己变得年轻"。这是他的哲学。但他使"我"认识到自以为"阴暗"的心理，是由于东方伦理对人性的桎梏。《人寰》所揭示的是文化对人的心理影响，以及人性欲望的释放与道德的自我约束之间的关系。它表明不同文化对道德伦理的理解有很大差异，但文化并无优劣之分。对中西文化加以对比进而提倡文化交融，是新移民文学所显示出的文化期待与伦理关怀。有学者指出："'新移民文学'的文化特性，跨占/兼具了'大陆文化'与海外'异质文化'两种文化内涵，并升华出不同于两种文化中任何一种的新文化。"[②] 无疑，这种"新文化"是前所未有的。

二　"怨母—恕母"：母女关系的演变

在父系文化的家族历史中，对母女关系的文学书写并不多见。

① 陈思和：《严歌苓从精致走向大气》，载庄园《女作家严歌苓研究》，汕头大学出版社2006年版，第36页。

② 刘俊：《海外视野与中国故事——序〈离岸芳华——海外华文短篇小说选〉》，《中华读书报》2020年1月15日第17版。

在中国历史上，“慈母手中线，游子身上衣”指的是母子关系。我们常常提到的“伟大的母亲”以及“无私的母爱”等，也多是针对母子关系而言。在西方，《圣经》中说女人是男人身上的肋骨。《哈姆雷特》中写道：“脆弱啊，你的名字叫女人。”诸如此类，弱者成为母亲/女性形象的代名词。中外文学作品中关于母女之间融融之爱的描写寥若晨星。20 世纪五六十年代，在西方女权主义的冲击与影响下，一些女性作家开始直面自我，深入剖析女性内心隐秘，对女性历史与母女关系进行正面写照。比如，张爱玲以其近似刽子手的冷漠而刻薄的笔调，揭示母女/母子之间在人性深层中的阴暗面。这是对母亲形象的历史性改写。新移民女作家创作中对母女关系的叙写比较特别。在文化的冲击与碰撞中，在特定时空下的生命体验与感知中，她们对母亲形象的认知与母女关系的描绘，充分体现出异质性与时代性。

严歌苓对母亲形象的塑造与母女关系的描述，有其固定的模式。她笔下的母亲形象不再是传统中那样端庄、正派，相反，这类“母亲”漂亮风流，多数有出轨或改嫁的经历。她们与女儿之间的关系往往并不融洽。只不过，当女儿长大的时候，她们最终会谅解与理解母亲。仔细分析会发现，严歌苓笔下的母亲形象与古典文学中常见的“怨妇”“怨母”形象有明显不同，前者敢于大胆表达并追求自己的爱情与婚姻。在母女关系之间，她们各自是独立的个体。“女儿们”尽管从小没有得到母亲的关爱，但她们较早地独立起来，拥有了完整自我。如果把《穗子物语》（2005）、《一个女人的史诗》（2006）、《吴川是个黄女孩》（2007）、《陆犯焉识》（2011）中的母女关系进行互文性分析，严歌苓对母女关系的书写便呈现出清晰的脉络。这四篇小说中的“我”分别处于人生四个阶段：童年的“我”、少年的“我”、青年的“我”和中年的“我”。四个阶段中母亲在“我”心里呈现出不同的形象。随之，母女关系也不断地发生变化。

“我”的童年是母爱缺失的童年。《老人鱼》中“我”在半岁大的时候，母亲“一脚向摇窝踢去”（摇窝，即摇篮）。“我”从小是跟着没有血缘关系的姥爷长大（姥姥也是再嫁）。《吴川是个黄女孩》中母亲为了和新欢约会，心不在焉地将一锅烧滚了的骨头汤放在“我”的玩具柜上。“我”玩耍时，汤碗掉落，滚汤在“我”的胸脯上留下了永远不可祛除的疤痕。《太平洋探戈》中“我”刚出生，就被母亲放进鞋盒中扔在火车站……诸如此类，每一个故事都在演绎一场母女之间的隔阂与纷争。严歌苓在母亲形象的塑造与母女关系的书写中多少带有自传性质。严歌苓的母亲改嫁，父亲再娶，自己是与继母一起生活长大的。[①] 一般而言，缺失母爱的童年经验会给孩子造成心理阴影。但严歌苓善于挖掘人性中的“善”，而不是“恶”。《寄居者》中的“我”尽管与继母生活在一起，但心理健康、活泼好动、正义敢为。《一个女人的史诗》中“我”的爱情婚姻虽不如意，但它不影响“我”热情如火的个性。《吴川是个黄女孩》中，尽管母亲抛弃了“我”，但“我”非常理解母亲的苦衷。

值得重点提及的是，《陆犯焉识》中有两对母女关系。一对是母亲冯婉喻与女儿冯丹珏，另一对是重庆女子韩念痕与她的不在场的母亲。韩念痕与其母亲的关系重复了前面小说（《一个女人的史诗》）中的故事情节。韩念痕跟着姥姥长大，“母亲是个唱川剧的，跟川军的一个师长生下了她。师长没有娶她母亲做妾，她母亲就像没发生那么一回事似的接着混戏班子”[②]。但长大的韩念痕又是一个母亲的翻版，“念痕说一个女儿不做自己妈那样的人恐怕很难。女儿的一部分就是她妈”[③]。韩念痕在跟陆焉识的爱情中，无怨无悔、坚贞不渝。如果说韩念痕在体验爱情的时候，理解了母亲年轻时的

---

① ［美］严歌苓：《波西米亚楼》，当代世界出版社 2001 年版，第 9 页。
② ［美］严歌苓：《陆犯焉识》，作家出版社 2011 年版，第 164 页。
③ ［美］严歌苓：《陆犯焉识》，作家出版社 2011 年版，第 164 页。

行为；那么，在冯婉喻与冯丹珏的母女关系中，她们一辈子都没有分离过。然而，冯丹珏始终不是母亲的重心，因为母亲的重心在丈夫那里。冯丹珏事业心强，拥有科学家、教授、主任的头衔，却羡慕甚至嫉妒母亲的爱情。“怨母—仇母”最后转化为“嫉母—恨母”，这是严歌苓独特的叙事风格，也是她对人性的深入剖析，更是对人作为独立个体的真实写照。

加拿大新移民女作家张翎的小说同样出色地描绘了异样的母女关系，进而塑造了独特的母亲形象。张翎笔下的母亲形象与传统的正统母亲形象是不同的。她们在男人离开后，都选择照顾孩子不再婚。比如《余震》中王小灯的母亲、《邮购新娘》中江娟娟的母亲、《阵痛》中的吟春、《雁过藻溪》中的末雁等。她们不选择再婚，并不是由于“从一而终”的封建观念的束缚，而是出于自觉的伦理选择。《雁过藻溪》是张翎早年的作品，其中写到末雁与母亲，以及与女儿灵灵之间的关系。小说交代这三代母女之间彼此都有隔膜，但多年后她们都会冰释前嫌。《余震》中王小灯的母亲李元妮面临着一种伦理困境：在地震中，一块塌陷的水泥板两端正好压住两个孩子。她紧急之下，选择了救儿子。后来，女儿侥幸活下来，但在心理上留下了浓重的阴影。在很长一段时间里，她不能原谅母亲。所以“余震”不是物理意义上的地震，而是王小灯几十年来的心理阴影，更是一个文化伦理的困境。小说中母女关系的破裂看似来自意外事故，事实上，它来自男权历史的文化传统。故事中王小灯天资聪慧，考上大学，继而出国。但她对母亲的怨恨如影随形。最终在多伦多心理医生亨利的治疗下，她心理得以康复，回到中国与母亲和解。她原谅了母亲，因为她理解了对她造成伤害的不是母亲，而且母亲也是一个受害者。从根源上来说，是男权文化造成了人们在进行伦理选择时无意识地偏向男性。尽管张翎多次表明自己不是一个女性主义者，但她还是真实地写出了历史的状貌。徐坤曾言：“我们在历史上能够见到的所谓‘人性’表达，全由男权文化一手操持，'人性'几乎就是男权文化主宰之性，历史上的一切文化、哲学、政治、宗教、道德观念，一切文化文学经典，以至于关于女性之躯体的修辞学，无不出自于男性笔下，男性权威的眼中。当'人性'的各个方面均由性别的一方来诠释和把持时，'人性'就成为偏颇的、不完全的，由于缺少了占人口一半数量以上的另一方性别群体的认同和解说，'人性'就会变得抽象而单一，这种解释对女性的要求就只有无条件服从，而不允许她们有自由思考精神和行为姿态上的独立。"① 就此来看，新移民女作家小说对女性形象的塑造与伦理关系的构想就具有了质的转化与新变。

三　"杀亲"：家族历史文化的悲剧

在新移民女作家创作中，女性作家构筑女性历史家族谱系，"杀亲"成为读者获得震惊体验与陌生化审美的重要情节。这种从传统伦理立场上逆反人道的非人性行为，其实寄寓着作者对现代文明社会中道德悖谬的辩证思考与伦理诉求。她们出于道德而反道德、拆解伦理而建伦理。张翎在小说《睡吧，芙洛，睡吧》中塑造了一个叫小河的中国女孩，她被贩卖到美国金山，改名为芙洛。在金山她又一次被转卖，然后开始逃亡。她凭借自己的智慧与胆识拥有了金钱、爱情以及社会地位。但在这种充满惊险与变动的生命历程中，她说过"忍不下去的时候，我杀人都敢呢"②。这种"凶杀"显示出法律伦理与人性伦理的冲突与抗衡，它从人性立场对正统社会法理加以质询与诘问。陈谦、严歌苓、曾晓文、王沅等都有类似的小说构思与对同样主题的思考。

陈谦的《繁枝》以主人公立蕙的 11 岁儿子做"家庭树"作为小说故事的起点。孩子上小学六年级，过圣诞节要做家庭树。"家

---

① 杨匡汉、孟繁华：《共和国文学 50 年》，中国社会科学出版社 1999 年版，第 311 页。

② ［加］张翎：《睡吧，芙洛，睡吧》，北京十月文艺出版社 2012 年版，第 39 页。

庭树”就是让孩子们在圣诞树上依次贴上家族长辈名字的一种活动。在幼小孩子眼里，父母、祖父祖母、外公外婆，非常清晰。但当孩子贴到父亲与祖父这一栏时，立蕙发现，这个家族树有问题。因为从父系血统上来说，立蕙本不属于现在的家族，她是母亲与另外一个男人生下来的孩子，真正和她有血缘关系的是生父的女儿锦芯。大学毕业出国后，立蕙与锦芯取得联系，发现锦芯过得很不幸福。在锦芯叙述自己经历的过程中，立蕙直觉上感到，锦芯发觉了丈夫对她的背叛并利用化学实验药品谋杀了丈夫。故事中暗含一件蓄意已久的谋杀案。《我是欧文太太》中也有相似的故事思路。法律是公正理性的，但仍然有很多无法关注到的领域。在人性与情感的纠结中，人道精神与人文情怀是陈谦的价值选择。

严歌苓的《谁家有女初长成》中也有“杀夫”的情节。她与陈谦构思的不同在于，小说主人公巧巧施计杀死了丈夫大宏与小叔二宏后，最终并没有逃离法律的制裁。巧巧，聪明美丽，怀着去深圳打工的美丽梦想，结果被人贩子拐卖给西北地区的一个养路工大宏。好在大宏勤奋踏实，对她也算不错。她也默然接受了这桩婚姻，还高兴地给父母寄钱、寄相片。然而，故事在这里发生“突转”。一天夜里，巧巧在酣睡中，感觉睡在身边的不是大宏，惊醒后发现是大宏的弟弟。让她无法容忍的是，大宏竟然是一副模棱两可的态度（本来就是他安排的）。他与弟弟分享着巧巧。按照中国传统社会中“长兄为父”的家族伦理来分析大宏的心理，我们可以找到解读这篇小说精髓的突破口。它不仅揭示出人性的道德沦丧，更揭示出愚昧无知的“大宏”们在潜意识深处沿袭着封建迂腐的家族理念。如《孟子·跬道》中所言：“理亦无所问，知己者阕砻。良驹识主，长兄若父。”在这样一种文化伦理的要求下，“大宏”式的中国男性，作为长兄与弟弟妹妹分享着自己的一切。财产物用自不待言，“嫂子”也必须对其家人尽责尽分。按照现代婚姻法，兄嫂的财产是属于夫妻双方，而不是男方家族内部的。古老大家族的愚念在维持"家和万事兴"的表面下，破坏了许多小家庭的安稳。在《谁家有女初长成》中，严歌苓以一种极端的方式对这一制度发起控诉，来揭示传统家族制度的罪恶。大宏不仅与弟弟共用财产，而且与弟弟共享"妻子"。巧巧忍无可忍，杀死了大宏与二宏，但她没有逃过法律的制裁。小说后半部分，作者安排巧巧逃到某军营中，重力刻画了她的笑容、善良、聪慧、美丽与热情。小说专门设置这样的描写，是为了突出巧巧的美丽无瑕，留下审美的空间与思考的余味。这一个内质外美的完美女性怎么会与"杀人"联系起来？如果深入思考，我们发现造成悲剧的不是巧巧，也不是大宏与二宏，甚至不是大宏父母的遗言，矛头指向的是封建的家族文化观念。巧巧、大宏与二宏都是这个不合理伦理文化制度下的牺牲品。严歌苓把这样的家族罪恶放置于现代社会中来写，意味更是深远。

第二节 父子伦常失范与传统家庭结构的解体

父子关系是中国家族小说叙事中常见的主题。中国古典名著《红楼梦》是一个非常典型的家族叙事的文本，后世众多作家的创作均以此为模式。其中"父亲"贾政是权威的象征，"儿子"贾宝玉具有强烈的叛逆精神。"宝玉挨打"（父教子必从）成为古典文学父子伦理的经典演绎。父子之间是"子惧父"的关系，这同样也是封建宗法社会中君臣、夫妻、长幼关系的推演。中国现代文学中，《狂人日记》《家》《四世同堂》具有代表性，作者以现代理念对传统父子关系进行了重新思考。父子关系演变呈现出鲜明的"弑父"模式。20 世纪末的小说中对父子关系的书写，表现出"戏父"的特征，如《我爱美元》《光线》中儿子对父亲的戏弄。不同父子关系隐含着不同时代的不同价值观与审美观，反映了家族文化伦理观念的变迁。新移民女作家从域外的视角回看中国历史家族伦理，发现传统的痼疾。在继承如《狂人日记》之"五四"启蒙精神与文化批判立场之外，她们又与西方家族文化进行对比，并在“解构”传统父子家族关系基础上重构人伦关系的内涵。严歌苓的《草鞋权贵》、袁劲梅的《忠臣逆子》、陈谦的《繁枝》可作为深入分析的典型文本。

一　家族颓败的必然性与五四精神的延续与变异

新移民女作家通过广泛吸收西方文化资源，并继承中国优秀古典文化传统来书写家族历史与父子关系。她们以异域经验审视现代人的心灵感受，展示了对中国现代文化理念的继承与扬弃，并予以反思与重构。“五四”文学作为中国现代文学的开端，对中国文化伦理的反思、价值追求和文学理想等，具有不可替代的奠基价值。纵观海外新移民女作家创作，从历时性文化角度来看，其作品内蕴的人文精神无疑是对“五四”精神价值理念的继承与发扬。为了便于论析，有必要对“五四”文学发生发展的历史背景及文化伦理立场加以重述，才能真正把握海外新移民女作家作品的道德内涵和价值诉求，进而切实把握其审美旨归。“五四”新文化运动是由一批文化精英知识分子发起的，意在打破中国传统文化的桎梏，推进中国文化的现代化转型。他们受西方文化思潮影响，对中国古代封建传统文化伦理展开深入思考。作为最早觉醒的一批知识分子，他们追根溯源，祛传统之“魅”成为重估价值及思想重建的逻辑起点。追溯中华文化传统，儒家思想无疑是主导价值观，在深层次上形塑了中国精神。审视儒家思想整体框架，伦理教化无疑是其核心。孔子所倡导的伦理是以家庭为中心，渐次拓展到宗族、乡里、国家乃至天下。从对家庭的责任到社会政治的参与，皆是伦理观念的延伸。孔子尊崇周礼，而周礼重视祭祀，而祭祀则推本于孝。所谓“百善孝为先”，孝乃德性之本、人伦之根，是成家立业之基。忠君爱国也是以孝作为支撑，且始终不能逾越孝的价值范畴。儒家是以孝作为人伦之大原，且与忠并置。在家族本位的社会系统内，一家子人必须听命于家长。《诗》曰："君之宗之。"《仪礼》曰："有余则归之宗，不足则资之宗。"《礼记·祭统》曰："忠臣以事其君，孝子以事其亲，其本一也。"《孝经》曰："资于事父以事君而敬同。"陈独秀认为传统宗法社会推崇家长，所谓郊庙典礼、祭祀婚娶、国之大金等，皆践履忠孝道德，以服从家长为旨归。儒教之精华在于礼。中华文化树高千尺，根在周礼。孔子对周公的礼制充满了敬仰，他的一生基本上是在弘扬周朝的礼乐制度。周礼虽然包含的内容比较广泛，但是最根本的是确定了尊卑贵贱制度。《礼运》曰："礼者君之大柄也。"《礼器》曰："礼之近人情者，非其至者也。"《冠义》曰："责成人礼焉者，将责为人子，为人弟，为人臣，为人少者之礼行焉。"《曲礼》曰："夫礼者所以定亲疏，决嫌疑，别同异，明是非也。"又曰："君臣上下，父子兄弟，非礼不定。"《坊记》曰："夫礼者所以章疑别微，以为民坊者也。故贵贱有等，衣服有别。"又曰："天无二日，士无二王，家无二主，尊无二上，示民有君臣之别也。"《哀公问》曰："民之所由生，礼为大。非礼无以节事天地之神也，非礼无以辨君臣上下长幼之位也。"由礼制衍生出来的"三纲""五常"等儒家伦理，无疑使人们像儿童服从父母一样地服从官僚政治以及相关意识形态，从而失去了自己独立的精神和人格。传教士林乐知认为三纲之酷烈，将中国人的独立精神基本磨灭掉了。远生在文章《国人之公毒》中痛感国人无生气无精神无意识，认为"又以中国之社会之制度言之，无复个性之存在。大抵人之一身，为其祖父之奴隶（奴隶与孝义不同），为其家族之奴隶，为其亲党之奴隶，为其同乡人之奴隶。其柔懦者，则拘挛束缚，安于乡愿。其桀黠者，则恣睢暴戾，牺牲一切，并其人生应尽之义务而不尽。张公百忍，千古传为美谈。忍！忍！忍，一切皆忍。是可名为忍的笼统主义。故由家而国，乃以相忍为国也"①。

---

① 袁伟时编：《告别中世纪：五四文献选粹与解读》，广东人民出版社 2004 年版，第 58 页。

家庭伦理以祖先崇拜为名，实际上损坏的是个人独立自尊的人格，窒息的是个人思想之自由。陈独秀认为："等一人也，各有自主之权，绝无奴隶他人之权利，亦绝无以奴自处之义务。奴隶云者，古之昏弱对于强暴之横夺，而失其自由权利者之称也。自人权平等之说兴，奴隶之名，非血气所忍受。世称近世欧洲历史为'解放历史'。破坏君权，求政治之解放也。否认教权，求宗教之解放也。均产说兴，求经济之解放也。女子参政运动，求男权之解放也。解放云者，脱离夫奴隶之羁绊，以完其自主自由之人格之谓也。我有手足，自谋温饱；我有口舌，自陈好恶；我有心思，自崇所信；绝不认他人之越俎，亦不应主我而奴他人。盖自认为独立自主之人格以上，一切操行，一切权利，一切信仰，惟有听命各自固有之智能，断无盲从隶属他人之理。非然者，忠孝节义，奴隶之道德也。"① 陈独秀提出了国人在政治觉悟基础上，应该有伦理之觉悟，他写道："伦理思想影响于政治，各国皆然，吾华尤甚。儒者三纲之说，为吾伦理、政治之大原，共贯同条，莫可偏废。三纲之根本义，阶级制度是也。所谓名教，所谓礼教，皆以拥护此别尊卑明贵贱制度者也。近世西洋之道德政治，乃以自由平等独立之说为大原则，与阶级制度极端相反。此东西文明之一大分水岭也。"② 故必须谋求伦理问题的解决，而其他政治学术皆是枝叶问题。胡适同样认为家庭伦理中有几大恶德，比如自私自利、依赖性和奴隶性、假道德、装腔作势及怯懦无个性。他在谈到易卜生戏剧的思想学说时指出，社会对个人主义具有损害性。社会往往以某种强力摧残个人的天性，压制个人自由独立的精神。一旦独立精神消失殆尽，那么整个社会就会流行迷信和老朽思想。新移民女作家作品最初也是

---

① 袁伟时编：《告别中世纪：五四文献选粹与解读》，广东人民出版社 2004 年版，第 74—75 页。

② 袁伟时编：《告别中世纪：五四文献选粹与解读》，广东人民出版社 2004 年版，第 83 页。

以此为思考的逻辑起点。

《草鞋权贵》是严歌苓早期创作的一部家族伦理小说，其中反映了对道德独立性的推崇。小说中的主人公曾经是一位老红军，他参加过长征，爬过雪山、走过草地，屡立战功。出于资历等原因，他受到了当局优待。住所豪华，曾娶过三房妻子，有九个孩子。由于自己独特的人生经历以及所拥有的社会地位，他便形成了一种特殊的思维：做别人的主人，随心所欲地役使别人，包括自己的孩子。在他的眼里，别人皆是从属者，最不能接受的是大院里的个人按照自己的意志和要求行事。因为拥有这种不可撼动的绝对权威意识，他在孩子们的眼里变成了“君王”式的人物。用女儿的话来说：“老爷子这辈子干的顶漂亮的就是镇压，过去镇压反动派，现在镇压他这个家。”① 仔细审视这部小说，我们发现随着父权意识带来的精神不平等逐步深化，子女们道德的堕落也愈加严重。家庭之中盛行的“主奴”道德，不仅败坏了家庭伦理关系，而且窒息了生命活力。程家的儿女被父亲拘禁在大院中，个个慵懒自私、苟且偷生，过着黑白颠倒、淫靡不堪的寄生生活。白天碍于父亲强大的权威烈焰，唯唯诺诺，绝对服从。但是到了晚上老爷子睡下后，则胡吃海喝，灯红酒绿，以此发泄内心的不满与愤慨。由此可以看到，从父权意识到“等级伦理”带来的是道德溃败。整个家庭的个体精神弥漫着一种溃败的气息。类似于高老太爷“绝对权威”，整个大院的人们被老爷子驯服得服服帖帖。在程家儿女被压抑被奴役的精神命运之中，渗透着不可撼动的“长官意志”。用四星的话来说：“（父亲）住得跟半个皇上似的，还要自由？你去告诉他他什么都能有就是别想有自由。”② 启蒙精神思考良心、道德独立以及自我的必然。作为一种道德体系，启蒙伦理要求生命个体按照自己的理性、自己的判断责成行动，并为自己的行动负责。换言之，启蒙伦

① ［美］严歌苓：《人寰·草鞋权贵》，春风文艺出版社 1998 年版，第 223 页。
② ［美］严歌苓：《霜降》，陕西师范大学出版社 2011 年版，第 60 页。

理精神的实质是个人主义伦理，以个人为中心，从家长依附变为个人自立。但是礼教伦理信奉家长权威，其他属下皆是其随意支配的工具。在程老爷子的绝对权威之下，就连院里的小保姆都被训练得一丝一毫主张都不敢有，什么事情也不必动自己的脑筋，向权威请教、请示即可。小保姆霜降渐渐悟出了整个大院文化的实质：每个人在这里拼命地享乐，“大院”实际上是一座疯人院。这部小说很巧妙地以小保姆霜降作为叙事者，将她眼中的大院文化淋漓尽致地反映出来。在小保姆霜降眼中，一个个人像机器一样，表面上看守规矩、懂道理，但实际上泯灭了亲情伦理，隐藏了仇恨。每个人都在享受着寄生生活，但是又时刻找机会逃出“监牢”。霜降犹如一部摄像机，将父权伦理的残酷性和虚伪性揭示了出来。《草鞋权贵》显然是严歌苓对传统父权伦理的反思，基本上延续了五四启蒙伦理的精神实质与审美风格。

袁劲梅，美国克瑞顿大学（Creighton University）哲学教授。她的小说以学院派的风格见长，充满了思辨性与说理性。其小说《罗坎村》以“我”参加一次陪审团为开端，审判关于一位十六岁的孩子因为父亲对他“体罚”而将父亲告上了法庭的案件。按照中国文化的教育方式，“越打越孝顺，越打越成才”。在美国，这是犯法的行为。由此引出来对中西两种文化的思考，进而揭示中国传统社会是一个重视血缘关系与伦理规范的社会，它强调的是“孝悌出忠义”，重视的是人情，讲究道德教化。小说写到，在罗坎村立有七个牌坊：

> 明清之交某女子为小妾，十九岁守寡，守节。养育丈夫与前面诸位妻妾生的十三个子女，让数个子女中举做官成材。该小妾任务完成，三十六岁归天。罗坎人立此牌坊以表彰其贞节有志。又，明清之际，有一九岁男孩，其父好赌，离家不归，该男孩养母养弟，又数次出寻，将父找回。最后一次，其父跑

> 到甘肃，该男孩又不远万里将其父找回。其时，父亲已病，男孩自己放牛种田，养活一家，将父亲养老送终。罗坎人又立一牌坊表彰男孩遵守孝悌之道。又有某书生，家贫寒，好学，以沙为纸，以水为墨。得功名，中进士任高官，治世有功，罗坎人立一牌坊表彰其政绩……①

这些牌坊无非表彰贞节烈妇、养老送终、功名政绩等，牌坊背后是“等级、孝悌、忠义”的一套价值准则，所有的人与事都必须在这样一套道德体系内做事。小说写道：“凭啥人家十九岁守寡就得养一群儿子？凭啥九岁的儿子要养四十岁的老爸？明明是社会或成人的责任，却都推到家庭或小孩子身上，难怪中国过去几千年也不用养老院、托儿所。”② 作者用揶揄的笔调指出，这是一个以长者、官员为本位的社会，有的是尊卑长幼的等级秩序，缺少的是对个体人格的尊重与个体价值的独立。所以才导致一开头父亲体罚自己的孩子，而且还振振有词。李泽厚指出，孔子“把‘礼’以及‘仪’从外在的规范约束成人心的内在要求，把原来的僵硬的强制规定，提升为生活的自觉理念，把一种宗教性神秘性的东西变为人情日用之常，从而伦理规范与心理欲求融为一体”③。但问题是，外在规范与心理欲求如何能绝对统一？如果不能统一，又会有怎样的后果？随着社会工业化的发展与市场经济的来临，罗坎村村民中的青壮年都去城市打工，只留下了老人在看管小孩，村子成了“空巢”。随之而来的是罗坎村村落文化与家族制度的解体。如果说家族制度是罪恶的，理应推翻。但推翻之后呢？没有人格独立与公平价值观的村民们在金钱崇拜与消费观念的刺激下，挥金如土。如果说原来还有一套秩序来遏制人欲，当宗法制解体，原有的秩序没有

① ［美］袁劲梅：《忠臣逆子》，中国书籍出版社 2012 年版，第 64 页。
② ［美］袁劲梅：《忠臣逆子》，中国书籍出版社 2012 年版，第 76 页。
③ 李泽厚：《中国古代思想史论》，人民出版社 1985 年版，第 21 页。

了，新的秩序还没建立起来，人们只能在欲望的泥坑中像小丑一般地跳跃，知识分子亦然。小说中罗清浏就是这样的一位高级知识分子，整天忙着拉官司、搞项目。“我”的前夫石壕吏更是混迹于官场，尔虞我诈，但他自认为是在“为民服务”。与罗坎村相比较，在美国也有村落。那里的人们也没有更多的文化知识，但他们有信仰。在伊列湖边的一个农村小镇，该小镇名为“水码头”，那是一个推行“德行”的村庄。这个村庄的人们朴实而虔诚地信仰上帝。犯错的人没有资格与人交谈，受罚期满后，方可正常。季妮的爸爸因为与一个女子私通，就被剥夺了与人交谈的权利。老邵来到这个村落是准备和季妮订婚的，但他需要经过考验。当季妮把《圣经》扔到河里，他只有捡起来，才算通过了考验。但当季妮扔掉《圣经》的时候，老邵居然高兴地跳起来，结果他没通过考验。作者意欲通过这个故事揭示，在美国偏远的地区也有落后的村落，但他们有信仰支撑，道德感始终是行事的准则。而在中国如罗坎村这样的村落中，纵然是读过书上过学的，也并没有一种道德上的自律。罗清浏、石壕吏、老邵，与祖祖辈辈的农民并没有本质区别。到现在，这样的村落在现代工业化的节奏下，必然被解体。换言之，村落文化的解体，是历史的必然。问题是，在西方，村落文化解体后，村民有信仰支撑。在中国，原本儒道建立起来的“信仰”，诸如忠、孝、礼、义、信，是人们所信奉与遵从的伦理理念，当这种理念随着现代性的进程失落时，人们拿什么作为精神力量与伦理的规范？文化的虚无与伦理的失序便成为现代社会的隐患。有学者对中国“伦理异化”进行思考：“中国传统社会的异化是特权人治的伦理异化。在西方，中世纪教士的物质享受是违反教义和制度的行为；在中国，特权者的物质享受则为礼法所规定和维护。在西方，世袭的贵族制度使多数人只能指望宗教所承诺的来世幸福；而在中国，流动和变迁着的社会等级则使得乡下农民也想当皇帝，或者混到官僚吏胥队伍中去当对上是奴才、对下是暴君的土皇帝。由此而形成了一整套独特的观念形态体系。因此，中国的伦理异化就不只是'神圣形象中的自我异化'，而是具有'神圣形象中的自我异化'与'非神圣形象中的自我异化'（物化）的双重属性：以神圣化的道德名义维护'惟辟作威，惟辟作福，惟辟玉食'的猿类种群原则，这一原则是'三代圣王'所确立的；以'礼义教化'的名义将皇帝的特权、官僚的特权、宗法社会天然尊长的特权制度化，这些制度无不载在'六经'和圣贤们的注疏之中；以道德伦理至上主义掩盖专制特权至上主义，这一主义被道学家称为'天理'，道学的全部理论就是要把物化限制在神圣化的礼法秩序的范围之内。"[①] 这种对神圣化的礼法秩序予以解构，以启蒙立场对家族文化进行深刻的反省与批判，是袁劲梅小说的着力点。但小说叙事中对中美文化的对比书写比较简单与偏颇。在现代中国，儒家文化如何进行现代性转化，应该是新移民女作家深入思考的问题。儒家文化中"三纲"的确不合理，"五伦"却值得深入思考。《草鞋权贵》《罗坎村》等家族小说，显然没有超出中国"五四"文化的价值原点。不过，当我们在今天"重返""五四"，思考"五四"文化与当代社会的价值与意义时，这些小说仍然具有可鉴性价值。

二　空间文化视域下女性家族历史建构

某种思维方式的形成，与一定的时空结构有关。长期以来，我们偏重于在纵向性的时间维度思考问题，忽视了空间对人的思维结构的影响。在大多数的家族小说中，呈现出按年龄辈分演变的规律，以"长江后浪推前浪"的进化模式加以叙述。中国现代文学中的经典家族小说《家》便是这样的，从老太爷、克安、克定到觉新、觉民、觉慧一代，呈现出"后代就是希望"的进化论思想理念。在《雷雨》中亦然。到中国当代文学中，以《白鹿原》为例，

---

① 赵林、邓守成：《启蒙与世俗化：东西方现代化历程》，武汉大学出版社2008年版，第113页。

有了文化反思的意味。女性作家的作品如王安忆的《天香》、铁凝的《玫瑰门》以女性视角切入，呈现出代际女性意识的变迁。这些小说的叙事视角变化多样，但其历史、时间意识都非常明显。21世纪以来，新移民女作家小说创作中的空间文化韵味非常浓厚。她们把家族的起落兴衰只作为叙事背景，思考的重点是历史背景中的人的生存状态与生命力。“家”本身是一个封闭的空间，它的文化表征除了“归宿”，也可以理解为对人的束缚。新移民女作家意在另辟蹊径，她们所要探寻的是女性如何在封闭空间——尤其是在封建家族的压制下，以“不出走”的形式获得自由与生命力的可能。这样一种思考改写了20世纪女性为寻求独立“出走”的写作模式，显示了她们在域外创作的思路转变。

严歌苓的《陆犯焉识》中有两条线索，一条是男主人公陆焉识，作为一代知识分子，寻求自由的历程；另一条是女主人公冯婉喻留守家中“一生等待”的过程。从小说叙事时间看，最初陆焉识为了自由，以出国留学的名义逃婚。这样的写法延续了“五四”知识分子追求恋爱自由、婚姻自主的创作模式，但“同途却殊归”。陆焉识在国外逃了三年，并有定居国外的机会，最终他却放弃了。回国后，他坚决拒绝名利权贵，极尽放纵自我。但他始终没有找到真正的自由。有学者也如是评论：“异域的空间政治在对陆焉识构成精神挤压的同时，亦引发了他对自由的反思……即使在这个崇尚个性解放、婚姻自由的国度，陆焉识念念不忘的依然是恪守传统女德、温良贤淑的冯婉喻。”① 也就是说，外在空间与精神空间并不必然等同，甚至可能截然相反。陆焉识回国，被关押在西北大草原监狱最黑暗最恶劣的一间牢房里。反而就在这里，他顿悟到自由与爱的真意。换言之，外在环境的促狭，更可能使人遁入心灵的世界，达到庄子的“心斋”“坐忘”的境界。列斐伏尔、福柯等西方理论

① 孙谦：《论严歌苓长篇小说〈陆犯焉识〉的空间叙事》，《北京社会科学》2014年第12期。

家所主张的空间文化，皆与政治权力有很大关系，上述对陆焉识的分析也包含这个因素。如果介入性别视角，女性先天的“去政治化”思维又使“空间”呈现出不同内涵。如果说陆焉识走遍千山万水，方悟自由所在。与此形成对照的是，冯婉喻一生都没走出“家门”，她活在自己的自由世界中。她的“炮楼”更是她最终的选择。冯婉喻从小由姑妈（陆焉识的继母）带过来，长大后在姑妈的安排下，和陆焉识结婚。父母包办，亲上加亲。这是严歌苓叙事的圈套，她用很老套的模式讲述一个“新新女性”的故事。“五四”时期反抗父母包办的婚姻，如子君所言“我是我自己的，谁也没有干涉我的权利”，应该说只是为争得一个自由的理念与自我选择的权利，并不一定出于爱情。《陆犯焉识》中的冯婉喻，她从小就欣赏陆焉识的博学，婚姻包办“正中下怀”。她以其温柔、贤淑、静穆等待的形象改写了“五四”以来“娜拉出走”的主题。事实上，20 世纪的中国女性文学一直高响着“出走”与“反抗”的声音。新移民女作家创作中，这种声音渐弱，她们着意的是建构一个女性自我的世界。所以，冯婉喻不需要“出走”，即使陆焉识归来，冯婉喻也以“失忆”的方式回绝了他。她把自己关在“炮楼”上。“炮楼”的隐喻在于，它是一个自我的世界，使外在的封闭与内在的充盈形成了明显对照。

与冯婉喻的“炮楼”具有同样隐喻意义的是张翎小说《金山》中的“碉楼”，以及施玮《世家美眷》中的“阁楼”。《金山》也有两个线索人物，一是去国外淘金的男主人公方得法，二是留守家中的六指。国外/国内、男性/女性的故事模式与《陆犯焉识》中所呈现的基本一致，只是《金山》从另一个指向上展开。如果说陆焉识寻找的是自由，方得法寻找的则是“金子”。小说叙写了他在国外颠沛流离的底层人生，他以苦力与屈辱换来黄金建成了“碉楼”。但令人吊诡的是：六指并不需要这样的金钱与“碉楼”。小说交代她用方得法辛苦挣来的美元来当墙纸。言外之意，六指不需要这些美元。但同时，她也并不像古代深闺女性对丈夫有怨恨，相反，六指的生命世界完满而充盈。她本身会写字，拥有知识与独立养家的能力，这是六指生存的资本。在这里，“碉楼”的封闭性，并没有造成女性意识的缺失。六指与冯婉喻的共同之处在于，她们皆拥有自我独立的精神世界。施玮的《世家美眷》同样如此，小说中虽然没有对“阁楼”的特别命名，但女主人公陆文荫一辈子住在“楼上”，经营着自己的生命空间。当然，她的生命的展现又是另一种形式，施玮以对人性、性爱的描写以及对“灵性文学”的追求，从信仰与人性两个侧面完成对陆文荫形象的塑造。三部作品的异曲同工之处是：她们皆以女性的“不出走”“不反抗”来思考女性主体性、人性、心灵自由实现的可能。这是新移民女作家以女性为主的家族历史小说在审美构建上的特色之一，也是关于女性主体性思考的一个新的切入点。

在空间场域的直感与想象中，新移民女作家的家族叙事为女性构筑了一个几乎封闭的空间。小说描述女性生活在非常逼仄的“阁楼”之上。这种空间结构隐喻了女性身心被束缚的状态。然而，女性主人公在这个封闭的空间中，却为自己营造出一个个“独立的世界”。而且这种“独立”，并未构成女性—男性、自我—他者的对抗。相反，她们在困囿中仍具有对男性的包容并承担着所有责任。她们所坚持的性别伦理观是在尊重性别差异、实现自我解放的基础上追求性别和谐。婉喻、六指、陆文荫都没有走出家门的冲动，而是着力构建“女性自我世界”。当然，不同作家各有所长。严歌苓更注重女性性情的善良亲婉，张翎则突出女性经历苦难之后的倔强与坚韧，施玮更强调女性生存的智慧。她们的共性在于对人性的尊重。人性书写是构成她们家族叙事的价值准则与审美尺度。

施玮的《世家美眷》中讲述了晚清以来苏州陆氏家族五代的兴衰巨变，但故事的重心并不在强调代际更迭，小说重在探求人性、欲望、生命、死亡之间的伦理命题，充满对灵魂的叩问与哲理的思索。“我奶奶”陆文荫是小说重点写到的人物，也是最值得分析与推敲的一个文学形象。她直到90岁，仍然具有一种让人难以捉摸的神韵与魅力。解开“奶奶”魅力之谜是这篇小说的关键。小说从“我奶奶”13岁时候写起，直到92岁告别这个世界。她的魅力源于她对“生”的热情。“生”的热情，体现在她对爱情与欲望有着持续不断的激情，但又不至于陷入情感漩涡中成为命运悲惨的痴情女子。

历来文学给予了女性无尽的赞美，这些赞美很多源于对她们不幸的同情，“不幸”成为她们的“美”之所在。不幸又正是她们的“美”之所在。仔细想来，这个命题逻辑非常荒谬。因为它呈现出这样一种模式：女性的美来自不幸，正因为不幸才得到赞美。正如西施之美在于“病弱”。新移民女作家则不同。在审美上，她们不再强调女性外表的“美”，更不认同“弱”；在性情上，她们笔下的女性大多敢于挑战自我、无视世俗。这些女性形象与莫言小说《红高粱》中的“我奶奶”也不同，她们不在乎反抗什么。“我奶奶”形象体现出处于家族边缘的女性面对生存的艰苦、战乱的社会以及各种无奈、凄伤的个人生命痛苦，但又绝不让自己陷入凄惨怨恨的心理境地。如何在苦难中升腾是新移民女作家所重力挖掘的。《世家美眷》中“我奶奶”为了生存，把自己心爱的女儿送给自己的情人。两边都是她的至爱，她将女儿拱手送出的背后有着多大的隐忍与无奈，夹杂着人生中多少不能为人所道的内在苦衷。在她心底最柔软处，却是自己也说不清的那种本能与真实。欲望与理智总是结伴同行，彼此消长。复杂混乱的伦理外衣之下，是更加混乱无底的内心体验。

“我奶奶”陆文荫的出场，是她生命觉醒的时刻，具体说是她性本能的觉醒。她无意看到了家族中侍女秋水与琴师廖玉清忘情缠绵的一幕，这一幕意味着她摆脱懵懂的童年时代走向成熟。后来她先后遇到丈夫方耀堂、挚友薛云飞，以及早在少年时代就对她爱慕的廖思城。小说最后写道："这生命超越了人们存活的形式，超越了人们自我的认知，超越了失败与成功，甚至超越了善与恶。它存在着。在生活昏暗的悲伤深处，保留着纯粹的光明；在死亡漆黑的绝望之上翱翔着永恒的辉煌。"① 这是小说的结尾部分，也是小说的精髓与升华之处。"在黑暗中，在死亡中，这些浑浊活着的人里面都燃起了一支火炬，那是他们自己一生也许都不曾意识到的'生命'，本源的生命。"② 只有接近死亡，也许才能知道生命的伟大与渺小、尊严与无奈。"也许人的一生都因无奈而活在毫无尊严的乞食中；也许人的一生都因惧怕而活在醉生梦死中；也许人的一生都没获得那种神性的智慧，而不能活在自由与光明中。但生命，作为一个'人'的生命，仍然有着不可轻视的光耀与尊严。"③ 这里将对生与死的辨析转换为对尊严的探求。生命虽充满无奈，但也包含着自由与尊严。女性，将人生作为诗文，自身就是诗意的存在体，与艺术、宗教相通。无数的文学经典中也常常把女性等同于自然、美、艺术的化身，而她们本身却又是有血有肉有灵魂的实体。这种对人性的写照与对生命之生与死的思索，使人性书写更丰厚、更深刻。小说以陆文荫为主角，另外写到文荫的祖母、母亲、妹妹、女儿、孙女等不同女性。五代女性的命运可以构成一个曲线图，这个图显示出女性意识的发展。但在这个女性的世界里，她们都是陆文荫的陪衬。她是一个积极地面对生存、智慧地面对苦难而又善于哲思的女性。在对这个家族的叙述中，小说缺少了那种血浓于水的亲情，增添的是人在面对苦难时的本能与在苦难中如何使生命得以存活并力争使人生充满光彩的生命意识。

严歌苓、张翎对人性的书写更注重情感的力量与对"爱"的坚守，从而探求如何以坚不可摧的温情与善良面对人性的复杂与多

① ［美］施玮：《世家美眷》，九州出版社 2013 年版，第 277 页。
② ［美］施玮：《世家美眷》，九州出版社 2013 年版，第 277 页。
③ ［美］施玮：《世家美眷》，九州出版社 2013 年版，第 277 页。

变。《陆犯焉识》中任凭陆焉识“逃婚”出国、几番找女友、多次背叛，但冯婉喻对爱情的执着、一生的守候、无论遭遇任何不测与打击，都不失人性的温暖与对真及善的坚守，最终使陆焉识彻底意识到自己生命中的最爱是妻子冯婉喻。有学者这样评价：“在《陆犯焉识》中，虽然书写的核心也是知识分子的创伤，但更让我印象深刻的是抒情方面，那曲绵长的爱情悲歌。……她那么缠绵浪漫地把祖父和祖母的爱情故事讲出来……两个人始终矢志不渝，一个人矢志不渝了一个世纪，一个人矢志不渝了半个世纪。”[①] 严歌苓小说中的冯婉喻、扶桑、小渔等皆属于这类女性形象，她们共同的底色便是无论处于怎样极端的苦难环境中，都能保持善良的品行。这是严歌苓人性书写的独特方面，也是对建构女性精神世界的启示。她们区别于曹禺戏剧《雷雨》中繁漪式的女性形象以及诸多世界文学画廊中“阁楼上的疯女人”形象。冯婉喻、陆文荫等女性形象是超越了“疯女人”形象的返璞归真。张翎小说《阵痛》中的上官吟春、《邮购新娘》中的方雪花等女性，也属于上述“我奶奶”那样隐忍而温情类型的女性形象。但张翎的人性书写又有她独特的风格，她更强调女性的倔强、刚毅、果敢。《金山》中的六指，因先天“六个指头”，一出生就被父母送给别人。民间认为这样的孩子晦气。但六指酷爱读书，并有读书的禀赋。从国外回来的方得法，不看女子的容貌秀色与家境情况，偏偏看上了读书识字的六指。不过，他遭到母亲的反对。六指怎样选择？小说写道：

> 昌泰婶听见了一声钝响。回头一看，六指已经倒在了地上。……六指用切猪草的刀，砍下了她的第六个指头。[②]

---

① 龚自强、丛治辰、马征、陈晓明等：《20 世纪中国知识分子的磨难史——严歌苓〈陆犯焉识〉讨论》，《小说评论》2012 年第 4 期。

② ［加］张翎：《金山》，北京十月文艺出版社 2009 年版，第 99 页。

六指以自己的刚烈个性成为方家的女主人。“断指”可谓小说的神来之笔，这已经不是《伤逝》中子君式的自主独立，也并非《祝福》中祥林嫂不厌其烦地倾诉，而是以决绝的姿态告别过去的恩恩怨怨，以快刀剪乱麻的果敢，剪掉过去的一切，重新开始自己的人生，从而构建女性自我世界。在这个世界里，没有了“他者—自我”“传统—现代”“东方—西方”的缠绕不清的纠结与对立。六指以“断指”的方式改变了自己的命运。从此，开始了自己一生的守候。这种守候同样不是守旧，而是对爱的遵守与执着，是对人性善的坚守。小说同样写到了人性的脆弱与无助。六指在一次出行中，被匪徒劫掠，以致婆婆误认为她被强暴。六指委屈隐忍。在后来灾难的岁月中，她割肉给婆婆，才得到婆婆的宽宥。这种“割肉救母”的故事带有一点愚孝，但如何对待苦难中人性极限的挑战，是张翎小说的回环凝重之处。这是生命质量经受考验的时刻，也是自我精神世界完满的点睛之笔。

新移民女作家对人性善的思考，包含着对当下社会道德伦理的文化反思与现实关切。她们以文化伦理的最高原则——善——为切入点，对目下现实人伦关系与现代文明作了深入反思。严歌苓的《第九个寡妇》是新移民女作家中对家族伦理反思的又一篇独到的小说。以往研究多着重于对小说主人公王葡萄的形象研究以及对其政治寓意的挖掘。事实上，还有一个重要的视角被忽略，即关于“报恩”与“孝道”的伦理话题。王葡萄是一个随父母逃荒落难的小女孩，被地主孙怀清买下来当童养媳。后来王葡萄长大，孙怀清因为各种社会运动遭遇危难，王葡萄凭着自己的机智与善良将孙怀清藏在自家土窖中几十年。王葡萄在结婚当天，丈夫就被日本人打死了。之后王葡萄可以有很多有利于自己生活的选择，但她从没放弃过这位养父。在后来多次危难时刻，孙怀清的亲生儿子都背叛他，唯有这个养女自始至终守护他。这个养女所坚信的是一个古老的信念：亲情、报恩、孝敬。“没有大，怎么活?”这是王葡萄的口头禅。文明社会已丧失了这些最基本的人伦理念，发展堪忧。小说中反思“报恩”与“尽孝”，不是历史线性的怀旧，更不是“倒退”的落后思想。王葡萄没有愚守妇道而成为“烈女”。她先后和七个男人的情爱经历足以构成她的罗曼蒂克史而彰显其个性风采。但她在活出自己个性的同时，却没忘记最本质的“真”与“善”，即血脉中的亲情。这是小说所表达的现代意识与现代逻辑，所谓现代并非丢弃道德本身。中国现代文学发生以来，很多理念都是以西方现代性的视角来否定中国古代封建文化。封建文化固然必须舍弃，但“西方中心论”也不可取。西方文化只是一个参照，而不应当是一个准则。这样一种思路渗透在严歌苓的许多小说中。《铁梨花》是严歌苓以“杀子”为主题的一篇小说，它选取民国军阀混战期间“盗墓”的故事，展开了对人性、道德、亲情之间的伦理道德思考。铁梨花是盗墓者的女儿，聪慧过人，身怀绝技。她嫁给了雄踞一方的赵旅长做五姨太，并怀上了赵旅长的孩子，但她看不惯赵旅长的军阀霸道行径，所以找机会逃离。后来她生下儿子牛旦。牛旦本性像自己的旅长父亲，自私凶狠、六亲不认、无恶不作。他盗墓成瘾，敛财贪物，为了女子柳凤，杀死了自己的结义兄长。铁梨花打心底里不喜欢这个孩子。在他多次不义行为之后，铁梨花不得不“大义灭亲”。她诱惑儿子盗墓，将其埋入坟墓中。这个“杀子”的故事看起来与美狄亚有点形似，但实质迥然不同。其一，铁梨花并非被丈夫抛弃，而是她抛弃了丈夫。其二，这里的“大义灭亲”，并非封建侠义，而是绝对的“道德律令”。对贪婪成性的孽子来说，铁梨花将其葬杀，这是对“道德底线”的坚守。尽管道德在不同时代有不同含义，但越出人性底线的道德便应该得到惩罚。这里有一个“至善”总则。《小姨多鹤》也曾经遭到褒贬不一的论证，有的学者高度评价其充满了“人性的光辉”，但也有学者指出其女性意识的缺失。当我们把它放入“人性善”这个视点下，小说的亮点便呈现出来了。它超越了国家、种族的界限，从多鹤身上体现出人性的至美与至善。多鹤在逃亡途中，被中国一个普通的铁路工人买下来为儿子“传宗接代”。这看起来又是一个老套的故事，很容易被人诟病。然而，深入细读后我们会发现其中魅力所在。多鹤有很多次逃离的机会，但她还是回来了，最让她放不下的是孩子。如果说《第九个寡妇》是个“尽孝报恩”的故事，展示了晚辈对长辈的亲情；《小姨多鹤》则体现了一个长辈对晚辈的疼爱，特别是割舍不下的母爱。严歌苓所反思的便是这种血浓于水的“亲情”。这种母爱与亲情具有“藏污纳垢”的能量。多鹤的两个儿子，大孩二孩是一母同胞的孪生兄弟。但大孩本性恶毒，他背叛甚至猥亵、打骂自己的母亲。二孩本性善良、正直。两个孩子一个恶，一个善。一母同胞，完全相同的生长环境，本性却有着天壤之别。对人性的思考，是严歌苓一直关注而深入剖析的对象。事实上，善的品质和事件的因果没有根本关系。多鹤岂能因为大孩的恶而以恶对待之？严歌苓把这个难题放在了作为母亲的多鹤身上，母性的伟大便显现出来了。施玮的小说也不乏对“善”与“美”的探求。她主要集中在对“美”与“艺术”的追求中。《世家美眷》中，廖言年轻、热情、单纯、善良，喜欢画画。他先是被女友背叛，后被妻子嘲讽。他对这个世界充满了卡夫卡笔下格里高尔式的恐惧。遁入佛门都无法使他解脱，最终他走向了死亡。他的死，意味着现实世界中“真与美”的消失。但死亡又让人反思“生”的意义。廖言所象征的美与艺术在现实中无处可寻。廖言的妻子自私、功利、目光短浅，是庸俗人性的符号与代称。她面对廖言的画及其中所蕴含的美与真毫无认知。小说的隐形叙事者没有“以恶对恶”。故事中交代廖言的两个舅舅从国外回来，不计前嫌地帮她走出困境。这同样是一种超越了世俗爱恨，追求大爱与“至善”的思维理念。

文学作为一种艺术想象，它包含着作者的审美期待与伦理诉求。在21世纪的后现代浪潮中，科技以前所未有的速度发展，人性欲望无限地膨胀，道德下滑，伦理涣散，人文精神遗失甚多。这都是不争的事实。新移民女作家在异质文化空间中书写家族历史，寄寓着她们对伦理重建的期待。不过，值得指出的是，“移民社群经验不是由本性或纯洁度所定义的，而是由对必要的多样性和异质性的认可所定义的；由通过差异、利用差异而非不顾差异存在的身份观念，并由杂交性来定义的。”① 所以新移民女作家在讲述中国故事的背后并非仅仅出于中国经验与对单一民族文化的“本真性”追求。她们的故事中夹杂了异质文化中诸如对欲望与本能的肯定、对上帝与信仰的追问等，而后在“善”的制高点上反思人性与文化，从而对人的生存状态、生命意识与存在意义进行探讨。有学者指出：“新世纪家族小说的再度出现，是作家们向历史寻找创作资源的一种形式或策略。他们没有经历过大家族生活的可能，因此也没有直接的家族生活经验。但中国家族生活的历史记忆并没有、也不可能从随着家族制度的终结而成为过去。”② 对于新移民女作家而言，她们对家族历史故事的叙述，是对家国历史记忆与异质生命体验的糅合，是东方传统伦理道德与西方生命意志的融合，以及女性视角下边缘意识与性别立场的会通。

三　文化差异中“赌性”的不同诠释

新移民女作家在中西文化比对中，不断对人性加以剖析，探讨文化差异与人性养成之间的关系。她们不以西方中心论来全盘否定中国传统文化，也没有中国中心论的偏执理念，更多是从人性本身出发，挖掘人性深处的潜质，剖析不同文化语境中人性的丰富性。“赌性”与“冒险”是人性表现之一，但它们在词性色彩上截然不

---

① 罗钢、刘象愚主编：《文化研究读本》，中国社会科学出版社 2000 年版。转引自罗钢、李应志《后殖民主义：人物与思想》，北京师范大学出版社 2015 年版，第 159 页。

② 孟繁华：《宅院文化：微缩的宫廷——论新世纪的“新家族小说”》，《绵阳师范学院学报》2009 年第 9 期。

同。严歌苓的《妈阁是座城》中主人公梅晓鸥继承了祖上性格中的“赌性”，小说写道：

> 梅家跟普天下所有中国人都不一样。假如他们的不一样被人咬耳朵，被人当冤孽，梅家人才不在乎①；
>
> 梅家五代之后的女性传人梅晓鸥看见妈阁海滩上时而打捞起一个前豪杰时，就会觉得咸水泡发的豪杰们长得都一个样，都是她阿祖梅大榕的模样。②
>
> 晓鸥知道，东方男人身上都流有赌性，但谁血管里的赌性能被发酵起来，扩展到全身，那是要有慧眼去识别的。③

严歌苓的小说常常有一种“化腐朽为神奇”的吸引力，其中充满了悖论性。“赌性”是贬义的，但相对于愚昧、守旧者，不妨多点“赌性”。在这里，“赌性”指的是“血性”“生命力”。每个人在潜意识中都有赌性，它会向两个不同的方向延伸。如果把这种精神表现在对财富的追逐中，它会导致人性恶（贪婪）；若把它指向在精神方面的进取之意，它则会呈现出力之壮美。如果说在梅晓鸥的身上体现为向上向善的力量，那么，小说同时展开的对史奇澜、段凯文与卢晋桐身上的赌性描写则是向下沉陷的。小说在精神的提升与沉陷两个维度上对“赌性”展开悖论式探讨，充满了审美的艺术张力与哲理的思辨色彩。如何克服人性弱点，将人的原始生命力中潜在的能量发挥到极致，是《妈阁是座城》的深层内涵。

张翎的《交错的彼岸》也写到了这种精神，她称之为“探险”。

---

① ［美］严歌苓：《妈阁是座城》，人民文学出版社 2014 年版，第 1 页。
② ［美］严歌苓：《妈阁是座城》，人民文学出版社 2014 年版，第 8 页。
③ ［美］严歌苓：《妈阁是座城》，人民文学出版社 2014 年版，第 91 页。

> 彼得的祖先约瑟·汉福雷于17世纪后叶沿着“五月花号”轮留下的水迹登上北美东岸。和当时的大部分移民不同，约瑟既不是受天主教迫害的新教徒，也不是逃避酷刑的罪犯。约瑟在某种意义上来说是个纯粹的探险家，只不过探的不是金银财宝而已。①

这段文字与《妈阁是座城》中对“赌性”的书写可以形成互文式理解。张翎一语道出它“探的不是金银财宝而已”。如果就探险精神来说，无疑是值得肯定的。尼采曾谈到精神的三种变形，可以管窥“探”的精神嬗变：由骆驼变成狮子，再由狮子变成小孩。骆驼是负重精神的象征。在最寂寥的心灵沙漠中精神升华为更加高贵的品格，其象征物为狮子。狮子是力量、孤独和强力的体现，也是精神自由和自我主宰的精神图腾。这是一种价值重构后的精神新生，是为自己创造新价值观和新自由维度的觉醒。狮子具有质疑与批判精神，是在传统规范和价值惯性中寻求颠覆或者突破的精神强力者。狮子的勇敢精神在于敢破敢立，在于对拥有自我意志的坚强决心。精神更高转化形态的彰显者是“小孩”。在尼采笔下“小孩”的精神状态和创造特质，成为他文化想象和审美精神的集中体现。“小孩”内蕴之义理不仅仅彰显了古希腊“高贵的单纯，静穆的伟大”，更突出了尼采对古希腊文学精髓的全新阐释。这里体现了一种“灵魂的辩证法”，是酒神精神与日神精神的有机融合。这个儿童仿佛赫拉克利特笔下不断游戏也不断毁灭的创造者，他是一种真正的存在。孩子是澄澈的、天真的、自然的，没有任何世俗牵绊和观念禁锢，恰如席勒所言：“只有当人是完全意义上的人，他才游戏；只有当人游戏时，他才完全是人。”② 在孩子的世界中，整

---

① ［美］张翎：《交错的彼岸》，浙江文艺出版社2015年版，第13页。

② ［德］弗里德里希·席勒：《审美教育书简》，冯至、范大灿译，上海人民出版社2003年版，第124页。

个世界的沉重暂时被“遗忘”，他们的精神是自由的、舒展的。由骆驼的负重到强悍的狮子，再到自然活泼的孩子，尼采笔下的精神嬗变彰显的是动态的形而上学。艺术家总是以各种形象来传达对生命与世界的理解，故事只是作家写作的外壳。新移民女作家所探求的是一种根植于人性深处的精神力量，这种精神力量借助不同文化土壤形成不同的态势。她们在异域文化的激活下，以审美力量唤醒潜藏于人们的内心深处的力量。在这个意义上，挖掘人性中的“赌性”精神是对人的生命活力的探寻。

第四章

战争历史叙事与革命伦理

战争小说通过对战争的描述来表达对战争本质的思考和对战争历史的理解。在新移民女作家小说中，张翎的《劳燕》《阵痛》、严歌苓的《金陵十三钗》《小姨多鹤》、虹影的《上海之死》《英国情人》、袁静梅的《疯狂的榛子》、穆紫荆的《活在纳粹之后》（又名《战后》）等都是战争题材的优秀作品。仔细考察，我们发现新移民女作家关于战争叙事的特点主要体现在其跨文化的视野与离散的生命体验上。由于长期生活在异域文化语境中，却又难以脱离也不可能忘却母国文化的记忆，她们对人对事的思考便具有双重文化的印记与异质伦理价值取向。这样就与国内同期作家的同题材小说呈现出不同的写作姿态、思维方式、创作视角。就战争叙事而言，她们并不着重追问战争本身的利害或者塑造战争中的“英雄形象”。战争只是叙事的外衣，她们主要沉思的是作为个体“人”的生命意义、对人性的关怀、对小人物（特别是弱势女性）如何获得拯救诸如此类的问题。在艺术构思上，她们以跨越生死的虚构想象来表达新生与蜕变。另外，“如影随形的民族主义”也始终是她们思考的对象，也是海外华文文学中的重要理论基点。那么，她们如何表达现代民族观念？如何理解普遍人性与民族国家之间的关系？战争中的女性将如何得以拯救？虚构的艺术表达背后具有怎样的文化诉求？边缘人又如何确立自己的文化自信与自觉？

第一节 “抗战”叙事的跨文化视野

一 人性立场与民族认同

战争文学描述战场的血腥与战争带来的记忆创伤，旨在引起人们对战事的反思。古代战争文学遵循传统伦理价值观，颂扬战场上的威武勇猛与胜利的荣誉。在被誉为西方文学经典的第一座丰碑——古希腊的《荷马史诗》中，阿喀琉斯的英雄形象反映的便是这种观念。中国古代岳飞《满江红》所传递出的价值理念亦然。然而，从现代伦理立场来看，它们缺乏对人性的尊重与理解。新时期以来的战争文学叙事，开始关注对人性的探索与多重维度上对战争的反思，并取得了很大成就。莫言的《红高粱》、刘震云的《故乡天下黄花》、周梅森的《大捷》，以及21世纪以来张者的《零炮楼》、石钟山的《天下兄弟》、邓一光的《我是我的神》、范稳的《吾血吾土》等都显示出中国当代战争文学的勃发与繁荣，并显示出作家们在战争叙事中对生命的关怀与人性的书写。除此之外，他们的共性还在于突出民间视角与民间英雄观。这反映出他们与当代文学所处的中国文化语境的关系，从“民间”而不是“庙堂之上”去揭示生命本能与原始生命力的存在。相对来说，新移民女作家的战争书写的最突出特征在于受域外文化语境影响，从而生发出对战争的思考。她们往往把战争放置于世界性与全球性文化语境中，以异域经验与双重文化眼光来观照，它所引起的反思向度与人性内涵，就有了不同的特征。

袁劲梅的长篇小说《疯狂的榛子》将对战争的描绘与对战争本质的思考，放置于人性与战争的对抗所引发的心灵自省上。小说中战士的身份并不重要，不管他来自农村还是出身土匪都无关紧要，重要的是作为一个渺小的生命个体在战争中面临死亡威胁时战栗的心理特征。在抗战最艰苦时期，有关中国远征军特遣队以及美国航空兵、“驼峰航线”、衡阳战役、陈纳德将军等，皆成为小说的叙事元素。小说采用了纪实的手法，以参战士兵的“战事信札”让读者“亲临”现场感受战争的本质。小说写道：“严酷的战事已经告诉了我们一个严酷的真实：我们的生命之线，说断就断。在我经历了这么多战事后，与其说死亡让我害怕，不如说不知怎么死让我害怕。”[①] 这种战争叙事通过描写生命的极限体验揭示了人性深度。在死亡的终极威胁和恐惧焦虑下，暴力与人性的矛盾、无限与有限的冲突不会因为出身或身份而不同。在死亡笼罩的“驼峰航线”上，神秘而恐怖的气氛，让“我”触摸到了死神即将降临的战栗。“我”在“跳伞”的瞬间醒悟到：“生和死怎么能脸对脸，这么近呀。我怎么会挂在世界的这个犄角上了？可恶的战争，人怎么能发明出这么一种游戏？”[②]“我”作为勇敢的飞行员，却和瑞德队长讨论为什么要打仗、战争缘何发生？袁劲梅强调战争中生命与死亡相遇时的惊恐状态，对战争本质的思考具有审视的高度与反思的力度。

在跨文化视野与“隔了距离”的高远视点上，新移民女作家对战争中人性书写也就具有了淡化民族意味的特征，她们以大悲悯情怀来看待战争中的每一个受伤害者。张翎的《劳燕》中有一段描写：

> 在众人好奇的目光下，女孩小心翼翼地捧起鼻涕虫那颗已经和身子分了家的头颅，……女孩每一次下针之前，都有些犹豫，像是怕扎疼了手下的那个人。可是每次真下针的时候，却又很是决绝，手指沉稳有力，丝毫没有颤抖……女孩脸上那个温存而耐心的笑容，则像是一个哄淘气的孩子入睡的母亲。[③]

① ［美］袁劲梅：《疯狂的榛子》，北京十月文艺出版社2016年版，第70页。

② ［美］袁劲梅：《疯狂的榛子》，北京十月文艺出版社2016年版，第76页。

③ ［加］张翎：《劳燕》，人民文学出版社2017年版，第218—219页。

鼻涕虫正如他的名字一样，是一个令人恶心的无赖与流氓。但他死了，而且死于战争中。死亡的威胁与震慑唤起的是人性的纯净与善良。阿燕不因为他对自己的侮辱而厌恶他，而是充满慈悲地把他的脑袋与身子缝在一起。这一细节描写得极其认真也极其庄严。严歌苓的《小姨多鹤》中多鹤是一个日本女孩。战后，在日军撤退的过程中多鹤被丢失在中国东北。后来被某个火车站的站长买回家做童养媳。不能不承认，日本的侵华行径应遭到国际法庭的军事制裁以及道义谴责，但日军中的某些个体与家眷，他们也是战争的受害者。多鹤就是这样一位受害者。她被张家买下来当作传宗接代的工具，当她生下小孩后却多次被丈夫张俭遗弃。不过，任凭百般被虐，她仍然保持人性的善良。严歌苓选取战争中的小人物作为描绘对象，侧重刻画小人物身上的高尚道德。在《小姨多鹤》中，我们不因为多鹤是日本女孩就对她抱有成见，这并不意味着没有国家认同与文化自觉，它去除的是狭隘的民族主义。在新移民女作家笔下，许多回望故土家国题材的作品，即使是怀着审视立场与批判意识，但情感上的关切与心灵归属不可否认。新移民女作家在经历了异域生命体验后，对民族精神的书写落定为文化的记忆，即文化心理的集体无意识。如安德森所指出的："遵循着人类学的精神，我主张对民族作如下的界定：它是一种想象的政治共同体——并且，它是被想象为本质上有限的（limited），同时也享有主权的共同体。"①

二 神父/教堂的设置与拯救意识

新移民女作家关于战争的叙事具有明显的女性特征。一般而言，战争中的女性常常被描述为被保护者或者被侮辱者。丁玲的小说《我在霞村的时候》堪称中国现代战争文学的经典。其中女主人

---

① ［美］本尼迪克特·安德森：《想象的共同体：民族主义的起源与散布》，吴叡人译，上海世纪出版集团 2011 年版，第 6 页。

公贞贞由于遭受日本人的侮辱而被村里人讥笑。在身体与精神的双重打击下，她去敌军营地送情报，但依然得不到人们的理解。贞贞最后走上了革命之路。贞贞的形象体现出战争中的女性不仅要承受战争之苦，而且要忍受男权意识下道德伦理的无形惩压。新移民女作家对战争中女性的书写则有了一些新视角。在她们的笔下，受侮辱的女性不是走向革命，而是得到了牧师/神父的救助。她们关于战争与女性的书写呈现出这样一种模式：女性—受难（身体与精神）—拯救—拯救者四个步骤。《我在霞村的时候》也可以纳入这个模式中。但丁玲重在突出贞贞的受难经历与刚烈个性，“我明天也要动身了。我恨不得早一天离开这家”[①]。这已经是小说的结尾，至于“离开”后是否得以拯救？拯救者是谁？无从知晓。新移民女作家战争叙事中关于女性—受难—被救赎的讲述，重在突出受难后女性的蜕变与新生。而且在受难—被救赎之间，会出现一个救赎者，即牧师/神父。牧师/神父具有极强的隐喻功能。在西方文学关于苦难—救赎的叙事模式中，牧师/神父起着非同寻常的作用。他们是上帝在世的履行者，是宗教的化身。然而在这些作品中，受难女性又并不能真正理解宗教的本质。她们固然受到牧师/神父的指引，但其内在精神支撑仍然来自中国传统女性隐忍之文化品格的影响，她们最后走上战场也依然是出于花木兰一般的奉献精神。所以，新移民女作家对战争中的女性书写，明显融入了另一种血液，从而具有了双重视野与双向审思。

张翎《劳燕》中的阿燕，与贞贞有着几乎相同的经历。她遭受日本人的凌辱后，被弃置于荒郊野外。牧师比利把她救下来，小说写道：

我把那个身体翻过来，是一个昏迷过去的小女孩，十二三

① 丁玲：《丁玲精选集》，北京燕山出版社 2015 年版，第 104 页。

> 岁的样子，或许稍大一些。女孩几乎完全赤裸，身体上没有明显的外伤，只是大腿上有湿黏的血迹——血还没有止住。我分开她的两腿，发现中间插着一根已经被血染成紫酱色的粗木棍。①

女性身体所遭受的屈辱如此惨烈地被呈现出来。值得庆幸的是，她遇到了美国牧师比利。比利的父母在中国待过很长时间，他们非常热爱中国文化。比利受其父母影响，从美国医学院毕业后到中国行医，但逢遇日本侵华。他在一次走访朋友的途中，遇到被日本兵强暴后的阿燕。他把她救活并送回到村里。但回到村子里的阿燕，被人们指指点点，连小孩子都追着她对她讥笑辱骂。她被婆婆逐出家门、被未婚夫刘兆虎嫌弃、被流氓再度凌辱……这些情节几乎就是贞贞的再版，但不同的是，阿燕又一次得到了比利的救助。比利把阿燕带在身边，教她学医并读《圣经》，还给她起了一个新的名字——“斯塔拉”。小说题目名为《劳燕》，其中姚归燕、斯塔拉与阿燕，不仅是一个人三个名字的区别，而且是一个人三种文化身份、三种生命状态的区分。姚归燕（又名斯塔拉）是一个文化混血儿的指称。她生长在中国，具有中国文化孕养出来的东方女孩的品性：朴实、本分、善良、勤奋、智慧；但她接受的是美国牧师的教育，粗浅地读了《圣经》。从此，她朴实本分的性情中融入了一丝异质性的灵动与虔诚，善良勤奋中添加了更多的独立沉思。阿燕，既是由中国文化孕育而成长的姚归燕，也是受西方《圣经》文化影响长大的斯塔拉，但她不属于其中的任何一种。她在经历了磨难并得到拯救后蜕变出一个新的自我。她是两种文化的结晶。她在牧师的帮助下学医成功后自食其力。在又一次被欺辱之后，她闯进了正在训练士兵的院子里，大声指责：“你们为什么只知道欺负我，

---

① ［加］张翎：《劳燕》，人民文学出版社2017年版，第81页。

你们为什么不找日本人算账?!"[①] 小说在这里达到高潮——一个受难女性的复活与一个新的独立自信女性的诞生。看似弱小的阿燕比那些战士更具有凛然不惧的气概、见地与胆识。张翎不仅描写战争给人们带来的残酷与不幸，而且特别写出战争中的女性历经劫难后的坚韧与反抗、蜕变与新生。

严歌苓的《金陵十三钗》同样是关于战争与女性题材的小说，同样加入了牧师/神父的形象。如果说张翎的小说风格是沉着、凝重，严歌苓的小说风格则是俏皮、幽默，它以讥讽与戏谑来描述一个沉重、庄严的故事。小说以 1937 年南京沦陷为背景，叙述一群女中学生与十三个妓女一起躲在一座教堂里的故事。日本人闯入，他们强迫女学生去参加日军庆功宴并表演节目。千钧一发之际，十三个妓女代替女学生赴难。这里彰显了严歌苓对妓女形象的改写。在中国现代文学中，对妓女形象的重新塑造，从老舍的《月牙儿》就已经开始。这里的独创性在于，妓女不仅是战争的受难者，而且是抗敌者。更为重要的是，她们在从苦难者转变为拯救者的过程中，同样借助了神父的力量，以及主要事件都发生在教堂里。教堂这个神圣庄严的场所与正副两位神父的身份，象征的是宗教意义上的救赎与悲悯。那么，新移民女作家在叙述女性受难—救赎这类题材时，融入了教堂/神父等西方宗教性元素，同时具有宗教关怀的向度。但小说最后表现出的妓女们大义凛然的风范也并非西方式的斗士，而是颇似杨门女将般"巾帼不让须眉"的大家风范。虹影的写作属于那种大胆淋漓、一气呵成的激情式书写。她的《上海之死》围绕珍珠港事件展开，讲述在中国抗日战争期间，美国在中国培养间谍的故事。她同样没有讲述正面战场，而是构塑了一个上流社会的女性——于堇参与这场战争。小说中于堇差一点就改变了世界历史的走向。这个大胆的构思让人匪夷所思，但它要表述的是中

① ［加］张翎：《劳燕》，人民文学出版社 2017 年版，第 191 页。

国女性在民族危机的关节点上，在个人伦理与国家伦理之间的选择中，民族意识大于个人意志，国家伦理高于个人伦理。小说以传奇来揭示民族气概。与前两部小说相比，于堇的身边没有神父或牧师，但于堇的养父是一位美国人。于堇很小的时候，被父母遗弃，是美国人弗雷德收养了她并送她到国外学习。弗雷德这一角色的作用与牧师/神父相当。以上三部小说的共同点是，讲述了战争中受难女性被拯救的故事，其特殊之处在于她们被拯救之后的华丽转身及其救赎者的身份。这些救赎者是外国的牧师/神父，他们对小说中主人公的形象变化皆起到了重要作用，但并不是决定性作用。最终决定女性独立并承担重任的是她们自己。《劳燕》中的阿燕手拿《圣经》，但很多地方她都不理解；《金陵十三钗》中十三个妓女也并不能彻底感知教堂的庄严；虹影的《上海之死》中于堇对美国养父最后是一种背叛。但她们毕竟都在两种文化的影响下完成自我的新生。这种“不中不西”“又中又西”的文化混血形象，是新移民文学中塑造人物形象的独特之处。

三 历史的追寻

新移民女作家的战争叙事不仅表现出在“写什么”方面的独特视角，而且致力于“如何写”。超现实主义写作是新移民女作家战争叙事的重要特征之一。比如，《活在纳粹之后》中主人公王芍琴“沉湖”后的梦幻感知，《劳燕》中“三位亡灵”回忆战争中的经历与感思，《甲骨时光》中主人公杨鸣条在一个麻风病患者的带领下穿越现代回到商周时代的殷都去观看“牧野之战”。值得说明的是：陈河是一位新移民男性作家，这里分析他的《甲骨时光》，一则因为这部作品的魔幻特征，二则将之与女性作品进行对比分析。后面详述，此处不赘。这里重点指出的是这种魔幻艺术暗示出新移民女作家在离散生命体验中潜在的文化乡愁。但与 20 世纪五六十年代“留学生文学”中“思乡”内蕴截然不同，这种乡愁是和煦的、美好的、哲思的，是对人类生存普适性与终极性的关怀。换言之，新移民魔幻文学创作中没有我们习惯认知中的“厉鬼”“恶魔”形象。相反，如亡灵的诉说、死亡的呓语与麻风病患者的疯癫，包含着超越俗世的对知识、爱、美与真理的探求。

穆紫荆，德籍华人。其长篇小说《活在纳粹之后》（又名《战后》），于2019年1月由布拉格文艺书局出版。这是一部非常具有个性化的战争小说。其中人物众多、以多条线索展开，旨在描绘战后人们的生活状况以及经历战争的人们如何对待当下与战争历史的心态。主人公王芍琴是连接国内、国外两条线索的中心人物。小说对王芍琴的塑造非常独到。王芍琴在Ovilia庄园坠入湖中，失去知觉。她的记忆却异常活跃地映现出自己在国内时的生活。小说中有两个王芍琴：一个是死去（昏迷）的王芍琴，另一个是活着（清醒）的王芍琴。梦幻般的记忆，却是对生命最真实最清晰的感知与判断。她在国内时，由于父母干涉自己的婚姻，一度抑郁。后来移居国外，她遇到丈夫阿菲勒，在丈夫的帮助下重获自我。梦魇中的王芍琴彻悟了“活着”时想不明白的问题。自己的抑郁其实是由于家长约束而导致的情感压抑。这里有明显的文化反思意味。她后来和经历过纳粹战争的达尼尔成为忘年交。达尼尔经历灾难却如此达观，悲悯与博爱是他性格中的可贵之处。战争固然残酷，但已然过去。如何抚平战争的创伤，是小说聚焦的重点。《活在纳粹之后》以超越生死的审美想象传达爱的主题。“死者王芍琴”与“生者王芍琴”所勾连的是生与死两重境界的哲思。《劳燕》中牧师比利、军官伊恩、中国军人刘兆虎，以亡灵的身份来回顾自己的生命历程，展开对个人命运与战争反思的诘问。他们都围绕一个女孩进行自我剖析并反思战争的性质。小说从个人到历史，从日常伦理到形而上生命体验，从私人情感到家国民族，内容极其庞杂却线索分明。它以亡灵的口吻，展开对人性的剖析。有学者评析：“张翎在《劳燕》中意欲达致的高远艺术目标，是在将近一个世纪的时空范围内，以中国战场的抗战为根本聚焦点，对非正常的战争状态所导致的人性与命运的裂变进行足够真切的透视与表现。亡灵叙事手段的有效征用，实际上是为了企及这一艺术目标的基本路径之一。”①

不过，由于性别差异，同样是以超现实手法对战争展开叙事，男性作家与女性作家在人物塑造与叙述重心上有所不同。一般而言，女性作家往往以女性作为主人公，突出表现女性对爱情的细腻感受，并强调女性如何走出心理困境，进而思考战争、国家、民族等宏大问题。如前述《劳燕》中的阿燕、《活在纳粹之后》中的王芍琴。而男性作家往往略过个人的情感生活，直接面对战争展开对权力话语以及民族、文化的思考。陈河，加拿大华人男性作家。其长篇小说《甲骨时光》于2016年由北京十月文艺出版社出版。《甲骨时光》以当代“穿越”小说的形式讲述中国抗战期间考古工作队赴河南安阳发掘甲骨的一段历史。不同于当下通俗网络小说中的玄幻、言情、历史故事，这里的“穿越”富有深刻的政治隐喻功能与文化传承意义。小说以两条线索展开，古今对照，虚实相映。一条是现实层面的现代考古知识分子杨鸣条赴河南挖掘甲骨；另一条是历史层面的古代殷商卜辞大犬誓死捍卫甲骨。将古时卜辞大犬与现代考古学者杨鸣条联系起来的是巫女身份的麻风病患者。小说写道：“杨鸣条简直无法相信自己的耳朵，这个与世隔绝的麻疯病人居然会背得出他写的小说的整段文字！”②“有一个晚上，他入睡后不久，听到了一阵轻轻的音乐。他睁开眼睛看到屋里有一群小小的人偶守候在他身边。”③ 小说中麻风病、麻风村、知识考古等情节设置，是对福柯关于后现代权力思考的文学表述。它意在探求现代与

---

① 王春林：《亡灵叙事与战争的深度反思——关于张翎长篇小说〈劳燕〉》，《文汇报》2017年3月21日第12版。

② ［加］陈河：《甲骨时光》，北京十月文艺出版社2016年版，第93页。

③ ［加］陈河：《甲骨时光》，北京十月文艺出版社2016年版，第316页。

历史之间无处不在的权力问题。知识分子如何在权力对峙中抢救人类文化遗产并使之得以传承，是小说要表达的重点。在某种程度上，战争起因于政治，而政治宣告了麻风病者的身份。此处对麻风病者的写照类似于《飞越疯人院》的隐喻。“疯子”可能才是真理拥有者与正义的使者。因此，麻风病者（蓝宝光的母亲）在小说叙事中具有沟通古今、串联历史的功能。她由于得了麻风病被迫与“正常人”隔离，但在关键时刻，却能帮助知识分子完成文化传承的事业。杨鸣条在寻找甲骨的过程中，被与日本人勾结的土匪陷害。后来他逃往蓝宝光家里。晚上在梦中，他由蓝宝光母亲带领，从现代穿越回到殷商时代观看“牧野之战”的战争现场。由此他获得了甲骨埋藏的准确方位。此处描写集通俗与严肃为一体，甲骨文化在历史战争的刀光剑影中闪现着奇异的魅力。小说描写了殷商时代的大犬誓死保卫甲骨的情节。“牧野之战”开始，他从容走进藏有甲骨的密室，让事先得到吩咐的士兵封门并焚烧。他以血肉之躯捍卫了甲骨的存留。杨鸣条与遥远的大犬心心相印，就像隔了千年的大犬重新复活。他们一真一幻、一实一虚，这既是小说创作的一种方法，也可以说是移民作家在离散岁月中梦回故国的生命体验与美感升华。这种艺术构建的背后结合了对西方哲学话语及本土文化的转换变形。

需要指出的是，这里引入新移民男作家陈河的作品，旨在突出由性别差异形成的男/女作家创作的不同。并非比较高下，也无优劣，他们共同构成新移民文学对战争的叙事，丰富了世界文学中的战争主题。文学借助虚构的神灵想象，表达对战争性质的深入探索。总体来看，新移民女作家所营造的虚幻意象，无不关联着中西文化的对照，凝结着漂泊离散的生命体验。综上所述，如果细致考察新移民女作家战争叙事，我们可以发现其审美精神所独有的内涵和艺术想象的特异所在。在谈到中国 20 世纪的战争文学时，王富仁指出：“20 世纪是一个多灾多难的世纪，整体上可以说是一个战争不断的百年。……但是，经过如此长时间绵延不绝的战争，却没有使中国出现伟大的战争文学。"[①] 究其原因，他认为与中国人的战争观有关，比如人类意识、生命意识、人性意识以及对战争胜负的理解等。在西方战争经典的烛照之下，我们的战争文学的确显得单薄。可喜的是，新移民女作家的战争叙事有着对人类性与个体性、世界性与民族性、边缘与中心、性别与社会、战争与和平、人性与爱等多个命题的深入思考。

第二节 理想精神的重铸

新移民女作家书写中国革命历史，通过艺术创造和审美想象构筑起一系列小说文本，彰显了作家的主体性、时间观、认识论以及价值诉求。20 世纪 80 年代以降，革命历史叙事以"新历史主义"的表现形式得以呈现，革命理想问题遭到一部分学者的质疑。有学者指出："与此同时（九十年代以降），'去政治化'、'非政治化'的声音也一直没有停过，有时这种声音还相当强大。其中比较突出也颇具代表性的，就是采用政治与文学'对抗'模式来解读作家作品，叙述知识分子与现实政治关系，通过这样的方式来表达文学对政治的排拒。"[②] 就革命与女性而言，革命叙事往往以"去女性化"的方式展开，"革命话语限制并且压抑了个人的欲望、情爱、性、自我以及其他感情"[③]。然而新移民女作家在跨文化视野中，对革命与个人、理想与现实关系的叙述呈现出与其他作家并不一致的思考。她们展现了革命的某种复杂态势。她们尝试以不同的角度塑造革命者形象，特别是对革命与个体之间的关系处理，不再以对抗的

① 王富仁：《战争记忆与战争文学》，《河北学刊》2005 年第 5 期。

② 吴秀明：《当代文学"历史化"的历史观问题探讨——基于政治和革命的视角》，《浙江大学学报》2017 年第 6 期。

③ 孟悦：《女性形象与民族国家》，转引自［美］刘剑梅《革命与情爱——二十世纪中国小说史的女性身体与主题重述》，上海三联书店 2009 年版，第 2 页。

形式出现，而是表达它们之间既矛盾也同调、既冲突也和谐的丰富性与开放性。

一　对“理想信念”的坚守

严歌苓在2015年出版的《床畔·后记》中写道：“我少年从军的经历不可避免地影响了我一生创作的选题。十三年的戎马生涯使得我了解士兵，同情他们，因而无意中积累了许多他们的故事。……《护士万红》并不是我采集来的一个故事，而是我在脱下军装二十多年后一直想表达的一种军人精神。军人精神的核心无疑是英雄主义。”① 关于军人、英雄、理想主义一直是严歌苓小说中重点关注的对象。在关于时代、社会与理想精神相互冲突的时候，“理想精神”始终作为一种恒定的伦理价值。当然，这种“理想”包含着深厚的历史感。

《床畔》是严歌苓关于理想主义与英雄情结的一部小说。护士万红有着高度的敬业精神。她以精湛的护理技术，用一生的时间守护一个植物人——张谷雨。她这样做并非外在力量的强制，也并非愚顽性格使然。张谷雨是一个牺牲了自己却成全了别人的英雄。关于英雄形象与理想精神，在学界有两种不同的看法。有一种质疑的声音，认为她不够真实，“极其不合乎人性逻辑”②。也有一种肯定的观点，认为当下年轻人因为自身成长与历史分离，往往陷入“普遍的历史虚无主义”③ 中，但“不管是肯定还是否定那段历史（‘反右’、‘大跃进’、‘文革’、知青上山下乡、改革开放等），这段历史都是与他们的身体、生命接触过的实体，而不仅仅是一个叙述，一段故事，或者一段话语宣传”④。我们只有将个人生活与社会

---

① ［美］严歌苓：《床畔》，长江文艺出版社2015年版，第264页。

② 王春林：《英雄主义情结与人性逻辑——解读严歌苓的长篇小说〈护士万红〉》，《百家评论》2016年第6期。

③ 杨庆祥：《80后：怎么办?》，北京十月文艺出版社2015年版，第27页。

④ 杨庆祥：《80后：怎么办?》，北京十月文艺出版社2015年版，第19页。

历史放在一起，才能真正理解他们。万红自小滋生的“英雄情结”，是在张谷雨追悼会正在召开的时候展露的：

> 万红看着照片中的谷米哥，他在照这张入伍照的时候，她多大？在哪里呢？那时她在成都，在一所专门为援藏干部子女开办的学校读初一。那时她深藏一个梦想，长大后嫁个小连长，在外勇猛粗鲁，在家多情如诗人。她将陪他从连长做起，做到营长，再到团长，她陪他去边疆，去前沿，最后看着他成为将军……假如他作战受伤，或残废了，那似乎更称她的心，她的万般柔情就更有了去处。①

在接受访谈的时候，严歌苓曾经特别强调：“《床畔》是部象征主义的小说，大概要比较形而上地去解读故事。这个故事中的万红肯定不是《第九个寡妇》王葡萄那种一根筋，她对张谷雨连长的坚守是一种非世俗的、类似宗教信念的坚守，是对一种永恒价值观的坚守，也是对个体生命价值的坚守。”② 这里包含着在历史具体语境中一代人的集体记忆。严歌苓曾说：“我发现，一个人的生命、一个人的青春可以一刹那就变成了残疾。我从前线回来后陷入了一种非常抑郁的状态，写了很多诗歌，从个体生命角度来重新思考这种英雄主义。”③ 这其中凝结的是一代人的心灵记忆及其理想情结。有学者评价：“过往的一切，都那么令人刻骨铭心。青年作家其实都想写一部令他们自己，也令读者刻骨铭心的小说。但我希望他们能继续提炼作品主题，提炼思想。刻骨铭心的个人记忆如果被纳入一代人的集体记忆中，那么这种记忆才真正是刻骨铭心的。像王蒙

---

① ［美］严歌苓：《床畔》，长江文艺出版社 2015 年版，第 253 页。

② ［美］严歌苓：《英雄总是不识时务》，《中华读书报》2015 年 5 月 20 日第 11 版。

③ ［美］严歌苓：《每个作家都要有一只同情的耳朵》，《有可奉告 1》，北京新星出版社 2013 年版，第 30—31 页。

的《夜的眼》，像王安忆的《本次列车终点》，像路遥的《人生》《平凡的世界》，像张承志的《心灵史》。我们作为读者，怎么能够置身事外？因为它们不光是作家本人的历史叙述，也早已成为我们生命的一部分。”[①] 这样才能出现纪念碑一样的文学作品。“纪念碑就是一代人的集体历史记忆。每一代作家都有自己心目中的纪念碑。我不赞成把纪念碑简单贬斥为‘宏大叙事’，简单化为‘主流意识’。将‘自我’、‘个人’置于纪念碑对立面，是对当代文学的一种很肤浅的理解。应该说，至今很多年轻作家都没有从这种文学谎话中走出来，找到自己观察社会历史的应有哨卡。”[②] 历史的文本需要历史方法的解读，还原特定历史场景，方能理解历史中的人和事。

二 “革命 + 恋爱”的另一种叙述

《英国情人》发表于 2009 年，是虹影创作中颇具影响力的一部长篇小说。她以现代派的审美倾向、以强调生命感觉为伦理诉求，描写了生命欲望与革命伦理之间的冲突。许多研究从文化冲突与性别视角展开分析，但忽略了其中对革命理想精神的探讨。小说中主要人物裘利安·贝尔（英国剑桥大学国王学院的高才生）来到中国。裘利安最初来中国是出于对中国革命的向往。在来中国的旅程中，他写了一篇长文《论无产阶级与诗》。在他的理念中，无产阶级事业是富有诗意的。他在寻求革命的路途中，陷入了恋爱。革命与恋爱之间有某些相似性，那就是激情。所以他与闵的艳遇一直掺杂着革命的情绪。革命与恋爱是裘利安人生中的重要组成部分，缺一不可。不过，革命是理性的、明确的；恋爱是感性的、狂乱的。虹影凭借其异质文化经验与思想资源，以及特有的女性生命体验与女性意识叙述“革命 + 恋爱”的故事，就创造了一种陌生化的审美

① 程光炜：《谈〈芳华〉：我和电影院里的青年人》，《文艺争鸣》2018 年第 3 期。

② 程光炜：《谈〈芳华〉：我和电影院里的青年人》，《文艺争鸣》2018 年第 3 期。

效果。“革命 + 恋爱”的小说叙事盛行于 20 世纪 30 年代左翼作家创作的小说中，比如洪灵菲的《流亡》、蒋光慈的《丽莎的哀怨》等。面对革命与恋爱的矛盾，这些小说一般都响应时代要求，革命意志战胜情感情绪，恋爱只是革命的陪衬物。以《青春之歌》为例，小说叙述了林道静的成长历程，几番恋爱失败后是革命拯救了她。新移民女作家的小说不乏关于“革命 + 恋爱”故事的书写。如在严歌苓的《一个女人的史诗》中，田苏菲中学还没毕业，就参加了革命。她不是出于对革命的向往，而只是因为她丢失了一件新毛衣，怕母亲责骂。在革命过程中，她对受伤战士的同情与对死亡的战栗，是出于自己的本性与良知，而非革命的崇高。女性作家更擅长把革命与恋爱结合在一起。《英国情人》将性欲、革命、生命、理想、青春勾连在一起，结构错综别致，内蕴复杂丰富。

小说中裘利安参加革命，的确出于对革命的向往与激情。这是一种自我选择，不是他人强迫或引导的。他之所以来到中国参加革命，是因为他对第二次世界大战期间欧洲沉闷的文化感到窒息，对法西斯战争的残忍感到愤慨。他是一个诗人。诗人追求革命，多了一份浪漫气质。他怀着人道主义精神和诗人的热情来到中国参加正义的战争。不过，当他亲身经历了革命，他才发现军队士兵破衣烂衫、纪律涣散，士兵与土匪之间没有两样。日本开始全面侵华后裘利安离开了中国战场，转而“加入国际纵队到西班牙参战”。最终，他死在了战场上，他留下了一句遗言“我想参加革命，想有个漂亮情人”。在恋爱与革命之间，没有主次。当裘利安再次上战场，闵知道他一定会死。因为“革命与爱欲有一个含糊莫辨的共同点：献身”[①]。从个性气质来看，裘利安与闵是一样的，他们都具有某种个人主义的激情，都不安于庸常的现实生活。在他们身上所体现出的是个性主义者的生命力度与对自由意志的追求，这是虹影小说具有

---

① 刘小枫：《这一代人的怕与爱》，华夏出版社 2012 年版，第 44 页。

“魔力”的原因之一，也是虹影对当下文化伦理思考的一个着眼点所在。诗人、革命与激情往往是相关联的，都包含浪漫主义的因子在其中。小说中闵与裘利安有着共同的浪漫情怀与个性精神。只是作为女性，闵更加重情感。小说将革命与恋爱、理想精神与欲望叙事并列书写，一改以往“去女性化”“去性化”“唯革命意志论”等特征。小说将中国革命放置于世界革命中进行构想，对革命与理想进行本体论意义上的思考，也是以虹影为代表的新移民女性创作关于革命叙事的新特点。

第三节　屈辱与反抗

当回顾故国历史的时候，新移民女作家作品中常常会写到中国历史上女人的小脚、男人的辫子、京剧舞台上戏子的水袖、炕榻上的大烟、妓院中的妓女等现象。对诸如此类的“丑相/陋相”，目前大致有两种分析。其一是从东方主义理论视角来分析，认为新移民女作家这样书写是在满足西方人的窥视欲，从而获得小说的卖点或看点。其二是继承鲁迅的国民性批判精神进而揭示封建文化痼疾。这些分析都有一定道理。值得思考的是，如果仅仅具有“卖点或看点”的小说，它经不起时间的沉淀。但这些内容为什么会经久不衰，成为文学的书写对象？对于国民性批判精神，历史地看，是值得肯定的。新移民女作家今天所面对的社会语境与文化心态都已经发生质的改变。此时，她们笔下同样题材不可能还是坚持惯常的审美观与伦理原则。那么，她们书写这些内容含有什么样的文化寓意与伦理立场？

一　既非国民性也非东方主义

在分析新移民女作家关于小脚、辫子、水袖等现象描写之前，必须厘清东方主义与国民性批判之间的关系。东方主义是后殖民理论家萨义德在《东方学》中提出的核心观点。他指出：“东方”是一种根据东方在欧洲西方经验中的印象而协调东方的方式，是西方人以西方的眼光来看东方，包含着西方人对东方人的歧视与偏见。鲁迅的国民性批判同样是以西方价值为参照标准，但他与东方主义只是表层相似而内质不同。有学者这样评说：“鲁迅的改造国民性，固然与‘东方主义’有着不可分割的血缘关系，但他的思想一旦形成，就获得了自身的独立性和生命力。‘东方主义’是鲁迅改造国民性的起点，而不是终点，对此需要从两个方面来理解。第一，鲁迅改造国民性与‘东方主义’在最终的价值指向上截然不同。‘东方主义’的目的是为了使东方从属于西方，而鲁迅的改造国民性是为了使东方摆脱西方的控制，因此可以说，鲁迅是借助‘东方主义’的思路，最终达到消除‘东方主义’的目的。在鲁迅的思想体系中，有一个高悬于东方/西方之上的理念，它可以抵消二元对立思维带来的负面影响，这个理念就是‘世界’意识。……第二，在借鉴‘东方主义’的同时，鲁迅一直激烈地批判‘东方主义’。”① 所以，把鲁迅与东方主义相提并论失之偏颇。新移民女作家对东方陋习的描绘源于在日常生活中因“被审视”的经历而产生的耻辱感。换言之，东方学中的“东方”是不在场的评说者，而新移民文学中的“东方”则是事关自我的当事人。如果鲁迅的国民性批判蕴含着他基于启蒙视角的文化批判，那么新移民女作家的写作则更多出于对历史文化的记忆。她们无意启蒙大众，而只是在“讲述”（Tell out）。来看张翎的《金山》中关于辫子的描写：

> 人群在一片空地上停了下来。空地上有一根木柱，上面挂着一盏路灯。举枪的男人放下手里的枪，拿过女人手里的绳子，把阿法摁在地上，捆在了柱子上。确切地说，是把阿法的

① 张全之：《鲁迅与“东方主义”》，《鲁迅研究月刊》2007 年第 7 期。

> 辫子捆在了柱子上。……原来阿法和他的性命之间，间隔的是一条辫子。也就是说，阿法如果想逃命，或者任何人想救阿法，只有一个法子，就是剪断阿法的辫子。……“皇上，列祖列宗，我方得法只能苟活了……”他喃喃地说。然后他捡起了地上的剪刀。街上的人听见了一声长啸。有过狩猎经验的男人都不约而同地吃了一惊——那是一种冬天原野里饿了一季的狼才会发出的吼声。那声长啸穿云裂石，街道颤了一颤，大雨骤然停住，浮云开处，露出一天星斗。[①]

方得法的剪辫子行为与“一声长啸”可以理解为一种反抗，是对压迫者的反抗，同时也是方得法与过去的决裂。即便经历过一段屈辱性的历史，但我们可以重新开始。一种崭新的姿态与新生的愿望，隐含在这种反抗与决裂行为的背后。从记忆伦理学上来说，侮辱的记忆是最深刻的记忆。著名诗人奥登认为：“艺术源于屈辱感”[②]，好的诗人写诗常常是因为屈辱而招致的敏感。而“根除残忍和侮辱比促进和提升人的幸福更具有紧迫性”[③]。新移民女作家的创作和种族屈辱记忆有很大关联。严歌苓在谈到这个问题时曾说：“这是两种文化谁吞没谁、谁消化谁的特定环境。任何人物、任何故事放进这个环境中绝不可能仅仅是故事本身。由于差异，由于对差异的意识，我们最早踏上这块国土的先辈不可能不产生一种奇特的自我知觉：别人没有辫子，因此他们对自己的辫子始终有着敏锐、脆弱的感知。在美国人以剪辫子作为欺凌、侮辱方式时，他们感到的疼痛是超乎肉体的。再有，美国警察在逮捕中国人后总以剪去辫子来给予精神上的惩罚。这种象征性的惩罚使被捕的人甚至不

---

① ［加］张翎：《金山》，北京十月文艺出版社 2009 年版，第 69—70 页。

② ［以］阿维夏伊·玛格丽特：《记忆的伦理》，贺海仁译，清华大学出版社 2015 年版，第 112 页。

③ ［以］阿维夏伊·玛格丽特：《记忆的伦理》，贺海仁译，清华大学出版社 2015 年版，第 104—105 页。

能彻底回归于自己的同类。因此，辫子简直就成了露于肉体之外的，最先感知冷暖、痛痒的一条赤裸裸的神经！在如此的敏感程度下，人对世界的认识不可能客观，不可能正常。任何事物在他们心理上激起的反应，不可能不被夸大、变形。人的那些原本会永远沉睡的本性不可能不被惊动，从而给人们一些超常的、难以理喻的行为。对自身、对世界失常的认识，该是文学的缘起。”① 由此推及，关于女人小脚的描绘也是源于耻辱的记忆与为了尊严的反抗。她在《扶桑》中这样写道：

> 扶桑自己坐下来，提一下裙子，两只红色溜尖的小脚一只架在另一只上。
>
> 克里斯的眼睛马上跟到那两只若有若无的脚上。一切关于这只脚的谣传都在他眼前被证实了。真的有如此残颓而俏丽的东西！②
>
> 这哪里是人类的足？克里斯想。他走近它们。这是一种在退化和进化之间的肢体。这是种似是而非的肢体。他不知不觉跪在床边，手伸去触碰它们，它们看去更像是鱼类的尾部；最敏感最易受伤的生命根梢。这哪里是脚？他手指轻极，恐怕它们会融化殆尽。③

这里将看与被看、自我与他者、东方与西方的对立因素并置。然而，严歌苓以出其不意的手法进行逆转。在强与弱之间，她又进行了类比。她写道：

> 你以为海以它的汹涌在主宰流沙，那是错的。沙是本体，

---

① ［美］严歌苓：《波西米亚楼》，天津人民出版社 2015 年版，第 275—276 页。

② ［美］严歌苓：《扶桑》，陕西师范大学出版社 2012 年版，第 11 页。

③ ［美］严歌苓：《扶桑》，陕西师范大学出版社 2012 年版，第 13 页。

它盛着无论多么无垠、暴虐的海。尽管它无形，它被淹没。[①]

沙与海的辩证关系揭示了柔弱者的内在生命力。扶桑以其柔弱征服了克里斯。她在海上吹箫，伴随着音乐翩翩起舞。这一意象传递出东方文化的神韵。中国人在异国的土地上被歧视与被侮辱，他们艰辛的生活处境与痛苦的精神历程无时不在。新移民女作家的审美构塑与价值期待尽在其中。他们对国民性的自我批判是弱化的，更多的是受辱之后进行的反抗。

二 “女人寨”寓言与社会图景探求

刘索拉曾是20世纪八九十年代国内先锋文学的代表作家，《女贞汤》是她旅居纽约后出版的一部神话寓言小说。这部小说构思奇特，开篇讲了“继”姓部落以及有关“大岛”的传说：

公元两千一百年之后，现代文明被天上掉下来的一颗大星星一下子给砸没了，古老文明倒幸存下来，人类又得从头开始活一遍。好在这次不用从大猩猩再开始，中国仍是很伟大地立在世界中央，耶稣在以色列又复活了，新一拨儿的人类按照留下来的文史资料从帝王时代起重新体验。到了我们的故事开始时，已经是公元四千年之后了，有个叫极得乎的家族带着全体部落打着个旗子一直从西边游牧游到东边，旗子上写着：“神在路上”。[②]

“极得乎”家族被汉人打败，由汉族皇上赐姓为“继”。他们在家族首领的带领下来到了岛上。他们说汉语看汉字，遇事就去找皇上。大岛上物产丰富，但大岛人充满了愚昧和偏见。比如他们认

① ［美］严歌苓：《扶桑》，陕西师范大学出版社2012年版，第62页。

② 刘索拉：《女贞汤》，金城出版社2009年版，第13—14页。

为吃了山上的“长尸草”就会起淫欲，吃树上的“红眼鸟”可生贵子。“美女蛇”意欲吃人，而深潭中的“猪龟”有使天下大乱的本领。大岛人拜“猪龟”为神，都希望其能够从深潭现身从而一睹“真容”。大岛故事在一代代传承。后来“继”老先生终于得子，但是老婆却死了。一只“猪龟”进门在婴儿脸上闻了闻，这被巫婆看到后就编排了很多故事。岛上来了船队，船上的人要在大岛上待下去。他们在岛上烧杀抢掠、无恶不作。大岛另一侧有座山，叫“女人山”。在山寨门前是半男半女的生殖器石雕。凡是闯进女人寨的男人被数名老少女子玩弄后，都不能活下来。寨主的女儿希撒玛巧遇从大岛逃出来的继合，并暗暗地喜欢上了这位会写诗歌的汉人。由于不能在女人寨继续待下去，希撒玛带着继合出走，他们在海上迷了路，结果又回到大岛上来了。希撒玛回到大岛后，由于长相出众，被称为“豹子”。官府要将她变回原形问斩，后来他们请香囊道士给配“女贞汤”。据说此类汤药专杀女性阴烈之气。希撒玛吃了几年，全身气力都被抽走了。这年深冬希撒玛去世，大岛上下了很厚的雪。

著名的神话人类学家艾斯勒在《圣杯与剑》中提出两种不同的社会模式：伙伴关系的社会模式和统治关系的社会模式。所谓伙伴关系的社会模式实际上就是母系氏族群体，有母系而无母权，有首领但是没有相关的等级系统。在秦汉时代流行“圣人无父，感天而生”的传说，甚至在更古老的典籍中有“民知有母而不知有父”的记载。汉代社会还有对另一个女神——“西王母”的崇拜，她是在父权制社会中受压迫人们的精神慰藉。《女贞汤》中所构塑的“女人山”无疑也是一种伙伴关系的社会模式。女人寨里的男人自从被外部落全部杀死后，女人们不相信任何一个外族男人。她们抓住一个外族男人就把他轮流“使完”，然后杀掉。即便生下男婴也要送到远处去。她们被称为“母兽”，外出狩猎如同一群豺狼虎豹。而女人寨中最漂亮的女孩子就是希撒玛，她的母亲则是女首领。据说女首领和一个外来男人同居十个月，直到希撒玛生下来后才把这个男的喂了豹子。而在母系社会中的希撒玛和豹崽子一起长大，她喜欢舞刀弄剑。在遇到继合之前，她对捉来的男人毫无兴趣。但是一旦遇到自己所青睐的男人，这位豹子般性格的希撒玛，便全然不顾寨里的规矩和传统，更无视母亲的劝诫与怒斥，决然要和继合私奔。当希撒玛和继合回到大岛后，实际上是遇到了一种全新的社会模式。这种模式体现为等级制度，而且在社会系统各个层级上基本都是男性掌权。希撒玛来到这个充满“阴风”的地方，名字也就变成了“莲英”。新大岛议事会听说继合娶回来一只豹子般的媳妇，便派张蒙来调查。张蒙看到如此绝色女子，便向上司诬陷希撒玛，说“其乃母豹也”。此后岛上传言莲英乃妖孽，他们请来和尚念经，最后香囊道士给希撒玛服“女贞汤”，将其虎豹之“烈气”彻底除掉，直至她最后被毒死。在大岛的伦理体系中，把男人压迫女人看作“宇宙法则”，他们倡导男以强为贵，女以弱为美。从女人寨出来的希撒玛，其豹子般的性格特质显然不符合大岛的价值体系。因此希撒玛被毒死也就成为必然之事。

此外，小说中有一位“巫女”式人物——娇艳。娇艳是岛民家里出生的女孩子，因为娇美异常故取名为“娇艳”。她出生时，正值岛上盖“十八层地狱”。娇艳十四岁那年，“十八层地狱”完工。最后家里托媒人将她嫁给六十二岁的张大文人为小妾。婚后三个月，娇艳回家向娘哭诉其在张家的遭遇。张大文人对她全无夫妻之爱，唯有凌辱和虐待。娘告诉她：穷人只能忍耐。有一次，娇艳随着张大文人春游，邂逅了继合。两人意外相视，均内心怦然而动。回府后张大文人让娇艳做平日训导出来的淫状，娇艳遵命。不料张大文人抡出一把巨斧劈了过来，美人顿时血肉横飞。张大文人以其死相教诲众人，说淫女必死于丑态，随后命人将其尸首扔在荒郊了事。加拿大学者弗莱认为“原型”可以是意象、象征、主题、人物，任何一种都可以组成文本结构。“原型”彰显社会历史文化本质，它把文学想象同社会生活联系起来，并成为二者之间相互作用的媒介。“十八层地狱”作为一种原始意象，无疑是大岛文化的象征。对于娇艳这样的女性而言，“十八层地狱”是其家庭生活以及社会生活的象征，其最终遭遇也正彰显了原型意象的深层内涵。娇艳曾发出离经叛道、惊世骇俗的宣言。她蔑视礼法与强权，既然生前不能和情人结合，死后也要相爱相亲。她的魂灵在黄泉路上哭泣。娇艳进入了继合的梦里，在梦中与相爱的人缱绻不已。她以独特的方式反抗大岛的价值体系，实践着“叛逆者”的行径。又过了二十年，娇艳在和莲英的交谈中，仍然为莲英的遭遇而愤愤不平。莲英讲自从喝了此汤药后，她一天到晚像木瓜似的，不想动只想睡。娇艳认为女贞汤是杀了“真气”的毒汤。即便停了药，毒也已经浸到血液里。换言之，大岛国是容不下奇女子的。总之，“大岛国”“女人寨”具有强烈的隐喻意义。回溯远古时期，就有女娲与伏羲的神话传说。女娲抟土造人，创立婚姻制度，乃创世之神。庄子曰：“神农之世，卧则居居，起则于于，民知其母，不知其父，与麋鹿共处，耕而食，织而衣，无有相害之心，此至德之隆也。”[①]“女人寨”无疑展示了母系氏族和睦生活的场景。“女人寨”尊重母亲，女性地位高。如果说女人寨实施的是“母权制”制度的话，那么大岛显然执行的是“父权制”。前者重视的是道德自愿和意志自由，后者则要求循规蹈矩，它以严酷的伦理规范对女性行为加以约束。将娇艳劈死的张大文人在大堂上这样为自己辩护：

> 审我？我倒要审审你们！娇艳此类娼妇若是在京城，早就该当众斩首，只因大岛长期无视伦理，才会有继合娇艳之类淫情泛滥。我堂堂正正纳妾，合乎伦理不说，又意在熟睹淫态时更深领会圣贤对妇人之鄙夷。纳妾不能称淫，而有集美之雅。

---

① 陈鼓应：《庄子今注今释》，中华书局1983年版，第778页。

> 只有像继合娇艳那等非法眉目传情之事才是大淫；只有大岛上那些男欢女爱的下作民歌才是大淫；只有那些吃了花草后就起舞求偶者才是大淫。若要我说，大岛人统统该挨斧劈。①

父权制中的男性以一种专横暴虐的方式对待女性，他们对娇艳式的女性施以绝对权威的高压。正因此，娇艳的反抗就具有了打动人心的力量。正如荣格谈道："一个原型的影响力，无论是采取直接体验的形式还是通过叙述语言表达出来，我们之所以激动是因为它发出了比我们自己的声音强烈得多的声音。谁讲到了原始意象，谁就道出了一千个人的声音，可以使人心醉神迷，为之倾倒。与此同时，他把他正在寻求表达的思想从偶然和短暂提升到永恒的王国之中。他把个人的命运纳入人类的命运，并在我们身上唤起那些时时激励着人类摆脱危险、熬过漫漫长夜的亲切的力量。这便是伟大艺术的奥秘，是它对我们产生影响的奥秘。创造过程，就我们所能理解的来说，包含着对某一原型意象的无意识的激活，以及将该意象精雕细琢地铸造到整个作品中去。"②在神话思维烛照下，原型意象的运用不仅为小说带来了审美上的愉悦，而且给小说注入了神气与活力，增强了思想意蕴的多重性与复杂性，给读者留下更多的想象空间。美国著名的神话原型理论学家约瑟夫·坎贝尔认为："我们发现的故事尽管形态不断变化，但主题却是恒常不变的，它不断以挑战性的方式暗示我们，那尚未经历的，远比我们所能知道的多。在任何时代，在所有人类居住的地方，神话无不繁荣兴旺。它们一直是人类身体与心智活动进化和发展的灵感所在。若说神话是一扇开启的秘密门扉，宇宙无穷无尽的能量经此注入到人类的文化，是不为过的。宗教、哲学、艺术、史前和历史人类的社会型态、科技的重大发

---

① ［美］刘索拉：《女贞汤》，金城出版社2009年版，第31—32页。

② 叶舒宪：《神话—原型批评》，陕西师范大学出版社2011年版，第97页。

现，以及扰动睡眠的梦境，都是从这基本的、魔术般的神话指环中发展而来的。”[①] 从这个意义上讲，刘索拉《女贞汤》以神话寓言的方式揭示了人类社会的发展模式与统治秩序，实际上是在寻找失落的人性自由以及心灵向度的精神自觉。

① ［美］约瑟夫·坎贝尔：《千面英雄》，朱侃如译，金城出版社2012年版，第1页。

第五章

技术伦理与人文向度

科技是现代社会发展的重要标志之一，也是社会历史前进的主要动力。但科技的进步令人喜忧参半，它带给人类便捷的同时，也带来了不幸与灾难。当代社会中，科技给人类带来的负面效应愈加明显，如工业污染、医药滥用、网络隐患等越来越成为人文学者所关注与忧思的对象。如何正确分析科技发展在历史逻辑中的价值，同时又能充分考虑人与自然、人与社会、人与自我之间的关系，进而建构基于人性和谐的科技伦理观，就成为当前学界的热点。新移民女作家关注科技文明与自然人性之间的关系，在人文关怀的立场上书写科技伦理与人性欲望之间的悖谬。在关于科技与文明、自然与社会、乡村与城市的文学描述中，渗透了她们作为人文工作者的责任承担精神与人文忧患意识。严歌苓的《补玉山居》、虹影的《孔雀的叫喊》、陈谦的《无穷镜》、方丽娜的《蝴蝶飞过村庄》、曾晓文的《慈善夜》《网人》、刘松的《阳光小旅馆》等都是这类题材的佳作。作为女性作家，她们不经意地从女性、情感、家庭等方面切入，将城市与乡村对照、女性与自然同构、艺术与科技对峙。作为新移民女作家，她们多从全球意识与国际视野来考察科技伦理问题。

第一节　科技与心灵的博弈

一般而言，随着科技发展，技术崇拜与工具理性会成为人们观察世界与社会交往的普遍思维方式。丹尼尔·贝尔指出：这种不断求新的价值取向，是以与传统信仰和过去决裂作为前提的。运输和通信革命作为技术推进的直接后果，实际上已形成全新的依附倾向。他说："现代化的显著标志是声称'新'，然而许多的声称并不代表人类经历中现象规模变化的特别新的方面。文化的结合早在君士坦丁时代就已经是一个明显的特点，当时它融合了希腊和亚细亚的神秘宗教。感受力的不同，和柏拉图划分理性与精神相比，即使不比其久远，也是同样悠久的。但是，把世界社会联结成一个巨大联合体的运输和通信革命，意味着古老的地区性文化的解体，意味着整个世界上艺术、音乐和文学传统汇流成一种新的世界性兼容并蓄的内容，人人都能享用它，它也对人人都有束缚力。正是这种视野的扩大，这种人文艺术的融合，这种对'新事物'的探求，不论是探险航行还是傲慢地使自己有别于他人，其本身都是在创造一种新型的现代化。"[①] 换言之，这种现代化以"非人"的价值倾向将人置于物的统治之下，人的生活成了技术或者工艺的依附体。直言之：技术变革不仅改变了现代社会，而且使扭曲的人性成为技术崇拜的衍生物。尼尔·波兹曼指出："在制造分秒的时候，钟表把时间从人类的活动中分离开来，并且使人们相信时间是可以以精确而可计量的单位独立存在的。分分秒秒的存在不是上帝的意图，也不是大自然的产物，而是人类运用自己创造出来的机械和自己对话

---

① ［美］丹尼尔·贝尔：《后工业社会的来临——对社会预测的一项探索》，王宏周等译，商务印书馆1984年版，第211页。

的结果。”① 以钟表为代表的现代科技产物无不如此无情地嘲弄着人类自身。

一 网络虚拟空间中的人性书写

新移民女作家曾晓文的小说《网人》，描绘了虚拟网络对人性的控制和异化。小说主人公柳明痴迷于电脑网络，每天都要在网络上花费大量的时间。他认为这是一种“宣泄”。在虚拟空间中，人会感到从内到外的满足与陶醉。柳明与合租房女生王影都喜欢上网聊天，但现实中两人很难聊到一起。无论是关于住房租金的承担比例，还是关于日常生活的琐碎小事，两个人都谈不到一起。唯有在网络中柳明与那位“晴玫小姐”有着心灵默契。中秋节到了，作为好朋友的小陈夫妇邀请柳明和王影到家里吃月饼，并暗中撮合。面对小陈的好意，柳明觉得这简直是天方夜谭。而陈太太问及王影的意见时，她也认为这是绝无可能之事。尽管小陈夫妇几次好意相劝，但是二人水火不容。而柳明依然在线上与晴玫保持着新鲜且不乏深情的对话，春节前夕他甚至收到对方发来的柔情邀请，希望他能点燃她二十八岁的生日蜡烛。小说结尾处，柳明做梦也想象不到晴玫就是王影。小说写道：

> 王影在自己的微机前守了一夜，云中帆再没有了任何消息。房间里静悄悄的，只有呼啸的风雪一下一下敲打着窗户，她惊奇地发现柳明居然一夜未归……②

“呼啸的风雪”不仅是天气寒凝的体现，更是人与人之间冷漠的象征。为何在虚拟的网络世界里才有温情与爱，而同处一个屋檐

---

① ［美］尼尔·波兹曼：《娱乐至死》，章艳、吴燕莛译，广西师范大学出版社2011年版，第11页。

② ［加］曾晓文：《苏格兰短裙和三叶草》，九州出版社2012年版，第4页。

之下人们却形同陌路？为何在幻觉的世界中两个人如此契合，而在现实生活中充斥着龃龉与隔阂？曾晓文的这部小说很具有现实感与当下性，它揭示了当前科技时代里一种特有的人际伦理。科技时代推崇的是理性思维，数学式的、定量式的思维模式成为人们普遍的行为处事方式。小说中王影和柳明因为房租和用电发生矛盾，实际上正是这种思维模式的外现。有人认为互联网是人类20世纪最伟大的发明。因为互联网沟通了整个世界，甚至地球也变成了“地球村”。人类生活通过互联网获得了前所未有的便捷和舒适。无论是获得资讯的渠道还是出行、购物等，都离不开互联网的强大服务功能。但是互联网也异化了人类。对机器以及网络的过度依附，成了多数现代人的基本生活方式。人们似乎适应了虚拟世界中的游戏规则，现实中的人伦关系就成为人类面临的新伦理困境。小说写道：

> 在我的主人公身上有两对矛盾，一是幻想与现实，一是依存与隔膜。在网上他们流露“任何生存的皱纹都不能掩饰的温柔”，陶醉于爱的幻象，而实际上却陷入琐碎和狭隘。他们需要互相扶助，却彼此不能见容；他们只了解对方的外在性格，却断言其内心真实。这两个去国离乡的人，与分散在世界各个角落的中国人保持精神交往，却恰恰不能对近在咫尺的人传输友爱，无法把对方“悬在窗口的心缓缓收回”，他们的漠然变成了自身的茧。①

在现代社会，科技以前所未有的速度发展，其控制力也随之不断增强。看起来人类可以借之从“必然王国”走向“自由王国”，但是一个确凿的事实是：人类通过科技对自然实现掌控，而科技对人类同时也形成了一种掌控。《网魔》同样反映了科技网络对于人

① ［加］曾晓文：《苏格兰短裙和三叶草》，九州出版社2012年版，第4—5页。

性的异化。小说中“网魔”的本名叫张国栋，网名“九魔头”。他和太太玉洁、七岁儿子奥斯卡住在美国东海岸，过着比较富裕的中产生活。妻子玉洁来美国后曾当过陪读，在餐馆打过工，等到丈夫工作稳定后就在家里写一些小散文，后来成了一名网络作家。丈夫早已在网络上声名远扬，在各大 BBS、论坛、博客等网站上叱咤风云。而正当“九魔头”在网络上春风得意的时候，半路杀出了程咬金——网名“杀无赦”的人。经过网战，两人旗鼓相当。“九魔头”的妻子玉洁在网络上暴露一张家庭照片，“杀无赦”却依据照片宣扬奥斯卡是“九魔头”的妻子珠胎暗结的后果。“九魔头”像一个受伤的人在承受着来自四面八方的“利剑”，一些追随者也趁机落井下石。《慈善夜》集中描绘了在享乐主义文化中人们追求娱乐、炫耀、快感的生活现实。小说中“我”在国内经历了一场失败的婚姻，后来决定移民加拿大。“我”搬到多伦多后凭着在国际电脑公司的经历，找到了一份项目经理的工作。后经人介绍认识了加拿大籍男友艾伦。艾伦带着“我”参加了一场以维多利亚时代为主题的慈善派对。在这个派对上，“我”发现光怪陆离的歌舞背后，促使人们手舞足蹈的是大麻。如此心甘情愿地使用大麻来追求享乐，凸显了异域文化中的人们对瞬间快乐的推崇。小说字里行间弥漫的是当下人们内心的空虚和价值的虚无。而虚无主义正是理性主义和精密计算的后果，如果追溯虚无主义的内在源头，那就是现代科学。斯宾格勒认为，对机器的虚幻想象，造成了一种目空一切的可怕迷醉。所以“萌生了一种野心，想要打破一切纪录，突破一切空间，想要为巨大的机器建造巨大的厂房，建造巨大的船舶和巨大的拱桥：这是一些高耸入云的建筑物，是一些集中在一个焦点上、服从一个孩子的操纵的神奇力量，是一些压模的、颤动的、嗡嗡作响的钢铁和玻璃结构，渺小的人就像一个具有无限权力的君主一样在里面移动，最后，他觉得自然就像是在他的脚下似的。而且，这些机器在形式上越来越没有人情味，越来越禁欲、神秘、深不可测。它们用一些微妙的力、流和张力所织成的无限网络笼罩着大地。它们的形体越来越成为非物质的，越来越没有噪声。车轮、轮轴和杠杆不再有声音。所有重要的东西都藏在内部。人们感觉机器就像是魔鬼，这是对的。在信徒的眼中，机器意味着对上帝的离弃，它把神圣的因果关系交给人，由人凭借一种先知先觉的全能使其运转起来，默默地、不可抗拒地运转起来”①。斯宾格勒的哲学感悟与新移民女作家的后现代小说皆表现出对现代科技理性的忧思。

二 “为人类”还是“唯人类”

面对人类生存环境日益恶化的现状，新移民女作家思考如何在人与自然之间建构一种较为平衡的“生态伦理”。所谓“生态伦理”，是关于人与自然之间的道德原则、道德规范，其伦理的外延指向人与自然的和谐共处。女性作家对生态伦理的思考，侧重自然生态与性别生态的类比。情爱婚姻家庭的破碎与环境生态之间具有某种同构关系。不过，在环境生态叙事中，她们力求挣脱个人情感因素的影响，以全球视野与人类立场为基点思考人性变异的缘由。

旅居日本的华裔女作家华纯创作的《沙漠风云》，是从地球生命与沙漠污染角度来反思生态危机的杰作，取材宏大，立意深远。小说同样穿插情爱叙事，但情感主题明显弱于生态主题，责任道德感尤为突出。小说叙述了这样一个故事：在莫斯科举办的国际大会上，代表们正在讨论联合国环境规划署关于改善土地沙漠化问题的动员案，日本大和建设公司董事长木村幸治作为特邀嘉宾，向全体代表托出了一个前所未有的改造非洲撒哈拉沙漠的宏大绿色计划。木村发表了热情洋溢的讲话，他谈道：

---

① ［德］奥斯瓦尔德·斯宾格勒：《西方的没落》，吴琼译，上海三联书店2006年版，第504—505页。

> 地球经历了一个漫长而缓慢的发展史，但是在不到一个世纪的时间里，人类却严重污染了这个地球。撒哈拉沙漠在四千五百年前还是一片茂盛的森林，如今不仅变成世界最大的荒漠，还以惊人的趋势吞噬四周国家的土地，成为非洲连年发生饥饿和战争的导火线。我们必须正视人类面临的一个严峻问题，地球还将生存几千万年，人类还将延续千秋万代，然而绿色区域在不断地灭亡，我们赖以生存的土地在迅速地减少。如果再不及时改造撒哈拉沙漠，非洲在下一世纪就会濒于灭亡。[①]

为了筹划并实践这项环保事业，木村招聘各种人才，并组建了专门的公司，着实推进这项轰动世界的“2010 规划”。藤井曾只身完成过去非洲的征程。他以自己在非洲的实际考察与经历认为，非洲贫穷的原因主要是自然环境的恶劣以及人为的破坏。小说中另一人物赵妮，她是计算机专业的硕士，在国内时亲身感受过内蒙古沙漠暴戾恣睢的本性。到日本后，接触到日本的环保团体，她被他们那种奉献精神与善良人性深深感动。不同肤色、不同社会制度下的人们聚在一起，发出“人类只有一个地球”的呐喊，这种精神鼓舞了赵妮。非洲人贝隆看到人们为了共同的目标聚在一起，也要切实地参加进来。由藤井、佐藤美代子、今野等人组成的第一批成员启程赴非洲考察。其中，赵妮要给“2010 计划”寻找在中国的植被专家远藤，意外地与庞彬相逢。庞彬曾是赵妮在国内时的恋人。当年赵妮出国后，他陷入了感情痛苦中。但他为了“治沙”，甘愿把一辈子的青春与生命奉献给这片土地。他称得上一位中国西北的治沙“英雄”。他具有钢铁般的意志和不屈不挠的性格。在庞彬的努力下，中国西北一道道贫瘠沙梁上呈现出姹紫嫣红的景象。庞彬带领当地人创造了一个东方神话。小说最后交代赵妮决定回国和庞彬

---

① ［日］华纯：《沙漠风云》，作家出版社 1998 年版，第 2—3 页。

一起参加到治理环境的事业中。小说中曲折的情爱故事、跌宕起伏的罪恶交易、人与自然的生态关系、爱国意识与责任坚守等多重声音交叠，最终凸显的是维护环境与生态平衡的主题。

严歌苓的《补玉山居》，同样揭示了科技与环境问题。所谓“山居”，在小说中其实是一个偏僻的小山村而已。不知北京人怎么顺着河道找到这里，把这个小村庄形容成“仙境”。既为“仙境”，对照的是被污染了的城市环境。补玉是一位美丽、灵巧、聪慧的女性。她把自己的房屋扩建，经营成了旅馆。原本与商业经济无涉的安谧村民，放弃了农业种植，做起了盈利赚钱的营生。这体现了农民生活方式的转变，也引起了他们生活态度和思维观念的变化。补玉既是小说情节的推动者，也是故事的叙事者。这使她既能参与故事之中，也能跳出来冷静旁观。冯焕是开发房地产的亿万富翁，他欲将山居买下。他是个瘫子，每一次出场都带着一位绝世美女做陪侍。瘫子和美女便是一幅绝妙的美丑对照图。如果说冯焕是一个外貌丑陋而且内心狡诈的丑角，他身边的美女则是外美内丑的，她可以被看作为了金钱而出卖自己的侍女。但孙彩彩不同，她来自乡村，拥有一种纯朴、天真的气质。这让冯焕本能地感觉她拥有一种自己生活中缺失的东西。这是与商业、金钱拉开距离的自然与本真。在这里，冯焕与孙彩彩可视为城市与乡村、商业与农业相对照的一组符号。乡村城市化是历史文明发展的必然进程，但这背后是以破坏自然为代价的。值得强调的是，《补玉山居》中还有另一不主要但重要的人物形象——既是科学家也是制毒专家的林宏伟。他智商极高，如果走上正道，是个相当出色的科学家，但他用超群的智慧来制毒。而且，他有一番“零的宏论”。他认为一个人如果没有控制自己吸毒的本领，那就活该被毒品毒死。这种看似有理实则狡辩的理由，根本错误在于以自主性原则的名义掩盖了情感的冷血与人性之恶。妻子无意中发现家里有毒品从而染上了毒瘾。林宏伟规劝无效，也只能把她当作“零”场域中的一个。林宏伟类似于陀思妥耶夫斯基笔下的拉斯科尼科夫斯基。拉斯科尼科夫斯基也自有一番宏论，他认为杀死一个只靠榨取穷大学生的钱财作为房租而对社会没有任何益处的老太婆，是合理的。但是，拉斯科尼科夫斯基逃不过自己良心的谴责与内心的恐惧，而林宏伟却没有丝毫忏悔，其冷血与残酷令人发指。小说以冯焕建起了现代度假村为结尾，参差交错的琉璃公寓代替了昔日的“小桥、流水、人家”。虽然无法否定历史发展的必然逻辑，但如何能保持人性的善成为小说留下的思考。

第二节　艺术与科学的对峙

一　“单面人”：对后工业社会的道德隐忧

在科技时代，芸芸众生对自我生命本质的领会极为肤浅。这导致单向度社会里“单向度的人”的产生。所谓“单向度的人”，指的是“丧失否定、批判和超越的能力的人。这样的人不仅不再有能力去追求，甚至也不再有能力去想象与现实生活不同的另一种生活”[①]。施玮的小说《那夜，风动》描述了在一个意义系统丧失的世界里，一个人面对孤独虚无时的恐惧状态。小说记述主人公“我”从八岁那一年就开始喜欢写一串串连着的字，借着文字和思想来虚构真实，以免被虚空侵蚀。人在日光下劳碌，难道不都是为他人作嫁衣裳？在这个科技理性无往不胜的年代，“我”时刻感受到了树梢的摇动。那透明而清洁的风从宇宙、海上、戈壁渐渐刮来，“我”甚至渴望被风吹得干净。这种对“风”的渴望显示出致命的孤独与精神的赤裸，在一个失去先验道德支撑的社会中，在神已经隐遁而大众狂欢的氛围中，到哪里去寻找心灵的皈依？风中似乎传来无名的声音，这个声音在质问：为什么要活着？又为什么要

① ［美］赫伯特·马尔库塞：《单向度的人——发达工业社会意识形态研究》，刘继译，上海译文出版社2006年版，第2页。

写作？施玮强调，工业技术文明带来的直接后果就是生命意义的缺乏。

如果说施玮从哲学的、宗教的视角探究当下人的精神状态，刘松则通过一个亲身经历的故事来描述这种情形。刘松是北美洛杉矶华文作家协会理事，她将近年来的创作编辑出版，取名为《阳光小旅馆》。她叙述自己在“旅馆”的遭遇，以冷静的态度审视高科技时代人们的道德精神。“加州阳关客栈”是一个非常舒适的消遣场所，很多华人喜欢到这里吃饭购物。但这里也是妓女、吸毒者和毒贩的落脚地。作品描述了“我”第一天上班竟然和“吸毒者”联系在一起的经历。“我”本以为美国是天堂，但“我”所见所闻的却是人性的堕落与颓废。人的信念理想与精神似乎被“魔鬼”所掌控。马克思认为生产关系的总和构成社会经济结构，而物质生活的生产方式制约着整个社会、政治和精神生活的全过程。但是，“同过去一百年来西方社会发生的这些思想相反，社会结构（经济、技术和职业体系）和文化（象征性的意义）之间的分离日益扩大，双方由不同的中轴原理所支配。社会结构根植于职能的理性与效率，文化则根植于加强自我的矛盾理由”①。由于资本主义追求利润的内在驱动，消费文化助长了人们的欲望，整个社会弥漫着享乐主义和商品拜物教心理。对物质的占有与享受，实际上助长了人们浪费和炫耀的心理，以及拜金主义的价值取向。马克斯·韦伯谈到的以勤奋自制等新教精神作支撑的资本主义伦理，实际上已经被世俗性的现代主义文化所取代。贝尔预言：“在后工业社会中，文化与社会结构之间的分裂必然要扩大。对资产阶级社会的历史性肯定——在宗教和特性的领域——已经消逝。财产和工作的传统合法性从属于官僚企业了，后者可以享受特权，因为它们能比其他生产方式更有效地产生物质福利。但是一个科技治国的社会并不崇高。

① ［美］丹尼尔·贝尔：《后工业社会的来临——对社会预测的一项探索》，高铦、王宏周、魏章玲译，高铦校，商务印书馆1984年版，第527页。

物质福利只提供了短暂的满足或者高于享有福利少的人们的一种令人反感的优越。然而最深的人类冲动力之一是把它们的体制和信仰奉若神明以便找到它们生命的有意义目的并否认死亡的无意义。后工业社会不能提供先验的道德学——除了少数专注于科学之殿的人们。而反对遵从道德法规的态度使人陷入根本的‘我向主义’，结果疏远了与社会的联系以及与他人的分享。这个社会的文化矛盾就是缺乏一个扎下根子的道德信仰体系，这是对这个社会生存的最深刻的挑战。”①

二　“艺术家”：作为人文精神的指称

在小说叙事中，科学家等技术人才往往被描述成“杀人魔”，人文艺术工作者（包括画家、雕塑家、作家等）一般被刻画为信仰的坚守者。这种二元对立的手法使小说在艺术表达上有些扁平化，但作为科技伦理反思的文本，却也有其深意。虹影的创作是以大胆叛逆、锋芒毕露见长的。她的小说中关于艺术与科学、人文与科技的对抗表现得特别强烈。在《孔雀的叫喊》中，柳璀离开从事政治的丈夫，选择与潜心进行绘画创作的月明在一起。此即表明自己的价值选择——对艺术宁静与和谐的向往。月明只是一个普通的小学教师，在业余时间里喜欢画画。因为三峡修建，月明选择住在山上的寺庙里。柳璀甩脱一味追求政绩与钱财的丈夫，到山上寺庙找月明。无意中看到的景象使她得到莫大的安慰：

> 满地满桌的画吸引住了柳璀。……那些岩石肌理像是刚从宇宙洪荒中喷薄而出的动势，直接落到纸上奔流开来。原来作为绿叶红果的彩色点缀，现在像突破岩缝的岩浆喷薄而来，在沉暗的底上辉光四射，渐渐透出令人眩晕的深邃，只有在三峡

① ［美］丹尼尔·贝尔：《后工业社会的来临——对社会预测的一项探索》，高铦、王宏周、魏章玲译，高铦校，商务印书馆1984年版，第2页。

> 最美的岩壁上，能看到这种风奔云走的大起大合。她惊得无言。
>
> 柳璀目不转睛看满桌子满地面的画，好不容易才抑止住内心的惊喜，没有脱口而出，谈她对这些画的赞叹。当三峡沉入那大平湖里，只有这样的画作为记录存在下来，或许也是一件安慰。①

艺术家对道德的忧思不无道理，但他们更通晓历史前进的必然性。《补玉山居》中同样表达了这样一种思想内蕴。除了商人冯焕、制毒专家林宏伟外，小说还塑造了与他们形成对照的两个人物：雕刻艺术家张亦武和作家周再鹏。周再鹏住在“补玉山居”，一面写作，一面静养，其间观察来这里的各色人等。他和补玉私下猜度和想象每一个客人的身份和来历，也表现出作为人文工作者的责任和良知，尤其是他和补玉一块儿想方设法对抗商人冯焕，以道德的坚守阻止城市扩张。张亦武是一个天然的雕刻艺术家，钟爱“补玉山”上的石头。他能来到这个地方，就是顺着这种石头的痕迹找到这里的。然而，张亦武为十元钱一晚上的住宿犯愁，好不容易攒够住双人间的二百元，客栈却涨价了。有正义感的周再鹏，最后躲着补玉，不是因为补玉的年老色衰，而是因为他住进了冯焕的“琉璃庄园”。穷困的艺术家、被收买的作家，在现实社会中比比皆是。严歌苓在对社会现实进行讥讽嘲弄的同时，流露出对资本逻辑决定的人文艺术家命运的同情。在美学立场上，表现为一种“审美乌托邦”。审美乌托邦“是在资本主义社会异化日益严重的背景下，一些对现存资本主义社会不满的哲学家在社会政治领域尝试了多种改造世界的方法失望而归的情况下，企图用审美和艺术的方法来拯救这个异化的世界，使异化世界中已经丧失了自由和谐本性的人们在

---

① ［英］虹影：《孔雀的叫喊》，山东文艺出版社2005年版，第185页。

艺术、审美的感召下，重新获得感性与理性的统一，恢复人性的和谐。这像是让势单力薄的艺术承担了一个'不可能的任务'，终究是不现实的。所以，人们常常把抱有这种观点的人称为'审美乌托邦主义者'，把他们的美学思想称为'审美乌托邦'"[①]。

海德格尔认为艺术品与现实器物是不同的。艺术品看起来没有价值，但能使材料增加光彩。他说："岩石只是在它支撑神殿时才得以成为岩石。同理，金属得以闪烁，颜料得以斑斓，音响得以欢唱，言辞得以诉说。"[②] 艺术品包含着真理，"注入作品的闪光就是美。美是作为无蔽真理的一种现身方式"[③]。海德格尔在《语言的本质》中，认真研究了中国老子的"道"，认为它包含着一切神秘。他认为在现代强大的工业机器面前，人和物都已经被对象化、被利用。他用"阱架"来比喻现代社会，即现代社会就像一个大笼子，将所有的人与物框定在其中，人没有自由意识，"假如命运以阱架形式支配一切，那么它就是整体的危险"[④]。所以，他在分析荷尔德林的诗时提出"诗思并存"。没有了思考，也就无所谓诗；反之亦然。从而，他指出，现代人类已经迷失自我，我们离开"本真"已久，所以，我们要"回家"。以阿多诺、霍克海默为代表的法兰克福学派是致力于对文化工业进行批判的一个强有力的阵营，但他们批判得有多彻底，也就有多失落。"阿多诺心中，文艺是左派抵制资本整合的最后阵地。他在《启蒙辩证法》中称，理性蜕变成工具理性，技术上升为统治原则，文化工业加剧了精神生活萎缩：它窒息天才，压抑反叛，继而强使语言庸俗化，引诱文艺向商

① 邹强：《乌托邦与审美乌托邦》，《山西师大学报》（社会科学版）2005 年第 3 期。

② 赵一凡：《从胡塞尔到德里达　西方文论讲稿》，生活·读书·新知三联书店 2007 年版，第 157 页。

③ 赵一凡：《从胡塞尔到德里达　西方文论讲稿》，生活·读书·新知三联书店 2007 年版，第 157 页。

④ 赵一凡：《从胡塞尔到德里达　西方文论讲稿》，生活·读书·新知三联书店 2007 年版，第 178 页。

品衰变。晚年的阿多诺更加悲观：他把希望寄托于激烈的文艺创新，甚至要求文艺放弃交流功能，以示左派对于资本主义的决裂。"① 本雅明在《技术生产时代的艺术作品》中，创造了一个"光晕消失"的概念。"光晕"意味着艺术品是"真实的唯一的一个"。但在技术时代，这种"光晕"消失了，艺术品出现了复制，全部千篇一律。本雅明的无奈足以与波德莱尔的犹豫相呼应，反映了我们对现实充满绝望的无奈。在法兰克福学派之后，詹姆逊、哈贝马斯等文艺理论家已在进行反思，对历史前进与现代性进行重新认识，显示出承认现实却不再悲观的论调。詹姆逊以辩证的方式进行思考，他既不同意激进派的立场，也不同意保守派的观点。他认为坚持唯物主义的历史观，是早在马克思之前就已经确立了的。詹姆逊以马克思的辩证法指出，文明在被否定的同时，也遭遇到前所未有的机遇。哈贝马斯认为，后现代以现代为前提，没有现代，便没有后现代。在现代社会里，经由启蒙思想家伏尔泰、卢梭等提倡，人们希冀建立一个自由平等博爱的社会。他也指出，现代化带给人类的科技与经济的思维模式，渗透到了人们的日常生活中。此时，艺术成为一种抗衡社会与资本的方式。但是，启蒙"并未失败"，后现代是更高一级的现代形态，它是现代的延续。在后现代社会中，艺术成为商品，但也唯有艺术，成为人类最后的庇护所。古往今来的人文大师，对社会的热切关注与对历史文化的忧思具有内在的传承性，也有各自的独特性。

按照职业身份，新移民女作家群体可分为两类，一类是专业作家，另一类是业余作家。专业作家在力求创新的同时，与前述人文思想大师的思想是一致的。业余作家因职业思维习惯的影响，往往能另辟蹊径为我们提供一些新的思路。陈谦是新移民中的优秀作家之一。她 1989 年赴美国留学，获得爱达荷大学电机工程硕士学位，

---

① 赵一凡：《从胡塞尔到德里达 西方文论讲稿》，生活·读书·新知三联书店 2007 年版，第 16 页。

长期在美国硅谷从事芯片设计工作。她的小说，同样设置了科技与艺术的对照。但她的思考相对来说比较乐观，她从商业媚俗化的角度反思艺术的性质。《无穷镜》中海伦是一个优秀的科技工作者，她不仅事业成功，而且家庭美满。在一次宴会上，珊映发现海伦还是一个优秀的小提琴艺术家。但海伦也有自己的心酸，她真正感兴趣的是音乐，是父母让她放弃了自己的爱好，去从事科技工作。《爱在无爱的硅谷》中，苏菊是美国硅谷某一公司成功的软件工程师，男友利飞也是一个非常出色的国际电信设备销售商，而且利飞对苏菊关爱备至。然而，苏菊选择了“出走”。因为她感到利飞“太理性、太物质”。她想要选择“有动感、有灵性、有激情”的生活，所以她选择了热爱绘画的王夏。这里，三个人物形象都具有符号性的象征内涵。王夏象征自然与艺术，利飞象征理性与科技，苏菊介于两者之中，她的选择成为我们思考科技与艺术关系的价值参照。然而，苏菊和王夏在一起，王夏玩世不恭的态度让苏菊很失望。他坦言自己是“没有使命感”的人。姐姐苏枚对王夏的评价是：

> 王夏是一个 LOSER（失败者），他可悲的地方是，他拒绝面对这个事实。①
>
> 他不能像勇者一样，接受真相，面对现实。真相是什么？真相就是他所习惯、擅长、热衷并崇尚的那些美术理念，早已不在这个社会的主流文化里面了。其实这个真相谈不上残酷，因为你可以说今天的美国其实也没有什么主流了，有的只是一片繁荣的生态。可他拒绝真相，他厌恶市场，但这姿态本身，就很矫情。②

---

① ［美］陈谦：《爱在无爱的硅谷》，上海文艺出版社 2002 年版，第 301 页。

② ［美］陈谦：《爱在无爱的硅谷》，上海文艺出版社 2002 年版，第 303 页。

在一个没有主流的时空之中，反主流便也成为虚妄，艺术追求也就是矫情和媚俗。甚至让人怀疑这种艺术追求并非发自本心，并非“为艺术而艺术”。生活与艺术本来是一致的，王夏将之对立起来理解，不难让人怀疑他对艺术的真诚。苏菊最终离开了王夏。小说中真正具有艺术精神的是学舞蹈的苏枚，无论是在中国还是在美国，无论艺术处于主流还是处于非主流，她都一如既往地将艺术作为安身立命的存在方式。苏枚这一形象的意义在于：无论对待艺术还是科学，无论是“出世”还是“入世”，都应该保持着真诚与执着。换言之，无论是科学家还是艺术家，所从事的职业内容并不是最重要的，重要的是选择是否发自本心，是否听从自我“内心的呼唤”。《无穷镜》中，陈谦认为对“技术”的执着同样可以拥有“宗教的虔诚”。这种思考打破了将艺术与技术对立起来的模式，是业余作家对文坛的新贡献。

第三节　女性与自然的同构

在古往今来的文学文本中有很多关于女性类似自然的描述。但作为一种批评理论的提出，则出现在 20 世纪 70 年代后于法国兴起的“生态女性主义批评”中。当前学界普遍认为，法国作家弗朗索瓦丝·德奥博纳（Francoise d'Eaubonne）是最早提出“生态女性主义”一词的。她在 70 年代发表的两部作品《女性主义或死亡》（*Le Feminisme ou la Mort*，1974）与《生态女性主义·革命或变化》（*Ecologie Feminisme：Revolution ou Mutation*，1978）中，集中阐述了两个事实。一方面，女性与自然有着“天然的关系”，尤其是在生育方面；另一方面，女性与自然同样遭到了男性压迫。[①] 生态女性

① 赵一凡、张中载、李伟恩：《西方文论关键词》，外语教学与研究出版社 2006 年版，第 475 页。

主义[①]涉及两重关系：女性与男性、人类与自然。它包含着双重期待，人类解放与对自然的尊重。它“不仅强调男权社会对于自然的开发和对于女性的压迫之间的联系，它也认识到这两种形式的统治是与阶级压迫、种族主义、殖民主义和新殖民主义有着密切关联的。……生态女权主义把道德观建立在关心、爱护和信任上，把人（包括男性和女性）在私人、家庭和政治上的关系视为平等，也把人类与非人类的自然视为平等伙伴，而不是控制和统治的关系”[②]。正如弗朗索瓦丝·德奥博纳所呼吁的：“人类将最终被视为人，而不是首先是男人或女人。一个更接近于女性的地球将变得对于所有人都更加郁郁葱葱。”[③]

在新移民女作家作品中，同样有关于女性与自然题材的小说，如陈谦的《无穷镜》、严歌苓的《雌性的草地》、方丽娜的《蝴蝶飞过的村庄》等。一方面，她们通过虚构故事，表达对女性生命与自然性情的思考。她们不避讳女性自然性的特征，如严歌苓将之命名为“雌性”，陈谦不厌其烦地强调女性“生育”，方丽娜将母亲、孩子、大自然放在一起构筑诗意空间。但另一方面，她们展开的是对女性的自然性与社会性、生育与事业、性别差异与文化历史关系的反思。更为重要的是，作为小说家，她们不同于理论批评者运用概念与逻辑推理，而是通过小说的叙事功能，在虚构的故事中，展现人性的复杂与伦理的两难，尤其是女性的生命感知与精神困境。

一　孩子/母亲：大自然的必要构成

陈谦的《无穷镜》中，掩藏着男性潜意识中一些顽劣不化的

① 在《西方文论关键词》中，Feminisme 被译为“女权主义”，笔者主张用中性词“女性主义”。

② 赵一凡、张中载、李伟恩：《西方文论关键词》，外语教学与研究出版社 2006 年版，第 480 页。

③ 赵一凡、张中载、李伟恩：《西方文论关键词》，外语教学与研究出版社 2006 年版，第 475 页。

“男权”思想。康丰选择爬山运动，这种看似远离社会世俗的活动，其实也是一种征服。但是他最终失败了。康丰忽略了女性首先是人，她们有着内在的生命能量与精神追求。因为“‘精神’作为人类的一种生发着、运动着、兴衰着、变化着的生命活动，具有内在的能量吞吐转换机制，具有独立的与其环境交流感应的体系，它本身也是一个充满生机与活力的开放系统，一个‘生态系统’”①。从这里我们不难发现女性之于自然、男性之于历史具有非常相似的特征。自然是被人改造的对象，是服务于人的；女性是父权社会里服务于男性的“工具”，是社会的二等公民。二者都是一种服务于对象、被对象开发的资源。20 世纪以来，生态女性主义在第三世界影响颇大，印度学者范达娜·希瓦分析了科学主义如何以专横暴力的方式来处理人与自然之间的关系，以此确定社会的伦理秩序。她提出要立足本土特色与女性经验来重建权利平等、性别和谐、互相尊重的生态文明。生态女性主义者甚至提出为了忠于这个地球而向父权挑战。严歌苓早期小说《雌性的草地》中以“雌性的草地”为名，将女性放置于整个雌性生物圈中，充分体现出“雌性特征”。小说的主要内容是：一群十六七岁的正值碧玉年华的少女，到西北草原上成立了一个“女子牧马班”。然而，这个女子牧马班毁掉的是一群女孩子的青春甚至生命。有学者认为：“西方现代文明中的一切偏颇，一切过错，一切邪恶，都是由于女人天性的严重流丧，男人意志的恶性膨胀造成的结果。”②

方丽娜的中篇小说《蝴蝶飞过的村庄》，讲述了以旋、若曦两位女性移民的生活以及情感遭遇。以旋在国内遭遇婚变后，决定移民欧洲。在中欧辗转几年，终于定居在德国约克镇。丈夫弗雷德是一名铁道总部的工程师。他们的生活平淡也不乏幸福，当以旋将自己怀孕的消息告知弗雷德时，弗雷德并没有表现出多大的欢欣，可

① 鲁枢元：《精神守望》，上海东方出版中心 1998 年版，第 3 页。

② 鲁枢元：《生态文艺学》，山西人民出版社 2000 年版，第 93 页。

能是对孩子的到来有一些恐惧和胆怯。以旋想起了那天在妇产医院与若曦的初次相逢，陌生的异国生活使她俩一见如故。若曦毕业于国内名牌大学，在国外遇到现在的丈夫安茨乐。安茨乐在一家欧洲生物界享有盛誉的老字号制药厂任质量副总监。但是若曦和安茨乐生活在一起，并不开心。安茨乐是一个十足的依赖母亲的男人，用若曦的话说，这个男人在生理和心理上都还没有断奶。老太太横下心来要和这个儿媳争夺儿子，又争得优雅得体，若曦显然不是她的对手。若曦和以旋的相遇也是在两人检查是否怀孕的时候，若曦主张堕胎，这对以旋启发很大。“生育”是当今社会女性所面临的新伦理困境。在古代社会里，这不是一个问题，因为“传宗接代”是女性的使命。小说中写到莫里索的油画《捕蝶》，细致描绘了一位少妇手持扑蝶网在追捕几只蝴蝶，身后的孩子们在草地上快乐地采摘野花、嬉戏的画面。小说题目《蝴蝶飞过的村庄》，其意在于：社会与自然相比，自然是唯美的。正如冰心的诗：“天上的风雨来了，鸟儿躲到它的巢里；心中的风雨来了，我只躲到你的怀里。”一个充满爱与和谐的温馨世界，是由母亲、孩子与自然共同构成的。

二 “烟花”与“香”：社会与自然之间的伦理困境

社会学家马克斯·韦伯曾指出，现代社会和传统社会最鲜明的区别有如下两个特征：一是“理性化”，二是由这种理性化所导致的“世界的祛魅”。新移民女作家关注人类在失去了终极信仰后，如何制约由于强大的物欲而膨胀的人性问题。进一步说，经济发展的终极旨归究竟何在？陈谦的《无穷镜》除了具有前述意义之外，还包含另一重含义，即对自然与社会选择结果的形而上思考。小说在对高端技术与日常生活的描绘中，揭示了科技革命所引发的伦理冲突。全篇以各种“镜”为标题，包括“凸透镜”“凹透镜”“后视镜”“无穷镜”“望远镜”与“3D眼镜”。这些“镜”用最先进的技术软件配备，可以使人们身居斗室看尽世界美景。小说中尼克为不留任何证据，从来不拍照。作为高端技术人士，他深知网络充满了风险，然而他还是未能躲过。在一次高级秘密会议中，他们的活动被事无巨细地拍下来。陈谦通过设置一定的艺术场景，意在探讨科技时代里存在的道德隐患，即如何保证个人隐私安全？这部小说揭示出科学技术无疑是一把双刃剑。如果失去理性的控制和规导，科技给人类带来的将是压迫和奴役。康丰较早地认识到科技的危险，厌倦于现代社会中人性异化，他选择“自然”。“爬山”是他退隐后的爱好。

小说描述了珊映与丈夫康丰之间对拼搏与悠闲两种人生方式的价值讨论。珊映在去美国留学的前夜，她的父亲告诉她：“大部分的人活在这世上，都像一炷燃在风中的香，一生能安然燃尽，就是很有福气了；有些人不愿做一炷香，要做那夜空里绽放的烟花。”① 秉持这样的理念，加上自己天资聪颖、刻苦上进，珊映从斯坦福大学毕业后，选择了在美国硅谷英特尔公司研发和设计芯片，并在很短的时间里取得了显著的成绩，获得国内外同行的好评与赞叹。康丰与珊映属于不同的两类人，康丰说：“人们总在说要寻找信仰，其实无非是要寻得跟世界相处时内心的力量。不需要用那么大的词，人要找到现世存在的根基就好了，这是我从爷爷那儿学到的，虽然在他的一生里，大部分的时间手里端着的只是一只空盘子，可那个派头，用高贵来形容，我觉得也算不得过分。”② 用烟花与香来隐喻人生的不同状态，其实是摆在所有人面前的两种选择。在古希腊神话里阿喀琉斯面临的两种命运可能已然预示了世界上所有人的命运选择：做短命的将军还是长寿的普通人？哲理化的寓言，反映的是对人类命运与自我存在方式的思考。在后现代技术社会中，这种思考就显得尤为重要。郭妍放弃了事业，一心为家，是一位特别

① ［美］陈谦：《无穷镜》，江苏凤凰文艺出版社 2015 年版，第 89 页。
② ［美］陈谦：《无穷镜》，江苏凤凰文艺出版社 2015 年版，第 82 页。

看重孩子的女性。但孩子在一次意外中身亡，丈夫有了外遇并重组家庭。海伦在英特尔公司工作了二十年，功成名就，家庭完满，“上得了厅堂，下得了厨房”，亲手种植了满园的花卉。然而在各种祝福与羡慕中，没人知道她的真正爱好是拉小提琴，并且拉得特别出色。安吉拉拥有花园别墅，并有两个可爱的孩子，丈夫却缺席。郭妍、海伦、安吉拉与珊映是互为镜像的，每一个人都可以是对方的一面镜子，珊映在不同的镜子前自我审视、辨析人生道路的选择。其实，选择哪一条路都有缺憾，选择哪一条也都有各自不同的意义。“弱水三千”，只能“取一瓢饮”。无论走哪一条路，重要的是遵从自己内心的声音。基于这样的思路，小说结尾设置了康丰与珊映不同的人生选择，结局却惊人地相似。康丰执意爬山，遇到了雪崩，小说写道：

> 这时，康丰听到了一声高过一声的巨响。那里在闹雪崩吗？他努力抬起身子，却无法动弹，他的世界天旋地转。康丰努力瞪大眼睛，侧过脸去，在又一轮的海啸般的轰鸣声中，他望到坡顶上又射出了一串光弹，烟花一般在黑暗里闪开，若隐若现。①

珊映在经历了被偷拍的事件之后，小说写道：

> 照片已经流出去了，这点可以肯定。它还被什么人看到，会不会引发危机，目前难以预测。……珊映将头埋到膝间，眼里冒出一朵朵炫亮的烟花。轰隆，轰隆，轰隆隆，响声越来越大，排山倒海般地，在她的头顶炸开。珊映抬起头来，看到连绵的雪峰从幽暗的厅里涌来。她越升越高，看着一座座雪峰在

① ［美］陈谦：《无穷镜》，江苏凤凰文艺出版社2015年版，第40页。

> 脚下轰然倒下。她伸手去抓栏杆，却够不着。她忽然想起康丰很久以前说过的，在登山的路上若遇到雪崩，千万不要挣扎。顺势而去，反倒可能有机会。珊映看到自己在高高的山巅上坐稳，蒙住双眼，听那山崩海裂般的轰鸣。[①]

一个是自然景观，另一个是红尘社会，最终给予人的生命感觉是如此一致。二者给读者带来的震惊体验不言而喻。作者通过不同人物的人生经历与结局的对比，发现差异只是表象，人们最终殊途同归。作为斯坦福大学的高才生，她怎么能不知道工业机器对人的异化与戕害？然而，郭妍经历了一番丧子、离婚的经历后，重返硅谷。在《无穷镜·自序》中陈谦谈道："我是那种喜欢活成烟花的人，可以短暂，但要绚烂。别人可能只要燃成一炷香就好了，我不是那样的。这跟钱没有很大的关系。"[②] 她坚信"创新能给人们生活带来美好改变"[③]。那么，这里隐含着一项对立命题，即"入世"与"出世"两种生活态度。在现代社会中，商品经济繁盛，消费观念深入人心，拜金主义者日渐增多，人的精神与心理状态成为人文学者所担忧的问题。《无穷镜》中没有否定康丰式的人生方式，而是步步递进对"入世"精神进行证伪。俗世伦理认为，"入世"常常是因为名利。然而一般来说，名利者是入世者，入世者却不一定是名利者。人文学者担忧的是经济的增长是以人文精神的丧失作为代价的，然而，"仓廪实而知礼节、衣食足而知荣辱"，真正的贵族是物质与精神的同时富足。工业社会固然可能使人性异化，贫穷同样可能导致人性变异。在珊映重返硅谷后，康丰选择了登山运动，一种亲近自然、远离社会的生活方式。然而，登山也是一种搏击运动。他明确地知道登山的危险与困难，知道自己的好友道青死于登

---

① ［美］陈谦：《无穷镜》，江苏凤凰文艺出版社 2015 年版，第 235 页。

② ［美］陈谦：《无穷镜》，江苏凤凰文艺出版社 2015 年版，第 3 页。

③ ［美］陈谦：《无穷镜》，江苏凤凰文艺出版社 2015 年版，第 4 页。

山运动中，知道自己有恐高症，却“明知山有虎，偏向虎山行”。是为人，则不可能“心止”。对自然的征服与在社会中的进击，皆源于人的本性。陈谦通过小说虚构表达了对男性/女性、社会/自然不同范畴的伦理关系与哲学思考，显示了当代人类在物质极大丰富后面临着两难选择的困境。

第六章

教育伦理与孩子成长的不同理念

中西教育观念存在很大差异。女性作家一般兼具母亲身份，她们移民海外后对教育的感受尤为深切。她们的作品中，无论是对人物形象的塑造还是对事例的列举，我们都能够发现新移民女作家对教育重要性的深层考量。特别是在当下科技理性和功利教育越来越盛行的时代，以职业为导向的主流价值观日益侵蚀着艺术人文教育。如此发展下去，教育只能培育出“有用的机器”，而非全面发展的、具有独立精神的人才。分析新移民女作家在作品中透露出的教育伦理思想，不仅对中国当下教育改革富有启示，而且成为了解其审美思想的重要窗口。

第一节　中西教育方式与观念的差异

一　作为参照的美育伦理观

北美华裔作家施雨，曾任新移民华文作家笔会会长。她在小说创作之余热切关注国外的教育问题。施雨撰写的《成长在美国》，是一部“国外素质教育亲历记”。它主要探讨中西方文化差异以及由此带来的不同教育观念。《成长在美国》分为“小学篇”与“中学篇”，分别探讨美国中小学教育的价值理念以及优缺点。在“小学篇”中，施雨谈及美国家庭从小就对孩子进行艺术教育，借此丰富孩子们的情感世界和想象资源。审美教育贯彻于初等教育中，因为教育者皆认识到美育对孩子精神塑造的独特价值："艺术是独特的、美丽的，而且是富于创造性的，它能通过作品反映生活，能准确、生动、鲜明而优美地表现孩子的思想感情和心灵境界。如果孩子作画时是在自由自在的生活环境里，随心所欲地表现，那么他们的作品就很容易反映出他们自己喜欢的色彩，表达出他们自己想表达的内容，因此画面所呈现的形与色，就是他们内心的写照，就是他们的视觉语言。"① 绘画等美育课程有助于培养学生欣赏艺术的能力，从而将他们从经验生活世界中分割出来，切实感受非现实的艺术人生。儿童画不仅体现出孩子们想象力，还能调动孩子们的兴趣。在小学课堂上，美国学校注重发展学生的兴趣和特长，他们相信唯有从事自己感兴趣的事情，人生才能愉快而幸福。他们把新颖的游戏融入教育，利用一些实物丰富孩子的移情能力。这种审美教育有助于培养自由活泼的心灵。施雨谈及美式教育的开放性："在美国，家长和监护人有权利代表孩子参与孩子教育上的决策、制度和法规，它们包括：教室观察、和老师开会、义务服务、学生出席情况、学生考试、学校选举、学校安全、教材、教学进度、学生记录、课程标准、校规、心理测验、学校委员会、学校政策制订等。"② 这种开放式的教育实际上是把教育主体扩大，它意味着教育不仅仅是学校、教师的事情。学校是家庭、教育者和社会互动的结合体。而美育可以开启智慧之光，唤醒孩子们的兴趣和创造性，理应成为教育之本。因为"人的大脑从来不是消极被动的；它处于一种永恒的活动中，精细而敏锐，接受外界的刺激，对刺激做出反应。你不能延迟大脑的生命，像工具一样先把它磨好然后再使用它。不管学生对你的主题有什么兴趣，必须此刻就唤起它；不管你要加强学生什么样的能力，必须即刻就进行；不管你的教学给予精

---

① ［美］施雨：《美利坚书生　成长在美国》，新蕾出版社2005年版，第36页。

② ［美］施雨：《美利坚书生　成长在美国》，新蕾出版社2005年版，第40页。

神生活什么潜在价值，你必须现在就展现它。这是教育的金科玉律。”[①] 怀特海对物质崇拜时代的教育充满了焦虑，但是在美国小学教育中，学校注重培养孩子们的劳动观念和理财能力，让孩子们能够正确认识到金钱既能彰显勤奋、智慧、地位，也能彰显仁慈和爱心。“莎士比亚为在美丽的乡间成长起来的英国人民写下了他的剧作，那时，世界从中世纪转入文艺复兴时代，向人们展现出华丽多彩的生活画卷；在大海的对面，一个崭新的世界使浪漫精神的召唤充满生气。今天，我们面对的是在一个科学时代里成长起来的聚居在都市里的人民。我毫不怀疑，假如我们不能用新的方法去迎接新的时代，为我们的人民保留精神生活，那么，无法实现的渴望迟早会狂暴地发作，那时英国将重蹈俄国的覆辙。历史学家们将为英国写下这样的墓志铭：英帝国的衰亡是由于她的统治阶级精神上缺乏远见，由于他们那种单调的物质主义，以及他们像法利赛人那样忠诚于政治家治国的狭隘准则。”[②] 如何合理地处理金钱与人生意义的问题，不仅涉及教育问题，还涉及道德伦理乃至宗教价值问题，但是智慧、分享与爱心无疑是极为重要的。

另外，户外教育与意志教育也是美国小学教育的一大特点。比如户外活动、生活技能、安全常识等方面的学习和训练，是美国童子军的保留节目。登山、滑雪、漂流、骑马、行军、划独木舟等活动可以培养独立、无畏、坚强的性格。美国家长从来都勇于面对现实，他们不对孩子隐瞒真相，处在一个危机四伏的社会，如何自救和帮助他人是童子军训练的目的。柏拉图曾在《理想国》中提及如果用强力来教育孩子是没有用的，而应该用游戏来教育孩子，这样可以更好地知晓每个孩子的自然倾向。通过户外的游戏活动，不仅

---

① ［英］怀特海：《教育的目的》，徐汝舟译，生活·读书·新知三联书店2014年版，第9页。

② ［英］怀特海：《教育的目的》，徐汝舟译，生活·读书·新知三联书店2014年版，第59—60页。

能让孩子了解大自然，树立环保意识，而且能培养孩子坚韧的性格以及野外生存的技巧。美国作为世界科技强国，重视对孩子们进行技术教育，让他们通过学习认识科学进展，掌握科技发展的前沿动态。这就使更多的学生投身于科学探索中。在美国小学文化课上，学生通过与不同族群的人的交往和交流，切实感受到多元文化的丰富性和独特性，树立了互相尊重和理解文化差异性的意识。另外还通过讲授营养知识、健美操体育锻炼、安全意识的培训等，增强学生的身心健康和独立生活能力。

在“中学篇”中，施雨侧重在技术层面谈及美国高中生要进行的各种教育训练，比如选课技巧、AP课程等，以便为将来顺利进入大学打好基础。在教育方法上，美国中学尤为注重学生批判性思维的训练。所谓批判性思维的教育理念，其主导思想是鼓励学生向惯性思维挑战，从而使思维具备积极的批判力。在具体的教育实践中，批判性思维的教育不是被动地吸收历史事实和文化传统，而是培养学生学会质疑和探究，学会如何合理分析他者的观点，学会正确客观地评估证据，掌握用良好的逻辑、清晰的结构去撰写论文等技能，最终目标是培养学生富有灵感的探索和积极的思考。这种教学模式反对死记硬背、强行灌输，拒绝那种培养“应声虫”式的教育。它充分尊重学生的个性，发展其思考能力，提倡积极探索的思维意识，鼓励学生们要大胆提问。施雨罗列了朱丽叶创建女童子军教育九十年来始终不变的宗旨和目标：

1. 发掘全部潜能和素质：鼓励女孩子勇于尝试、尽力而为、自尊自爱、独立自信、富有责任感。

2. 培养助人为乐、善解人意的性情和娴熟的社交技巧：帮助女孩子建立友谊，改善工作技巧，学会尊重自己和他人，尊重不同种族、不同背景、不同文化、不同宗教信仰的人，理解并感激由此差异带来的多元化，尊重他人的需求、情感、权利和隐私。

3. 建立有益的价值观来指导行为、判断和决定：帮助女孩子建立有益于个人和社会的价值观和道德观，以利她们将来面临人生重大事件或者危急、必要的时刻能做出正确的判断和行动。

4. 奉献自己的才智，回馈社会：鼓励女孩子主动关心他人，以自己的领导才能和智慧与他人合作，力所能及地帮助社会，服务社会。①

美国学生的课外活动项目更是种类繁多。学生们可以根据自己的兴趣和爱好选择具体项目和参加方式。活动包括项目论文、社区服务、合唱团、体育校队、辩论队、仪仗队、乐队等，通过活动培养学生独立思考能力和用书本知识解决实际问题的能力。越来越多的美国中学注重学生的实际能力和关怀社会的品质。义工奉献是美国中学教育的一大亮点：“义工奉献，也就是义务工作的时间一般是：九年级五小时；十年级十小时；十一年级二十小时；十二年级三十五小时。但很多大学都要求做义工的时间至少在一百小时以上。”② 美国教育重视义工服务，以此培养学生观察世界与关心他人的能力，增强他们的责任意识。当然，任何一种教育理念都是理想化的，如何在现实中贯彻实践，还需要一个漫长的过程。美式的教育方式与理念为我们提供了有益的参照与借鉴。

二 判断孩子好坏的标准

判断孩子好坏的标准在不同的文化传统中有所不同。中国文化重德，西方文化重智。随着现代文明的发展，我们越来越认识到，德智体缺一不可。新移民女作家在中西文化的比较中，取长补短，

① ［美］施雨：《美利坚书生　成长在美国》，新蕾出版社 2005 年版，第 139 页。
② ［美］施雨：《美利坚书生　成长在美国》，新蕾出版社 2005 年版，第 186 页。

提倡中西文化教育观的融合。刘瑛是旅居德国的新移民女作家之一。她以教育为主题创作的小说颇为引人注目。《谁是好孩子》描写了在不同的教育观念下形成不同思维方式的小朋友。小说中小主人公“佳文”是新移民的后代，她和好朋友科妮，在暑期由家人陪护来到北莱茵州最大的动物园。在“大象区域”，佳文不由地想到有关“盲人摸象”、“曹冲称象”等故事，就讲给科妮听。科妮对“曹冲称象”进行了质疑，她认为直接把象放在秤上就行。佳文告诉好友：在古代没有那么大的称。但是科妮认为别说大象，就是装满货物的大卡车都能称，而且精确度很高。她们来到“仙鹤处”，佳文又给科妮讲起了“狐狸和仙鹤”的故事。“当她听到狐狸故意把汤放在浅盘子里请仙鹤喝，仙鹤反过来又把汤放在细口瓶里请狐狸喝，忍不住笑了：‘干嘛要这么虚情假意呢？既然成心不想让对方吃，干脆就别来往好了！找个自己喜欢的同伴一起享受喝汤，不是更好吗？’”[①] 两个孩子在文化思维上呈现出了不同的特征。佳文喜欢孙悟空，科妮却没兴趣。佳文认为狼会吃人，是最坏的动物。科妮感到这种说法不可思议，她认为是编者把食肉动物说成坏的，把食草动物说成好的，这本身就有问题，而且也很愚蠢。动物只是生存方式不一样，哪有好坏之分。再如，两个人关于中国古代“孔融让梨”的故事，也同样流露出不同见解。佳文认为孔融让梨体现了尊重别人的意识。科妮则觉得这个故事很奇怪，为什么要把好的和大的都让给别人呢。那么佳文和科妮两个之间，哪个是所谓的“好孩子”？在不同文化传统中，好与坏并没有统一的标准与界限。对于培养孩子来说，促进正常人性的发展是最重要的。古希腊神话中，阿喀琉斯在战场上疯狂厮杀的时候，宙斯都有点担心。他的疯狂是否会导致无法遏制、无限张扬的个性？在后现代文化语境中，这种隐患越来越成为现实，这是值得深入反思的。

---

① ［德］刘瑛：《刘瑛小说散文集》，纽约商务出版社 2016 年版，第 27 页。

在中西教育的对比中，还有一个比较敏感的话题，就是如何给青少年介绍“性”知识。余曦创作的短篇小说《成年》，讲述了旅居北美的江雪夫妇操持女儿十五岁生日的故事。在如何给女儿买生日礼物的问题上，江雪黯然神伤，手足无措。江雪试探地问雯雯是不是在家里举行生日派对，女儿却抱着轻蔑态度，认为在家里一起吃蛋糕很小儿科。江雪觉得既然孩子大了，就充分尊重她的自由，给女儿送一个生日礼物吧。推开房门，她发现女儿已经在家梳头发，各种化妆品散乱在各处。女儿说今天晚上有事，是一位男同学将要为她举行生日派对，之后她会住在这位男同学家里。江雪听到后十分惊愕：

> 犹如惊雷滚过她的内心，江雪愣住了，事实上，她惊呆了。女儿把她的显然带一点困难的宣布，用英语来进行，也许这样可以使她感到容易些，毕竟这样的男女混合过夜的派对属于西方文化的范畴，以英语来宣布可以比较顺理成章？……她的思维活动却极端清晰，丝毫没有故障，惊恐万状的她清楚地意识到，女儿此刻仅仅是宣布了她自己的决定，并不属于征求她的意见，更何谈请求她的同意！①

此时江雪的内心陷入了旋涡中，她被暴怒所挟持，转而“砰”地猛关上门。这种巨大的文化反差让她简直有些怒不可遏，她勃发的母爱本能地想让她冲到女儿房间痛骂她。不过，在激烈的心理挣扎后，她终于平静下来，快速驱车到附近超市买了避孕套。回到家里，她耐心谨慎地告诉女儿：一个人长大了，不可避免地会遭遇“性”的问题。性是自然而然的事情，但不是一个单纯的问题。在这个问题上东方人和西方人有差异。他们把性看得比较随便，我们

---

① ［美］融融、［美］陈瑞琳：《一代飞鸿：北美中国大陆新移民作家短篇小说精选述评》，中国文联出版社2008年版，第768页。

却把性和责任连在一起。江雪也没有料到自己作为理科生能把性讲到这个地步，还自责作为母亲很少和女儿谈及性的问题。她不反对雯雯交男朋友，但是不希望女儿影响学习。然后江雪拿出了自己给雯雯的成年礼物：一盒粉红色的避孕套。江雪决定驱车送女儿到朋友家参加生日派对。当到了雯雯男同学的家门前，江雪正好看到一个金发女生对着雯雯做着惊讶而善意调侃的笑容。江雪似乎感受到自己的“伟大”。下车时女儿用力地拥抱她并说“谢谢妈妈”。但当她回到家，却发现避孕套放在桌子上。“她无限怜爱地喃喃地念着：‘雯雯！妈妈的好孩子，妈妈的好孩子啊！’”[①] 这部小说以生动的笔触描写出主人公内心的波动，道出了我们深埋在心底的关于对“性”的误解。小说艺术地呈现出两种文化、两代人之间对同一个敏感问题的不同理解与不同行为。江雪固有的认知体现的是保守的文化观。旅美后，她自以为在思想上发生了很大变化，但她没有真正理解西方文化实质，她所理解的“开放”等于放任“性”行为，无疑大错特错。

第二节　“名校”追逐与实用主义教育反思

一　教育的目的

黄宗之、朱雪梅合著的小说《藤校逐梦》，将触角伸向了美国社会生活的各个层面，他们结合当下极具功利性的教育目的，反思了实用主义教育的弊害。小说从一个对教育极度重视的华人家庭说起。辛洁和丈夫刘韬生活在美国，为了女儿能够顺利攻读知名电影学院，贷了一笔数额不小的款。辛洁为了孩子们的学业可谓殚精竭虑。对辛洁夫妇而言，能从国内南部偏僻山区辗转到美国生活，凭借的是刻苦攻读。教育改变了他俩的人生轨迹。在儿子出生以后，

---

① ［美］融融、［美］陈瑞琳：《一代飞鸿：北美中国大陆新移民作家短篇小说精选述评》，中国文联出版社 2008 年版，第 775 页。

孩子的未来和人生幸福就成了他们考虑的头等大事。她骨子里有一种强烈的生存危机感。选择名牌大学是辛洁儿时的梦想，因此当她在美国洛杉矶暂时安居下来后，就盘算着竭尽全力让儿子进入全美最好的大学。女儿琳达出生后，即便选择幼儿园，也是尽量为以后更好地融入美国主流社会做准备。她对丈夫如是说：

> 刘韬，我们想要孩子未来过得好，进入好大学，接受最好的教育是一条不二途径。为了他们的成功，我们也只能陪着他们一同拼下去。……我感觉来到美国，是把儿女带入到一场与全世界最优秀的学生角逐的竞赛。所以，我们必须尽最大的努力，帮助儿女在这场争夺优质教育资源的竞争中取得胜利。①

到儿子史蒂文申请大学选专业的时候，辛洁不顾儿子的看法，决定让儿子选择就业前景最好的电子机械工程专业，并先后向哈佛大学、斯坦福大学、麻省理工学院等名校递交了申请，但是所有私立的名校都拒绝了史蒂文。最后史蒂文决定去加州大学洛杉矶分校就读。儿子没能满足她的愿望，她重又燃起让女儿琳达朝名校和好专业奋斗的热望。琳达最终被全美前十名的高校录取。但在选择专业上母女又发生了矛盾……这部小说涉及的教育问题无疑具有极强的现实针对性。教育到底是以融入经济一体化为导向，还是为了培养高素质的人？答案是不证自明的，但科技时代注重的是时效以及能否创造最大的利润。美国教育专家玛莎·努斯鲍姆认为："民主的教育常常重视的文学和艺术，情况又如何？首先，为经济增长服务的教育十分轻视儿童教育中的这些部分，因为文学和艺术似乎不能为个人或国家带来经济上的进展。因此，在全世界，在各级学校中，艺术和人文学科的课程全都在被砍掉，以便为技术培训课程让

---

① 黄宗之、朱雪梅：《藤校逐梦》，作家出版社 2018 年版，第 16 页。

路。印度的家长们为子女考入各种技术和管理学院而自豪，而子女若是学习文学或哲学，或者想画画、跳舞或唱歌，家长便感到羞耻。美国的家长们也正朝着这个方向发展，尽管美国有文科教育的长期传统。”① 辛洁正是这种功利教育模式的见证者。她看到丈夫刘韬辛辛苦苦拿下斯坦福大学的文学硕士学位后，竟然无法找到体面的工作，最后只能选择回国，致使夫妻两地生活。女儿琳达虽然历经周折考上了哥伦比亚大学的经济管理专业，但是她还要执意选择没有“钱途”的人文类的影视专业。这种选择对于辛洁而言，实在是不可接受的。辛洁的教育经历揭示出：教育一旦排斥人文艺术，将会产生不可挽回的悲剧。

小说中另一主人公文森的遭际也值得深入思考。文森的父母虽然没有生活在美国，但他凭借着母亲和辛洁是大学朋友的关系，赴美求学。对文森而言，到美国读书基本上是做了父母教育计划的“试验品”。文森承受着巨大的压力。为了让他能在哥伦比亚大学读医学，父母把国内的房子卖掉。史蒂文和母亲辛洁谈到斯坦福大学附近的大学城，那里有很多学生患抑郁症而精神颓废。实际上，美国的科技精英和文森父母一样，把自己的孩子逼得太厉害，害得好多学生卧轨自杀。文森自己很努力，但成绩连中等都够不着。家庭和学业的压力让他烦躁不安，甚至失眠忧郁，情绪十分低落。他试图做研究员，但遭到了父母的责备。特别是父亲以卖掉房子来换取他在美国前程等事情，使文森频繁地借酒消愁，甚至吸毒，最后被学校开除。经过家人及琳达的帮助，特别是他在旧金山金门大桥附近遇到了约翰，聆听了这位因为寻子而无家可归的人的遭遇后，文森痛感自己的自私。他决定重新开始，通过自己的努力，最终再次回到哥伦比亚大学深造。如果说文森是一位及时反省并找到正确道路的幸运者，那么小说另一个女主人公苏珊的遭遇则无疑是教育的

① ［美］玛莎·努斯鲍姆：《告别功利》，肖聿译，新华出版社 2010 年版，第 24 页。

彻底悲剧。苏珊是辛洁朋友周雅丽的妹妹，是一位任性自私的利己主义者。周雅丽这样谈及其妹：“苏珊高中毕业没有辜负我爸妈的期望，成了高考状元，进了北大。苏珊进了好大学，给爸妈挣足了面子。我爸妈两人高高兴兴送她去北京。暑假苏珊回家，爸妈到火车站去接，归途中是爸妈扛行李，苏珊空着手走。”[①] 苏珊作为金融高管在美国工作，收入不菲，自然对物质有着非同一般的要求。男友彼特是高科技公司的高管，虽然拥有豪宅，但同样有着自私任性的性格缺陷。两位皆为自私自利的人，相处自然有冲突。他们先是因为出售房子发生矛盾，彼特提出：一旦两人离婚，婚前的房子与苏珊无关。由于彼特坚持要签婚前协议，他俩的矛盾越闹越大，再加上苏珊被银行解雇了，她一时想不开就选择了自杀。由于割腕导致失血过多，再加上服用了大量的安眠药，在医院躺了几个月后，苏珊最终还是没能被抢救回来。在苏珊的追思会上，“名校光环”无疑成了莫大的反讽。这里所透露出来的教育危机及其导致的人生悲剧，是这篇小说的题旨所在。

学者江少川认为：“这对作家夫妇又以对时代崭新的思考，以自己孩子求学读书的深层体验，及面对来自中国留美学生潮的涌动撞击，敏锐地感受到教育与人生的关系之重，他们创作的《藤校逐梦》另辟蹊径，饱含忧患意识，思想含量厚重，具有很强的时代感，深触千万家庭的神经，其文学价值与普泛意义值得大力张扬。”[②] 这部小说确实如此，饱含作者对教育问题的关切以及可贵的人道主义精神。当前，权威式的家庭环境与急功近利的教育方式是造成教育悲剧的首要原因。苏珊在谈及父母亲的时候，抱怨自己可怜孤独的肇因正是父母亲的高压和势利的教育观念。在父母的心目中，顶尖大学和世俗成功是人生最重要的追求，好大学、好专业是获得生活舒适的前提。小说通过苏珊的口吻写道：“我是从小到大

---

① 黄宗之、朱雪梅：《藤校逐梦》，作家出版社 2018 年版，第 156 页。

② 黄宗之、朱雪梅：《藤校逐梦》，作家出版社 2018 年版，第 4—5 页。

长期处在父母过度的压抑之下被动成长的。考入清华不是我比别人有多聪明，是学校的教育方式和我父母把我变成了一台会考试的机器。老师和我父母长期配合，使我习惯了压抑，学会了服从。我自己的人生没有了选择，从来也不敢在父母面前说'我不'和'我要'。并在父母的宠爱和同学的关注之下生活。由此，我养成了任性、敏感、争强好胜的性格，日益变得孤僻自傲，大小事情都要别人依着我的想法。我知道自己的智商非常高，但我不会为人处世，与人相处很困难。所以，我长期以来都处在很孤独的状态。"① 可以说，不合理的学校教育和家庭教育将一个年轻的生命彻底葬送了。英国思想家穆勒提出：做父母的既然把孩子带到这个世界上，就应该给他一种教育，不仅让他在一生中对他人尽自己的本分，也对自己尽到自己的本分。他认为"自由教育"是为人父母最神圣的义务。自治、自律、自爱与自重是盎格鲁－撒克逊人最具现代性的价值理念。康德也提出过：父母教育孩子时，只是想让他们努力适应他们所处的那个世界，只关注孩子在这个世界上过得好不好。这位哲人认为人永远都是目的而非手段，人的尊严、幸福及发展才是教育终极性的价值目标。西班牙哲学家费尔南多·萨瓦特尔多年来关注教育问题，他认为健康的教育伦理可能更多地倾向于一种"公民教育"："伦理不只是在家庭生活中有效，如果在家庭之外我们能够允许每个人都去做在他看来是可取的事情，同时与其他人和平共存，进而所有人都用传播的行为准则去获取社会成功，伦理同样有效。"② 确立民主道德观念与公民身份，作为现代家庭教育伦理的核心环节，理应作为伟大的义务得到履行。而民主道德观念和公民身份的最重要基石即平等和尊重。要善于聆听子女内心的想法，切实呵护孩子的心灵成长，由此才能脱离不成熟状态，大胆

① 黄宗之、朱雪梅：《藤校逐梦》，作家出版社2018年版，第199页。

② ［西］费尔南多·萨瓦特尔：《教育的价值》，李丽、孙颖屏译，北京大学出版社2012年版，第154页。

地去选择。以这样一种教育理念来看《藤校逐梦》中的家长就会发现，他们并没有把人性的普遍之善和完美作为教育的终极目的。黄宗之、朱雪梅长期生活在国外，他们对中西方教育伦理进行了细致比较，以小说的艺术形式生动地塑造各色人物，揭示了功利主义教育的严重危害。小说从某种意义上唤起了当下“救救孩子”的意识。

二 袁劲梅的教育伦理观阐释

北美华裔作家袁劲梅，是一位学者型的作家。她的《忠臣逆子》《罗坎村》《九九归原》《老康的哲学》《明天有多远》等“教育类”小说以及散文集《宽广的自由》，对传统教育哲学进行了深刻反思。细读这些作品，我们可以看到袁劲梅融合现代教育思想，并回溯中国传统教育方式，进而探讨教育的真正要义。她对教育的思考具体表现为以下几方面。第一，她反思实用主义教育伦理观的弊端。她主要将中国古代的实用主义教育哲学作为思考的起点。这种教育伦理在社会关系中具体体现为：喜欢讨好他人，极力维护自我面子。在袁劲梅看来，“农民式”的精神细胞是难以回避的主要因素。她在作品里塑造的“方世玉”式的儒生，可视为这种教育伦理的产儿：

> 在我们的文化里，没有超越现世的灵魂，人不过是个有七情六欲的肉体，生命是个短短存在，转眼即逝。没有什么永恒的东西需要我们对她负责任，现世今生是惟一的。……在这样一群乱糟糟的停车场里，“哥们儿义气”就是我们道德的最高境界，从农民到皇帝就这么玩。这道德，在农民家是“杀下蛋鸡”；在朝廷就是“赤胆忠心”。“等级”是要靠“哥们儿”的忠心来维持，“哥们儿”是一张铺天盖地的农民社会关系网。盖高楼，性开放，引进外资，先富起来，可以把农民的蓝布褂

子换成西装，可改不了这张存在了三千年，融化在中国人血液中的社会关系网。儒学是这张网的理想化和理论化。①

古代儒学所倡导的“中庸思想”造成了人们做事不认真、苟且偷安、敷衍了事的工作与生活态度。朱熹解读“中庸”是“中者，不偏不倚，无过不及之名；庸，平常也”。实际上就是要求“不勉而中”，恰到好处。孔子讲：“危邦不入，乱邦不居。天下有道则见。无道则隐。邦有道，贫且贱，耻也；邦无道，富且贵，耻也。”这实际上批评了投机精神、聪明伶俐、见风使舵、没有社会责任感的一类人。对于大多数人而言，处在公共社会空间或人情磁力场中，尽量要自我压缩或者自我贬抑，以此换取社会性的认可和赞同。自我保守意识不仅使人们失去了自我反省和检讨的能力，而且失去了自我创新的动力。

第二，对文化伦理现代转型的忧虑。如果说袁劲梅笔下一再出现的“罗坎式”教育是保守而封建的，它造就的是“阿Q式”的人物，那么与之相对的是她所倡导的“现代自由人”伦理。“现代自由人”伦理指的是良善、正义、有道德、有理性、有信仰。袁劲梅写道：“‘我在中国听老师说过仓廪实而知礼仪，我觉得吃饱喝足之后才能管灵魂的温饱。’布朗教授说：‘不行，灵魂的温饱随时都要管，等到吃饱喝足之后再管，灵魂就已经被邪恶腐蚀了。’罗洋说：‘我现在最想吃的是红烧猪大肠。’布朗教授说：‘能让灵魂安心的最高善是正义，即公众利益。猪大肠算是个什么东西？’”② 小说以诙谐幽默的讽刺，否定了封建传统教育观。《罗坎村》描述了一个偏僻但具有象征性的“罗坎村”。“这是一个以人缘为基础的社会。她的规则本来定的就是让权力大的爷爷爸爸不排队，本来就不须把对和错分的那么清，‘公正’不是基础，是工具。能把猪场

① ［美］袁劲梅：《忠臣逆子》，中国书籍出版社2012年版，第221页。
② ［美］袁劲梅：《忠臣逆子》，中国书籍出版社2012年版，第106页。

改成幼儿园是非常伟大的事情，可要改教孩子怎么活和为什么活，才是改到了骨髓，那才艰巨。”① 追溯中国文化根源必须考虑到周公制礼，“礼”文化成为中国传统文化最重要的基石。由“礼”文化发展而来的儒家伦理构塑了中国人的人格精神。费孝通讲中国传统社会是一个“差序结构”的社会。专制皇权、三纲礼教、家族制度、农村经济等构成了乡土中国的基本特点。这套价值系统在维护中国文化秩序与社会稳定等方面无疑起到了核心作用，但是它在晚清以后遭到了千年未有的价值观与文化伦理转向带来的冲击。自由、民主、人权、法治等观念冲击着儒家伦理，儒家伦理的现代转化问题也就被凸显出来了。

第三，袁劲梅概括了现代教育伦理的基本内涵。就教育孩子而言，民主的素养有赖于民主的家庭氛围。所谓民主的家庭氛围，就是充分尊重孩子的独立性和个体尊严，培养孩子独立自主的思想观念。托克维尔认为：唯有放弃家长权威，将感情和阅历作为教育的后盾和基础，才切实有利于培养孩子独立自主的人格。在对孩子的教育实践中，要相信自由生长和自发演进的规律，而拒绝一切专断权力的使用。因为“小孩子的世界是童话，干吗要把大人世界的规矩早早地教给小孩？教小孩竞争，奋斗，说大人话，讨好师长，是教小孩子怎么变成生活的‘工具’。那还不如教小孩子去寻找‘美’，让他成为会品味生活的‘人’”②。在儿童学习过程中，如何延续其童真和纯粹的品质，理当是教育过程中很重要的一环。尊重个性，实际上是尊重孩子的心智活动与心智创造。要让孩子有条件地顺从家长意愿，培养他们有智慧、有格调的做人原则。“热爱生命在两种意义上能成立：一、让生命的本能决定生命的意义；二、让生命的良知决定生命的意义。”③ 袁劲梅思考了文化内涵的结构性

① ［美］袁劲梅：《忠臣逆子》，中国书籍出版社 2012 年版，第 129 页。

② ［美］袁劲梅：《宽广的自由》，百花文艺出版社 2017 年版，第 69—70 页。

③ ［美］袁劲梅：《宽广的自由》，百花文艺出版社 2017 年版，第 129—130 页。

因素。如果教育陷入某种“道德化约论”中，负面影响可能会更大。如果将圣贤之言当作践行规则，主体性就始终得不到真正建构，这样无疑会制约现代历史转型的进程。现代社会最主要的特征是主体性的觉醒，以及崇尚和保障个人权利。如果说传统社会看重等级“身份”，那么现代社会重视的是契约精神、个人自由和机会均等。在法治社会环境中，最低限度的伦理道德是切实保障平等竞争，不侵害任何人的权利。

第四，注重培养美学判断能力与非功利的审美教育，是袁劲梅教育伦理思想中极为重要的组成部分。她在谈及儿童哲学课上的自由讨论时写道：

> 我开始关心起月亮，是因为有一天，一群小学二年级的美国小学生和我们几个哲学家谈论起西部的月亮。那天是他们的哲学课，大家自由讨论。他们刚开始学写诗。所以，他们自己选出的讨论的问题是：“为什么诗要有节奏?”有一个女孩子前后摇晃着身体说：“有节奏，就是在动。所有在动的东西，都有节奏。所以，一读诗，我们就可以摇头晃脑。”于是，就有小孩子不同意，说：“月亮在动，绕着地球转，难道月亮也有节奏？我们怎么没看见月亮摇头晃脑?”于是，又有小朋友反驳：“你看不见月亮有节奏，不代表月亮没有节奏。你看不见的东西多着呢。譬如说：你看不见鬼。”有一个黑人小男孩一脸严肃地说：“我看见过鬼。有一天，我在黑黑的过道里走，一个鬼把手搭在我的肩膀上。就在这儿。”他指着自己的右肩。另一个黑人小男孩说：“那是你哥哥。”我实在忍不住，就笑了。心里想，人小的时候，思想原来是可以如此自由。正想着，一个白人小男孩发言了：“月亮肯定有节奏，因为它孤独，

它要写诗。”①

孩子们之所以认为月亮绕着地球转，但同时月亮有自己的“节奏”，是因为他们接受了自由教育。那么，如何建立一套自由人的伦理，显然是传统伦理得以现代转化的关键之处。袁劲梅认为心灵奴役比身体囚禁更可怕。她不断地追问从何种意义上，人性才能得以充分展现？在教育的具体环节中，是什么桎梏了孩子的心灵？如果受到欲望和激情的挟制，精神则依然戴着锁链。唯有靠理智来调节欲望和激情，由内心生发强大的力量，超越外在习惯、习俗以及强力统治的支配，一个人才可能拥有自由意志。卢梭在《爱弥儿》提出：无论是从意志教育到道德教育，还是从情感教育到政治教育，其旨归皆在于获得自由、摆脱奴役。当爱弥儿走出自恋的奴性状态，从接受情感教育转向感受自由教育的时候，他才获得了整个世界。他可以徒步游历很多国家，在那里过上平静的生活。即便在大海上航行，在沙漠中穿梭，他依然自如。因为他将内心世界纳入一个广义的道德秩序中，他认为自由与正义是人类最基本的情感。

第五，教育当持守理性有限与虔诚卑微的价值观。古希腊德尔菲神谕“认识你自己”，实际上是提倡把“自我身份”的认知当作教育的核心要义。由于传统价值观特别是超验根基的丧失，现代心灵再也找不到指引自己的权威标准和道德坐标。美国思想家丹尼尔·贝尔意识到：现代教育以及文化体验都在提倡“创造”，但是能否为这种所谓的“创造”设立“界限”，能否为狂妄自大的精神设立“界限”？他说：“我对宗教的关注回到了我称之为文化的本质特点的方面：将人带回到生存困境的探究的车轮，人对自身有限性和力量（对悲剧性弱点的超越）之无情局限的清醒认识，以及随之而来的、想要找到一个内在合理解释的努力，以使以上两者与人

① ［美］袁劲梅：《宽广的自由》，百花文艺出版社 2017 年版，第 132—133 页。

类境遇相和解。既然这种清醒认识触及意识的最深处，我相信，意识到探索世界有其界限的那种文化，会在某个时刻回到彰显神圣的努力中。”[①] 袁劲梅对此有同样的思考，她以形象化的小说语言写道：“春天的大地上，突然冒出一朵小黄花，那是彼岸世界吐出来的一个小字。美和善的根相系着，伸过两界，彼此相通。‘银河系’是我们家一个能通万物语言的小孩子。从他的天性里，我学到了很多。每每和‘银河系’相比，我多有惭愧。除了善良，他不要别的。他爱我们远远超过爱他自己。一只善良的狗担待得起所有的爱。在他的小墓碑上，我们写了这样一句话：‘德行的圣者，来了，走了，没有带任何行囊，唯有善良意志。’也许，人把自己的位置放得太高了，自封‘万物之灵’。低下头来一看，我们不过是自然中的一种声音，唱得还不是最好听的曲子。在银河系里人很小很小，还有很多地方未进化到狗的水平。”[②] 毋庸置疑，任何知性的佞妄，都是人为的幻觉。比起头上的星空与无限绵延的时空，个体生命是何等渺小与短暂，而心中的自由律令与道德至善当是持守的最高道德。

---

① ［美］丹尼尔·贝尔：《资本主义文化矛盾》，严蓓雯译，江苏人民出版社 2007 年版，第 21 页。

② ［美］袁劲梅：《宽广的自由》，百花文艺出版社 2017 年版，第 207 页。

第七章

作为伦理叙事的宗教元素

宗教信仰是人类精神空间的重要支柱。文学是人学，文学关注人的现世生存与精神困境，展示了人类的灵魂皈依与精神诉求。从这个意义上说，文学必然涉及宗教。新移民女作家在其创作中，体现出对宗教信仰的思考。然而，她们创作中的大量宗教意象是作为小说写作方法与伦理叙事手段而出现的。这并不属于严格意义上的宗教伦理。以严歌苓、张翎、虹影、刘索拉等作家的创作为例，她们都没有特别明确的宗教意向，但在其文学的审美建构中，皆运用了超现实的宗教元素进行艺术构思。尽管如此，她们的创作还是体现出从宗教角度出发的一些思考，这种叙事也扩大了文本的审美空间。

第一节　道教故事与审美构建

佛教、基督教中有通过修炼以成正果或者升入天堂的描述，在文学表述中遂形成“受难—复活”的结构模式。然而，佛教、基督教主张“禁欲”说，强调承受现世的苦难，以及善恶因果报应。从这个角度看，我们很难解释新移民女作家小说中对欲望本能的张扬与个性自我的肯定。如严歌苓小说《第九个寡妇》与虹影的《英国情人》中都写到了关于“修炼成仙”的故事，但同时也表达了欲望的自我实现。如果将之放置于中国传统的道教文化伦理中来考察，答案就非常明晰了。鲁迅曾指出："中国根柢全在道教，此说近颇广行。以此读史，有多种问题可以迎刃而解。"① 虽然鲁迅对道教的评价带有贬抑的成分，但道教是土生土长的中国宗教也是事实。有学者考察而后指出："作为宗教的道教也有一个孕育、降生、成长的过程。道教不仅以西汉以前的道家为母体，而且沿袭原始巫教、方仙道、黄老道的某些观念和修持方法。在以后长期的发展过程中，它还不断吸收其他学术流派或宗教团体的思想内容，借鉴其他学术流派或宗教团体的典章仪轨。"② 从这个意义上说，道教是一个多神教。在儒家文化占据主流位置的中国传统社会中，道教始终未能发展成自成体系的宗教。然而它的影响又无处不在，尤其是在文学想象中，作家们有意无意地会写到神仙鬼怪的故事。新移民女作家在写到这类故事的时候，将之置换变形，赋予之跨时空跨文化的审美特质。她们在秉承道教"延年益寿""羽化登仙"的原初伦理体系的同时，注入了现实批判精神与对生命意识的强调，从而具有了人类命运共通性的审美意义。

一 "修炼成仙"的道教伦理

《第九个寡妇》中王葡萄的公公孙怀清出于各种原因，在地窖中生活了几十年。当年老后，他从地窖中走出来，一身仙气："白发白须，脸也白得月亮似的。""脸容、皮肉一天一天干净起来。"③ 按民间的解释，此时孙怀清已经"得道成仙"。这个结论与他在地窖中的"受难—修炼"有关。他原本是村里的"能人"，"大半辈子有小半辈子在对付兵、匪、盗、贼、刁民、悍妇，孙怀清对付得很好，游刃有余"④。"一九四〇年大旱时他放粮救济百姓"，"就连

① 鲁迅：《鲁迅全集》第十一卷，人民文学出版社 1981 年版，第 353 页。
② 詹石窗：《道教文化十五讲》，北京大学出版社 2012 年版，第 20 页。
③ ［美］严歌苓：《第九个寡妇》，作家出版社 2012 年版，第 295 页。
④ ［美］严歌苓：《第九个寡妇》，作家出版社 2012 年版，第 32 页。

人家夫妻打架，他也给这个当家给那个做主。壮丁钱凑不够，他赔上老本帮人垫”[①]。小说的叙事声音显然是对这位老人的优秀品格与卓越才能予以肯定。但在叙事结构上，小说则以神话的方式加以描述。作者写道：“那枪伤就在他左奶头下面，没打死他真是奇事。”[②] 根据弗雷泽等人类学家的考察与研究，许多古老民族都“不相信我们所说的自然死亡；他们认为所有的人在现世自然是永生的，所有死亡的发生，都是由于敌手的加害造成的冤死”[③]。《第九个寡妇》中孙怀清被王葡萄背回家，藏在地窖中。有一天不幸被人发现，不得不转移到村后面的矮庙里。庙宇的意象是孙怀清成仙得道的修炼场域，同时也是道教精神的表征。与“庙”同时出现的是一群侏儒。“上百个侏儒站在河两边的坡头上，看着河滩上的尸首。”[④] 矮庙是他们祭拜的地方。侏儒与神庙就构成了神灵与世外桃源。陈思和指出，“那群呼之即来挥之即去的侏儒，仿佛从大地深处钻出来的土行孙”[⑤]。在矮庙里，孙怀清和已经去世多年的妻子相遇互谈，与动物互相抚摸，与树木互通气息。这里，万物有灵、人灵相通，孙怀清实现了灵魂的升腾和对自我生命的拯救。

严歌苓通过精妙的艺术构思，表达了对美好人性的追寻。其中运用中国传统道教文化中的意象进行构思，其精神实质融合了佛教与基督教的宗教因素，汲取了宗教领域中鼓励人们向上向善的符合人类共通性的积极成分。不过，她在神庙成仙的构思中，对原型神话进行了变异，形成了别具一格的审美风格。按弗莱对神话原型的研究，神话原型有五种，即启示意象、魔幻意象、天真类比意象、自然和理性类比意象和经验类比意象。前两种意象直接来自神话的

---

① ［美］严歌苓：《第九个寡妇》，作家出版社 2012 年版，第 44 页。

② ［美］严歌苓：《第九个寡妇》，作家出版社 2012 年版，第 78 页。

③ ［英］弗雷泽：《永生的信仰和对死者的崇拜》，李新萍等译，中国文联出版社 1992 年版，第 3—4 页。

④ ［美］严歌苓：《第九个寡妇》，作家出版社 2012 年版，第 80 页。

⑤ 陈思和：《自己的书架：严歌苓的〈第九个寡妇〉》，《名作欣赏》2008 年第 5 期。

两个隐喻世界，对应宗教中的天堂和地狱，诸如但丁、米尔顿等文学巨匠的最基本的文学构思。后三种意象由前两种意象类比推演而来，介于天堂和地狱这两个极端世界之间，被称为类比意象，根据它们趋向理想或现实的不同程度而分别对应传奇、高级模拟和低级模拟。《第九个寡妇》中作为天启意象出现的便是庙。王葡萄每次来这里，不是受到月光的沐浴就是得到日光的照射，“月”和“日”同样属于天启意象。本来失明的孙怀清在太阳光的照射下，分辨出了光明与黑暗以及周围自然万物。作为类比意象在小说中出现的还有王葡萄院子里的一棵参天大树，它是旺盛生命力的象征，属于高贵模仿的理性类比意象。另外还有葡萄家的狗与庙宇周遭的田野，这可视为经验类意象，象征忠诚与和谐。那么，在天堂意象与一系列类比意象之外，地狱意象在哪里？地窖只是孙怀清受难的一个地方，它不仅不是地狱的隐喻，相反可视为净地。根据侯传文在《佛经的文学原型意义》中指出的：魔幻意象的象征物有糠秕、坏种子等。[①]《第九个寡妇》不止一次地写到人们吃的糠秕以及用葡萄喂猪时猪圈里的粪便等场景，我们可以将之视作魔幻意象，象征的是庸俗与黑暗的现实世界。那么，《第九个寡妇》里就出现了二重世界：一是王葡萄及其生活环境，它象征的是现实社会；二是侏儒、庙宇及其周围的环境，它象征神界。弗莱指出：“每一个时代都有一个由思想、意象、信仰、认识假设、忧虑以及希望组成的结构，它是被那个时代所认可的，用来表现对于人的境况和命运的看法。我把这样的结构称为‘神话叙述’，而组成它的单位就是‘神话’。神话在这个意义上，指的是人对他自身的关注的一种表现……而神话叙述则是一种人类关怀、我们对自身关怀的产物，它永远从一个以人为中心的角度去观察世界。”[②] 在我们所处的现实世界中总会存在这样那样的不符合于“人”的因素，弗莱称为“物

① 侯传文：《佛经的文学原型意义》，《外国文学评论》1997 年第 4 期。

② ［加］诺斯罗普·弗莱：《现代百年》，盛宁译，辽宁教育出版社 1998 年版，第 74 页。

质实体中的虚幻因素”。与之对照的是“奇异想象中的真实因素”。简言之，一个是物质世界，另一个是文学世界，人类处于两个世界之间，力争实现从物质到精神的超越，践行“一种更加充满激情的生活方式”，而只有“看到物质实体的虚幻因素，同时又看到奇异想象中的真实因素时，我们才可以说，严格意义上的人生开始了”①。文学是我们实现这种生活方式的精神天地。

二 “血溅白帘”的欲望叙事

虹影在《英国情人》中多处写到女主人公闵的父亲：“一个白发银须但眼神炯炯的老人，走过来，笑声健朗。”②“你看他都七十岁人，却保养得好，身体强壮得很。他还想娶一房姨太太呢，已经第十四个了。”③“房中术”是该小说的奇艳图景。考察“房中术”，它原是中国传统道家文化中通过男女阴阳结合而修身健体得以长寿的一种法术。《英国情人》意欲通过欲望叙事来表达对人性的赞美与对文化现代性的伦理诉求。小说中闵生长在一个自由开放的家庭，从十六岁就开始跟着母亲练房中术。传奇般的家庭，培养了她热情奔放的个性气质与诗性性格。与之相反的是，闵的丈夫虽为留美归来的高校知识分子，理论上思想“开放”，但骨子里仍然是一个愚顽保守的封建士大夫。他维护着体面的家庭婚姻，却不懂夫妻之间的情感交流与性爱和谐，文质彬彬的面容下掩盖着一个虚弱苍白的生命。在丈夫长期的冷落中，闵过着十分压抑的生活。裘利安给闵带来了生命能量与生活气息。闵不顾一切地投身到这场恋爱中。小说通过闵的丈夫来批判中国传统儒家道德，表象温良内在虚伪，被压抑的个性造成了伦理观的混乱。小说写裘利安与闵在观看

---

① ［加］诺斯罗普·弗莱：《批评的解剖》，陈慧、吴伟仁译，百花文艺出版社 1998 年版，第 3 页。

② ［英］虹影：《英国情人》，北京十月文艺出版社 2011 年版，第 66 页。

③ ［英］虹影：《英国情人》，北京十月文艺出版社 2011 年版，第 67 页。

京剧“庄周戏妻”的时候，裘利安感慨：“寡妇调情也欣赏，寡妇自杀也认为应该。”[①] 在长期惯性思维中，这出戏被看作要求妻子“忠贞”的伦理剧，但我们从未认真剖析过该故事的逻辑性和合理性。这种逻辑的不合理通过一个外国人被发现了：寡妇调情的时候，观众拍手叫好，因为这勾起了他们本能的欲望。但寡妇最后自杀，观众也叫好，因为他们觉得这完全符合社会伦理规范。

那么，本能欲望与伦理规范之间是什么关系？现代伦理肯定人的生命感觉与欲望本能，而在中国几千年的封建社会里，儒家的忠孝礼义观念深入人心。小说继承中国新文学反对传统封建伦理的精神，旨在张扬人性的欲望与激情。小说中裘利安是西方开放自由文化的象征，闵的丈夫则代表的是中国传统的封建保守型文化。闵对裘利安的接纳，意味着她对西方文明的向往。不过，这种文学表述很容易落入“东方主义”思维模式的窠臼中。所以，小说的精妙之处就在于，它撇开儒家文化或者说批判儒家文化压抑人性的伦理表现，着重对“房中术”进行大胆描述，从而发掘道家文化中对自我生命与自由逍遥的追求。这种将注意力转移到道家文化对生命自由追求上的叙事策略，可以使小说情节中的“房中术”“神仙”以及小说结尾“血溅白帘”的玄秘获得合乎逻辑的联系。道家思想中的“天地人合一”、重视人对自由的追求与超越性生命体验，是具有现代伦理内涵的。现代伦理强调灵肉合一，它继承了道家文化中自由心性的表达与对生命伦理的肯定。老子言：“多言数穷，不如守中。”只有顺应生命的自然规律才能保持生命久长。“一阴一阳之为道”，老子在追求生命的保全上，比儒家伦理有更深奥的价值判断。庄子认为人应该“不谴是非，以与世俗处”，“呼我牛也谓之牛，呼我马也谓之马”。唯有那些顺应自然规律的人，才能够游于社会中而不会受到伤害，就像游刃有余的庖丁一般。所谓“至人无己”，

---

① ［英］虹影：《英国情人》，北京十月文艺出版社 2011 年版，第 97 页。

只有在内在精神上取消自我，才可能“以无厚入有间”，也才能免于被伤害。《英国情人》中酣畅淋漓的激情与自由驰骋的精神，是作者对东西方文化资源的有机融合。小说结尾“血溅白帘”以神秘的写照揭示出一种对爱与激情的肯定，是对生命伦理的执着与坚守。

三　神秘写作的变异与转型

从中国上古神话到魏晋志怪小说，再到唐传奇以及元曲明清小说，直到中国现当代文学中，鬼神精灵的文学想象从未间断。女性作家尤其如此，法国女权主义思想家波伏娃指出过：“女人的心理状态，因袭了过去崇拜土地魔力的农业社会心理：她是相信魔术的。……她相信心电感应，相信星相术、催眠术、占卜、碟仙、千里眼；相信‘信则灵’；她的宗教信仰充满了原始的迷信；譬如蜡烛、符咒等；她相信圣人是古代自然界神怪的化身……她对人生的态度，同占卜或祈祷时的态度差不多。”[①]“女人不接受逻辑理论和道德规范……在她的生活领域里，处处都有魔术产生；而在她生活范围之外，则一切都神秘不可测。”[②] 考察其原因，除了作为艺术构思的表达手段，它还来自性灵的感悟与哲学上的形而上沉思、精神寻求与宗教信仰。它是非理性的或者说是理性无法解释但符合人性心理特征的超验现象。在新移民女作家创作中，这种神秘写作呈现出从鬼神到精灵的变异过程，背后是由于她们所持文化价值观的嬗变。

严歌苓写作风格以诙谐、幽默、嘲讽见长，着重剖析的是人性的善与美。在《雌性的草地》中，沈红霞是一个独特的女性。由于

---

① ［法］西蒙娜·德·波伏娃：《第二性Ⅱ》，郑克鲁译，上海译文出版社 2011 年版，第 385 页。

② ［法］西蒙娜·德·波伏娃：《第二性Ⅱ》，郑克鲁译，上海译文出版社 2011 年版，第 402 页。

崇高的理想和坚定的信念，她与其他牧马班的女子有了隔膜与分歧。始终伴随在她身边的是两位先烈的“鬼魂”：一个是三十年前就已经死去的陈芳，另一个是十多年前死去的青年垦荒队的陈黎明。小说中共有十六处写到他们之间的相遇和交谈，多是围绕奉献与牺牲、信仰与集体展开。沈红霞踏进沼泽，毁了双腿；长期夜间看护军马，双眼失明；不停地“哦呵”呼喊，哑了嗓音。在接连三天断粮的情况下，班长柯丹命令女子们吃草料来维持生命。沈红霞一再拒绝，并忏悔自己曾经偷吃过，目光坚定，面貌泰然。叙事者越是冷静严肃，就越显示出人物理念的荒诞性。沈红霞与“鬼魂”相伴，象征他们同处于地狱般的世界中。“地狱”是阴森、黑暗的；“雌性的草地”上阴沉、潮湿、冰冷而荒凉：“这块草地的自然环境是严酷的，每年只有三天是无霜期”，有“各种各样的危险：狼群、豺狗、土著的游牧男人。”① 不过在这“地狱”般的草原上，也有一点亮色，就是美丽的小点儿。她在沈红霞高尚精神的逼迫下走向死亡，连两个“鬼”都感到惋惜。小说对鬼魂的描述，主要还是体现了对人性的思考。

在张翎笔下同样出现过“鬼”与“灵”的描写。《金山》中，写到方得法儿时在水边，看到水中有个影子在引诱自己，他逃脱了；但他的儿子，多年后又看到水中的影子，却被水怪抓住。在《雁过藻溪》中，末雁带女儿回老家，女儿说看见死去的姥姥的身影等这些灵异现象的出现，增加了一种神秘性和恐惧感。《劳燕》中张翎以与灵魂对话的形式展开小说的讲述。从感性上讲，“鬼”是使人害怕的，但“灵”却让人豁然开朗，走向澄明。她在《劳燕》中写道：“活人是无法掌控自己的日子的，而死人则不然。灵魂不再受时间空间和突发事件的限制，灵魂的世界没有边界。千山万水十年百年的距离，对灵魂来说，都不过是一念之间。”② 小说通

① ［美］严歌苓：《雌性的草地》，春风文艺出版社 1998 年版，第 2 页。

② ［加］张翎：《劳燕》，人民文学出版社 2017 年版，第 7 页。

过三个男人的亡灵表达对女孩的敬慕与追悔，进而反思战争给人们带来的伤害。三个亡灵的聚会，都为阿燕。而阿燕和三个人的故事与其说是战争，不如说是习俗的愚昧与人性的脆弱。村里不允许女孩采茶，但阿燕认为："规矩是人定下的，又不是神灵定的。人到了难处，还不能求变通吗？"[①] 阿燕在战争中表现的刚强与胆识，使三个男人为之汗颜。值得继续追问的是，人如何克服自己的弱点？小说在写到阿燕读《圣经》的时候，道出了阿燕对宗教的疑惑：

> "上帝和菩萨都没有用，他们只管得住好人，却管不住坏人。"她说。[②]
>
> 有一把小匕首在我心里轻轻捅了一下。那一刻，我差一点想对她说：那天当我看到她躺在草丛里的样子时，我心里涌上来的，正是这句话。
>
> "他兴许管不了天底下的太平，可是他能管你心里的太平，只要你肯信。"我说。……斯塔拉当时没有，后来也没有，真正皈依基督，可是我总觉得她离上帝比我更近。[③]

小说借助虚构的神灵想象，探求了人怎样才能获得精神上的救赎这个问题。宗教固然是一种方式，但人最终需要的是自救。谈到宗教救赎，严歌苓的《寄居者》也很好地表达了这样一种思想——"我一直站在宗教的门外"，这固然可理解为文化隔膜，但也是对宗教的质疑。《寄居者》同样截取抗战时期小人物的生活进行描写，实际上探求的仍然是人性、救赎与文化之间的关系。杰克布被日本人逮捕，"我"在寻找他的过程中，发现他在犹太会堂。"我"站在会堂外面，听着他们诵经的声音：

---

① ［加］张翎：《劳燕》，人民文学出版社2017年版，第63页。

② ［加］张翎：《劳燕》，人民文学出版社2017年版，第90页。

③ ［加］张翎：《劳燕》，人民文学出版社2017年版，第91页。

> 我感到从未有过的孤单。我是个在哪里都溶化不了的个体。我是个永远的、彻底的寄居者。因此，我在哪里都住不定，到了美国想中国，到了中国也安分不下来。
>
> 而寄居在这里的彼得、杰克布、罗恩伯格却不是真正的寄居者。他们定居在这片雄浑的声音里，这片能把他们熔炼成一体的声音。
>
> 我站在西摩天路这座圣堂前面，一动不动。人能信着什么多好，没有国土也没关系，信仰是他们流动的疆土，嗡嗡的诵读缓缓砌筑，一个城郭圈起来了，不可视，不可触，而正因为它的不可视和不可触，谁也击不溃它。①

对杰克布来说，这是信仰的力量。“我”却站在门外，走不进去。以此来看，新移民女作家的宗教表达，是以宗教意象作为小说结构的一种方式。作品因此具有某种精神启迪的作用，但并不符合严格意义上的宗教伦理。这里显示了文化的差异性与不可调和性，但它并不妨碍人性相通。

第二节　佛教皈依与文学想象

虹影小说《阿难》紧紧围绕苦难与救赎、欲望与理智、精神升华与物质迷恋等主题展开，彰显出激情与个性、血腥与死亡、背叛与冷漠的阴郁美学特质，其中渗透着对苦难人生与灵魂救赎的审美诉求以及对现代文明的批判性反思。在众多的新移民女作家中，虹影小说以鲜明的批判风格见长，格调沉闷，却蕴含火山喷发前的熔岩涌动之力与美。

① ［美］严歌苓：《寄居者》，新星出版社2009年版，第152页。

一 “阿难”：苦难的象征

20 世纪 90 年代以来，受商品大潮冲击，越来越多的人投身于商海，物质追逐淹没了精神防岸。如何从欲望中解脱出来获得灵魂救赎，成为众多坚守人文阵线的作家、学者关注的话题。虹影小说《阿难》也正是出现在这个时候。人如何在欲望泥淖中获得救赎？小说主人公阿难，即苦难的象征体。他一路前往印度的过程，即寻求自我救赎的过程。阿难，是“我”帮助朋友寻找的对象。在小说前半部分，他基本没出现，他的事迹是通过他人转述而来。这篇小说看起来就像一段传奇、一个神话，巧妙的叙事模式营造了故事中的故事。阿难的出现，是在小说结尾。他以瞬间闪现的身影跃进恒河。阿难出生于历史上印巴分治时种族之间残忍仇杀的劫难中。他是一个苦难的经历者。在命运与生存之间，他顽强地生活着，并且养成了桀骜不驯的个性。他酷爱音乐，用歌声唱出他对生命的理解，艺术地寻求着生命的真实。但他的艺术生命并没有坚持到底。他后来涉入商海，改名为黄亚连，贪财好色，涉嫌命案，一度成为警察通缉的对象。但虹影并非在虚构玄幻或侦探故事。小说的整体氛围是关于宗教与信仰。商人黄亚连，是一个沉沦阿难的变体。阿难转变为黄亚连，根本原因在于他内在精神的丧失。小说进而探寻的是丧失的精神个体该如何得以自救的问题。小说结尾，阿难回到印度，回到舞台，寻回他的歌声，其实是寻回了自我。阿难从此完成了对生命苦难的超越。

需要进一步分析的是小说中苏菲的形象。苏菲是一个欲望的化身。她是一个引诱者，她使阿难走向堕落。但小说叙事者并没有否定她的行为，反而通过她，在欲望与信仰之间展开了一场博弈。苏菲就像古希腊神话中的卡吉雅，肌体丰盈、漂亮美丽而性感十足。而且，她富有心计，热情智慧。苏菲的管理能力非常强，拥有巨额财富，是一个成功的商人。她以富有、美丽与智慧把阿难引进商海。但小说叙事的声音传达出，她不能被看成一个淫欲、邪恶的女子。刘小枫在《沉重的肉身》中讲述一个古希腊神话故事，并对这个故事进行了精彩分析。赫拉克勒斯有一天看见有两个女人向自己走来，一个是卡吉雅，另一个是阿蕾特。卡吉雅说："我会领你走在最快乐、最舒适的人生路上。"① 阿蕾特说："我带给你的生活虽然沉重，却很美好。"② 这个故事"经过苏格拉底的叙事，卡吉雅的身体向赫拉克勒斯期许的感官的适意、丰满和享受就成了'邪恶、淫荡'，阿蕾特的身体期许的辛劳、沉重和美好就成了'美德、美好'"。"为什么同样是女性的身体，苏格拉底这个男人要通过叙事编织的言语织体来区分丰盈的轻逸和美好的沉重?"③ 直到今天，我们也会想当然地认为，阿蕾特是个好女人，卡吉雅是个坏女人。"你应该和阿蕾特一起"就成为一种无意间的道德律令。刘小枫以这个故事指出俗成的道德规范并不是生来如此，而是历史话语造成的，现代自由伦理意味着的是"一种生命的感觉"④。这样看来，阿难选择苏菲也没有错。苏菲的形象使这部小说更吸引人，更具人性深度。

从叙事结构来看，《阿难》是多视角、多线索的。除了前述阿难、苏菲的经历，还有关于"我"的经历。"我"充满了对死亡的恐惧。小说写道："我这个中篇叫《鹤止步》。听什么类型的音乐，跟我追求的气氛有关。……我如果要写出我自己，我生命中最珍贵的忧郁，恐怕只有听阿难的歌了。"⑤ 作品中"我"的思考，是对阿难心路的补充。一体两面的叙述方式传达了一种寓意，一种对现实的否决与精神上的突围。"我"是个不幸的女子，丈夫的冷漠与父亲的死亡构成了"我"的梦魇记忆。睡梦中常常有个"黑衣人"

---

① 刘小枫：《沉重的肉身》，华夏出版社 2012 年版，第 76 页。

② 刘小枫：《沉重的肉身》，华夏出版社 2012 年版，第 77 页。

③ 刘小枫：《沉重的肉身》，华夏出版社 2012 年版，第 77—78 页。

④ 刘小枫：《沉重的肉身》，华夏出版社 2012 年版，第 74 页。

⑤ ［英］虹影：《阿难》，文化艺术出版社 2006 年版，第 39 页。

向“我”走来。这个意象其实是内心恐惧的表征。然而，叙事者“我”对死亡的意识并非完全惧怕。在一个一个梦魇过后，“我”反而坦然，而且能够直面死亡甚至拥抱死亡，“我”彻悟到“向死而生”的生命境界。小说第一章是“遗言”，是“我”自杀前的心迹，是“我”选择死亡时的快感呈现。黑色死亡带来的是对社会、人生、世界的反思。关于死亡的文学叙事，有学者指出：“死亡促使人沉思，为人的一切思考提供了一个原生点，这就有了哲学。死亡促使人超越生命的边界，臻求趋向无限的精神价值，这就有了伦理学。当人解开死亡的奥秘，洞烛了它的幽微，人类波澜壮阔的理想便平添上了一层崇高的美。这就是死亡的审美意义。”[①] 小说中三个人物各自独立，又互相纠结。黑色死亡弥漫在文本中，在黑色之下涌动的激情与个性像地火一样要喷射而出，两种力量扭结造成了美学上的张力，带给人的是对真理的执着求索。苏菲是欲望的化身，苏菲与阿难，犹如靡菲斯特与浮士德。“我”是精神存在体，苏菲与阿难在显性层面上一致，“我”与阿难则为隐性层面的统一。“我”与苏菲分别代表阿难的两面，即神性的追求与肉身的欲望。小说对阿难的人性书写是丰满的，苦难磨炼、欲望追逐、罪感意识集中在他的身上。这意味着个体都面临着各种经历与磨炼，也体验着内在灵魂的煎熬、搏击与探寻。从本质上来说，生命是虚无与孤独的，但虹影赋予之拜伦式的恶魔之美，展现了对世俗污垢的厌恶以及对生命至真至善的赤诚追求。

二 恒河水：灵魂升华与欲望本能

罪感、苦难与救赎是《阿难》的主题。阿难、苏菲、“我”、孟浩等小说中主要人物最后都会集在印度恒河边上。小说开始，“我们”为寻找阿难，就分别向这个地方行进。在这个过程中，

---

① 陆扬：《死亡美学》，北京大学出版社2006年版，第2页。

"我"逐渐悟出一些佛韵禅理。生活在现代世界里，我们欲念不断，负债累累，精神贫瘠。李洁非在《为何去印度——对虹影〈阿难〉的感思》中指出："阿难是一个精神危机的象征；这种危机，部分是他作为一个人或一个个体的存在危机，部分则作为一个缩影，以反映置于全球化和现代性背景下的中国文化的厄难。"① 这种评析可谓一语中的。处于社会转型期，大多数的人都像无头的苍蝇，被裹挟在商品经济的洪流中，顺潮而下。《阿难》有着强烈的现实隐喻与文化指涉。人类在面对物质功利时，往往会沉迷其中，但又设法超越。在历经现实苦难后，多数人最终会依归宗教。然而，宗教能彻底拯救绝境中的人吗？人们寻找宗教，只是寻找某种精神的支撑与依托。它并不能成为人类的最终避难所。小说中写道："他们（阿难及其舅舅）是印度教的叛逆，正像耶稣是犹太教的叛逆，佛陀是吠度教的叛逆一样。但他们又是恒河的崇拜者，他们渴望一种超脱，用来摆脱灵魂的漂泊无依，却没有找到可以皈依的主。""他们明白，现存的宗教都无法解救任何人，只有用自己孤独的手度脱世代的罪孽。"② 这里显示的似乎是对小说信仰主题的消解，但意义也正在这种消解中重新诞生。寻找信仰与坚持叛逆构成虹影小说的内在结构。小说最后的"章外章"颇有寓言性，个体欲望的沉浮与大时代的堕落腐败不无关系，个体灾难实际上是一场社会隐喻；个人在无尽的苦难中，面对死亡与恐惧，在音乐的销魂与醉生梦死中寻求安慰，不过一切无济于事。于是，自救者最终寻到宗教的皈依，当"莲花"盛开，他们看到了希望。然而，小说继续写道："下一世我们将是最卑贱的虫豸，我们将是蜘蛛，永远在一起，你是那种'黑寡妇'似的贪婪的雌蜘蛛，我将让你吞食我，一口口撕咬吞进你的身体，在一场忘情的交合之后。"③ 前生后世的轮回想象

① 李洁非：《为何去印度——对虹影〈阿难〉的感思》，《南方文坛》2002 年第 6 期。

② ［英］虹影：《阿难》，文化艺术出版社 2006 年版，第 219 页。

③ ［英］虹影：《阿难》，文化艺术出版社 2006 年版，第 249 页。

中，作者所指出的，不是佛教中的因果报应，而是对人性欲求的肯定。但这种肯定是经过否定之否定后的曲折上升，这种人性交合已经升华，是超越一切物质欲望后灵魂的碰撞。在这里，我们看虹影创作的思想资源与精神传承，它与西方文学中的《神曲》《浮士德》的基本主题与人性写照一致。那种对人性的尊重，但又认为人当受到某种约束。当然，她描绘的是一个东方的故事，故事结尾处所有人物都汇集到佛教圣地朝圣。佛教在东汉末年传入中国本土，与中国儒道文化结合。《阿难》是一代中国人心中的故事和向往。如乐黛云所指出："这部小说不管是在形式和内容的结合上，在哲学和宗教的结合上，在艺术和人生的构思上都很突出，它探索人的灵魂和归属，有很高的品味。"[①] 在世纪末的文化反思中，学者聚焦文化融合与伦理转向的问题，做了很多颇有见地的论述。虹影在竭力寻求宗教信仰的价值庇护，同时推崇个性精神解放。这是新移民女作家对中西文化精髓汇通的印证，也是新移民女作家移民海外后对中西文化伦理审视而得的结果。虹影凭着自己执着的个性与认知，对宗教的态度既皈依又叛逆，在建构中消解，在消解中重构，同时思考人性的规约与释放。在创作方法上，她恰当地借用了宗教元素作为小说的叙事方式。

第三节　意象营造与心灵寄托

意象作为一种思维方式，是人类对世界认知的把握，也是人类深层文化结构的体现。作为神话—原型理论的集大成者，弗莱根据原型的意义把西方文学原型分为三大类，即神启意象、魔怪意象与

① 乐黛云：《中国式的后现代小说——评虹影的新作〈阿难〉》，《涪陵师范学院学报》2007 年第 1 期。

类比意象。他认为：“神谕的世界：即宗教中讲的天堂。”[①] 比如园圃、农场、树林、公园、庙宇、鸽子等皆可用来隐喻神的世界。而“与神谕的象征相反的，是表现被人类欲望彻底鄙弃的世界，这是噩梦、劫难、奴役、痛苦、迷惘的世界……”[②] 比如，地狱、鬼魂、荒原、监狱等。第三类属于类比意象：“诗歌中大多数形象所描绘的两个世界并不如此极端，远不像通常反映成天堂与地狱二者那样永恒不可更改。”[③] 比如水、火等自然意象，羊、马等动物意象。本章关于意象营造的相关论述，是以弗莱的原型神话批评中的意象分析作为理论依据的。

一　狼狗马猫等动物隐喻

“草地”属于空间意象范畴，它苍茫空旷、藏污纳垢。在草地上，有着各种各样的野生动物出没。狼、狗、马是常见的野生动物。《雌性的草地》中对狼、狗、马的描绘别有意味。有一天“叔叔”与沈红霞带回来一只母狗，名曰姆姆。姆姆生下三只小狗，其中两只被狼吃掉了，第三只被冻死。老母狗每天早出晚归，终于找到了吃掉狗崽的狼。这是有五只狼的一家子。姆姆跟踪公狼，在公狼咬死一只羊的时候，姆姆狂吠引来人群捕获公狼。母狼不得不为幼狼去觅食，但母狼在吃野兔的时候中了人们布置的铁夹。姆姆终于找到了报复狼的机会，它一口气跑到狼窝，吃掉一只小狼崽。就在它准备吃掉另外两只的时候，两只小狼崽滚在它的怀里，唤起了它母性的本能。从此，它哺育这两只小狼。狼性一般来说是恶劣、凶残的。姆姆做的是一件名副其实的“引狼入室”之事。姆姆养的

---

① ［加］诺斯罗普·弗莱：《批评的解剖》，陈慧等译，百花文艺出版社 2006 年版，第 199 页。

② ［加］诺斯罗普·弗莱：《批评的解剖》，陈慧等译，百花文艺出版社 2006 年版，第 208 页。

③ ［加］诺斯罗普·弗莱：《批评的解剖》，陈慧等译，百花文艺出版社 2006 年版，第 214 页。

两只狼，一只名为憨巴，一只名为金眼，它们与人共处。当长大以后，金眼彻底消除了狼性，呈现出狗性的忠诚、温厚。但憨巴凶性毕露，它不仅回归狼群，而且带领狼群攻击人类。狼性的凶恶与狗性的忠实，以及狼性与狗性在某种环境中互变的特性，实际上都是对人性的剖析与探知。从憨巴的立场来看，金眼完全转化具有了狗性。从某种意义上说，它同样是对自己本性的背叛。《雌性的草地》中还有一只“红马”引人注目。“马”一般是志向与意志力的象征。沈红霞把牧马作为自己的光荣责任。她一次次地驯服马，一次次地被马拖着在沙石的地上奔跑。沈红霞把所有的情感用在马的身上，实际上是变相的情感寄托。这里，“马”就不仅是意志力的表征，而且隐喻着人与动物之间情感的交流。沈红霞用自己的洗澡水喂马。马似乎有知觉：“它又慢慢屈下颈子，舔着沈红霞的脸，舔那满脸的泪水。”[①] 在与马永别的时刻，也是小说结尾处，沈红霞顺应了自己的本性。严歌苓在这篇小说的序言中曾谈道：“一切生命的‘性’都是理想准则的对立面。‘性’被消灭，生命才得以纯粹。这似乎是一个残酷而圆满的逻辑。”[②] 小说通过“马”“狗”等动物性的描述，着力探讨的依然是人性本身。《陆犯焉识》中人狼搏斗，远没有了大草原上的凶残，而是多了戏剧性的场面。陆焉识被流放到西北荒原上，因为思念女儿，想去电影院看一下屏幕上的女儿（女儿是演员）。在回来的途中，却碰上了四只狼。这又是一家子狼。一个人与四只狼搏斗，人肯定输。但焉识走路出汗湿了衣衫，遇上冬雪，冻结成冰，狼啃了一层都没咬到他。又因为喝酒、醉酒、吐酒，狼吃了陆焉识吐出来的酒，晕睡了过去。这种夸张性、戏剧性的背后，是对爱父念女心切的真实写照。《爱犬颗勒》写狗的出生、成长、恋爱到死亡，隐喻人的一生。在狗性的对照下，揭示人性的冷酷、自私。四个月的狗与我们十四五岁的年龄一

---

① ［美］严歌苓：《雌性的草地》，陕西师范大学出版社 2008 年版，第 358 页。

② ［美］严歌苓：《雌性的草地》，陕西师范大学出版社 2008 年版，第 5 页。

样，都处于青春期，正当花季年华，却被人活剥吞吃。《黑子》借猫来隐喻人性，它懂得穗子对它好，为穗子偷来了年夜腊肠饭。可是，这么善解人意的猫却被人用火钳活活地烫死。严歌苓不动声色的冷静描绘，揭示出人性的阴暗与自私。

二　阁楼、大海等空间文化隐喻

严歌苓在移民题材的小说中依然运用启示意象，探求生命意识的焦灼、躁动、不安和压抑。在对异质文化语境下生活的描述中，她对意象的选择少了几分“神话”质素，更多是借助日常生活的意象，描写主人公的现实经验和心灵震颤。其中夹杂着对东西方文化的矛盾、冲突与博弈的思考。“阁楼”在空间结构上处于“悬置”状态，隐喻离散在异国游子的孤独感、无根感和飘零感，也预示主人公在极度郁闷状态下导致自杀的结局。小说《青柠檬色的鸟》中名叫“洼”的主人公在少年时代来到美国。他一生暗恋着楼上的同胞香豆。可是当他去旧金山旅行回来后，香豆已死。于是，洼陷入追忆与想象中。陪伴他的是香豆留下的八哥与楼上新搬来人家的小男孩佩德罗。佩德罗陪伴洼的原因是喜欢听八哥的叫唤，洼需要佩德罗为自己读“成年人读物”。洼在小男孩单调的童音中，想象着香豆的身体。八岁的佩德罗并不懂得他所读的内容，“但他的本能是懂的”[①]。他在洼的意淫中隐约感到受骗，无形的冲突横隔在他们之间。有一天，佩德罗邀请几个小朋友来听八哥叫唤自己的名字，可是，八哥的沉默使佩德罗恼羞成怒，举起和自己一样重的木棍向八哥打下去，而把八哥当作香豆的影子的洼拼命保护。佩德罗“瞄准那鸟便抡过木棒，却听见洼闷闷的一声‘哎哟!’佩德罗看见无数根血注从洼的老脸上流下来，灰色眼镜摔在地上，成了两只空洞的眼眶。男孩愣住了，他就那么愣愣地看着这个中国老头在越来越

① ［美］严歌苓：《白蛇·橙血》，春风文艺出版社1998年版，第377页。

大的血泊中抽动，发出他听不懂的哀怨之声”①。小男孩对洼的伤害看似无意，其实在潜意识中早有抵触。他们在一起只是相互利用而绝无友善，语言与文化上的隔膜如他们年龄般悬殊。眼镜碎裂处，幻想也随之破碎，空洞的眼眶意味着生活本身的空洞。《屋有阁楼》中申牧清跟随女儿在国外生活。申牧清非常看不惯西方人待人接物的习惯。女儿的男朋友保罗，常常到了门口不进门，在已经开了的门上叩一叩。女儿申焕认为保罗的这个动作是出于礼貌，但申牧清不以为然。保罗当着申牧清的面把申焕抱进怀里，申牧清感觉浑身起“鸡皮疙瘩”。申牧清对西方文化充满陌生感与拒斥感，于是就出现了申牧清和保罗对申焕的无形争夺。因为住房紧张，申牧清晚上睡在“阁楼上”。听着客厅里女儿与保罗的说笑声，他总以为女儿在遭受性虐待。这种感觉让他失眠，以致他需要吃安眠药才能入睡，后因服用过量安眠药导致死亡。与其说他担心女儿被虐待，不如说他在心理上受到极大压抑。福柯在《性经验史》中说：“我们的文明需要并且组织了一个庞大的、喋喋不休的制造与性有关的话语的机器。”② 在这里，“性”概念不是生理的，而是一种历史与社会现象，它被纳入权力机制之中，引导人们在性中实现自己。“权力”也不同于我们习惯上理解的宏观性的政治层面上的概念，而被称为“微观物理学”，它不是君主权力，也不是某个阶级与党派的权力，而是诉诸我们的个体经验。权力“不应被看作是一种所有权……这是一种被行驶的而不是被占有的权力”，“每一点都发生冲突、斗争，甚至发生暂时的权力关系的颠倒”③。

《青柠檬色的鸟》《屋有阁楼》中都出现“阁楼”。“阁楼”作为一个意象，能把艺术想象引向超历史、超社会的哲理层面。正如

---

① ［美］严歌苓：《白蛇·橙血》，春风文艺出版社 1998 年版，第 380 页。

② ［法］米歇尔·福柯：《性经验史》，佘碧平译，上海人民出版社 2000 年版，第 28 页。

③ Michel Foucault, Translated by Alan Sheridan, *Discipline and Punish*: *The Birth of the Prison*, New York: Vintage Books, 1995, p. 29.

严歌苓所言："人在寄人篱下时是最富感知的。杜甫若不逃离故园，便不会有'感时花溅泪'的奇想；李煜在'一朝归为臣虏'之后，才领略当年的'车如流水马如龙'，才知'别时容易见时难'；黛玉因寄居贾府，才有'风刀霜剑严相逼'的感触。寄居别国，对一个生来就敏感的人，是'痛'多于'快'的。"[①] 在这"痛"中，包含着文化的陌生感与身份认同的焦虑感。《海那边》中泡与李迈克的相互期盼，其实注定了悲剧结局。对"海那边"的仰望等于等待"戈多"。《无出路咖啡馆》《集装箱村落》皆隐喻无所逃遁的困境。如果"集装箱村落"是因封闭而找不到出路，而"咖啡馆"却是在敞开的空间里无处可走，所以截然相反的意象却有着同样的所指。"大海"这个意象实际上以寓言的方式表现了主人公真实的内在感受，戏剧性地展现了虚与实、异与同之间内含的张力。"大海"在其笔下成为具有异国色彩的精神寄托。"海这边"是主人公所能感知的经验世界，而"海那边"则是憧憬的梦想世界。一般而言，同质的东西不会产生美感，而唯有遥远的、异质性的东西才能够成为悲剧痛感的源泉。"海那边"并不是静止地存在于主人公的内心世界，而是能动地存在于主人公的精神深处。所以，"大海"成为想象和真实的"阻隔"，隐喻永远无法超越的"距离"。

严歌苓并不仅仅在描写异域中的窘境，她的独特思考在于移民固然有不能融入的孤独、困境和失败。但融入之后又会怎样？《集装箱村落》里麦克·李"是十一岁跟着父母从香港移民到美国的，性格却比美国人更热闹。从十一岁起，他有意无意地对中国人的含蓄和内向开始矫枉过正"[②]。偶然一次路过集装箱村落，邂逅能歌善舞的女孩玛利亚，他口头承诺带玛利亚走出集装箱。一句戏言成为小女孩一生的美好憧憬，结果却是无期的空等。这里的"教堂只有一间教室那么大，里面什么也没有，连基督的画像也没有"。尽管

---

① ［美］严歌苓：《洞房·少女小渔》，春风文艺出版社 1998 年版，第 340 页。

② ［美］严歌苓：《吴川是个黄女孩》，陕西师范大学出版社 2009 年版，第 242 页。

如此，却“是人们在道德和法律中给自己留出来的休假地”[①]。已经美国化的麦克·李早已没有故国情怀。小说中饶有意味的是：相比本土的美国人，如李早一类的美国化的中国人对同胞的态度更加冷漠。中外之间形成的对照关系彰显出了移民者精神裂变后的怪异形象。令人深思的是，“第三种文化”对母国文化、异国文化的融合，在多大程度上能产出一个合乎人性的理想文化结晶？“第三种伦理观”又如何能在某一个体生命中恰切地反应自如？其实，文化融合与伦理突破，也许只是一种文化理想。只有扎根于本民族立场的文化伦理，进而结合异国的优秀文化资源，才能蜕变出更人性化的文化图景。人们发现：儒学在全球化过程中越来越显示出它的重要性。雅斯贝尔斯在《大哲学家》中提出，历史上有四大伟人，即柏拉图、孔子、释迦牟尼与耶稣。孔子所提倡的关于个人与家庭、家庭与社会、社会与宗教、宗族与乡里、列国与天下等相辅相成的伦理关系，在“文明冲突”的文化背景下，显示出它的重要性。20世纪初以来，我们一直在追随西方传统，而在今天，也许我们应该停下来思考一下非西方传统。两种传统应该同样成为世界文明的宝贵资源。

---

① ［美］严歌苓：《吴川是个黄女孩》，陕西师范大学出版社2009年版，第243页。

结　语

落笔之处，甚感遗憾与不足。言尽而意未穷，初始宏阔的构想，到头来如此贫瘠。好在“结束也是新的开端”，望有阅此拙著者给予严厉批评并指正，在此先谢过！拙著从存在伦理、情爱伦理、家族伦理、革命伦理、技术伦理、教育伦理与宗教伦理等伦理叙事分析到最后叙事伦理的方法，论及新移民女作家创作的文化立场与伦理诉求，力争发掘新移民女性创作特征及其对当下文坛的贡献与意义。新移民女作家脱颖于世纪之交，身处异质文化语境中，切身感受到全球化时代的文化危机。她们汲取中国古典文化与“五四”新文化以及异域文化的思想资源，对国家、民族、家庭、性别、个体乃至宗教等各种文化之间的深层差异有着最为直接的感知与思考。一百年前陈独秀指出：“伦理的觉悟，为吾人最后觉悟之最后觉悟。”先贤提出以道德为中心的伦理变革是文化转向中的结构性变化，它意味着人们价值观念、处世原则、思维方式、心理结构、审美趣味等诸多方面“质”的裂变以至最后转型。在今天，就区域文化而言，不同国别、不同地区文化的发展互相冲击与交汇；就历史文化而言，古代、近代、现代、后现代的不同文化思想交汇共生。诸多价值观撕裂人们亘古不变的道德底线，一切都处在“转向”与“变迁”的动态过程中。与一百年前的文化裂变相比较，有过之而无不及。众多问题纷至沓来，在“众生喧哗”时代，文化与伦理将遭遇怎样的变异？某一文化应该如何充分汲取异质文化特质并且很好地保存本土文化？民族传统文化又如何能够创造性地进行现代性转化？在文化创新的同时，如何能不忘初心，始终把道德伦理作为社会文明前进的核心要素？面对如此巨大的社会与思想难题，文学该怎样进行叙述？19 世纪，在德国以阿多诺、霍克海默等人文学者为代表组成的法兰克福学派开始反思启蒙“现代性”的悖论，对现代工业文明进行了全面而深刻的批判。与此类似，中国当下也正在遭到商业消费文化的侵袭，面临道德伦理重建的难题。

在人文学科研究中，道德伦理始终是该领域的核心命题，它直接关涉人类的情感与人性本身。对道德伦理的思考，哲学、伦理学都以理论性的抽象方式进行，而文学则以艺术形象进行传递，它以寓言、隐喻等方式让读者得到审美愉悦与深度思考。所以，以文学来反映不同文化伦理之间的差异更富有艺术感染力；反之，从文化伦理的理论视角去分析文学作品中的伦理关系，也更能反映一个作家的思想深度与价值准则。作家的创作是否拥有厚重的思想内涵，与他能否坚持深广的人道伦理密切相关。新移民女作家恰逢其时地出现，她们以创作实绩展示当代世界文化的崭新面貌，并透露出非常特异的文化意识与伦理立场。她们在跨文化、跨地域、跨时代的基础上，以强烈的女性意识来审视传统与历史、东方与西方、社会与人类、种族与民族、性别与文化等关系。她们通过描述不同文化中的各种伦理关系来反映离散的、边缘的、糅合的文化形态与其中的人的生存/存在姿态，充分显示现代女性主体意识与女性自我言说的事实，“我在说”而不是“被说”，“我是谁”而不是“我不是谁”。面对不同伦理内涵的各种文化景观，她们在经历文化冲突与融合后逐渐形成“第三种文化伦理观”。这种文化伦理思想的新变与全球背景下文化伦理的转向形成了某种契合点。所以从文化伦理视域来观审新移民女作家创作有其现实文化意义与伦理逻辑依据。反之，将新移民女作家的创作放置于文化伦理视域中来分析，使之具有了理论性与学术性。当然，新移民女作家目前还是一支新生力量，她们的艺术表现尚处于“未完成”状态。学界同人对其整体评估尚无定论。但正因如此，对这个领域的研究，仍然存在无比广阔的空间。它将为中国文学增添新的学术增长点，对中国传统文化的传承与创新、对东西文化的融合与会通起到重要的推动作用。然而，由于伦理侧重于对道德的研究，故伦理之学包含范畴非常大，涉及的内部分类也比较宽泛，其中涉及伦理学、哲学、美学、文学、社会学、文化学等多个领域。这远远超出了拙著的内容与笔者的能力。但就伦理道德与文学研究而言，什么样的行为是善的？如何追求一种善的生活方式？文学当进行怎样的表述？文学研究当怎样展开？人类轴心文明时代以降，一些文化先贤就不断思考这些问题。至今没有确定的答案。如果说伦理的核心要素关涉善的建构，那么文学则是情感的凝结、心灵的外化。艺术形象的情感力量能够给读者带来美的启示。伦理一般关涉“何谓善”的问题，而审美对象是开放的，具有多层次内涵。文学是一种生存论或者世界观的表达，它体现的是对超验世界的绝对感性的追求。附在审美对象上的价值不仅仅是善的问题，而是作为对象的价值或者说作为现象本身的价值。审美对象凝结着作家的感性经验、想象能力以及虚构能力。艺术的价值不仅具有原生文化的个体性，而且具有人类的普遍性。它是艺术想象力和情感力量的凝结，是对读者心灵的启示和精神的震荡。审美的价值就在这种碰撞或者影响中，触动了我们精神的柔软处。所以审美研究除了挖掘伦理内涵外更应该注重思想的批判性。中国现代文学中，鲁迅文本最具审美性与批判性。鲁迅的深刻源于他思想的复杂和怀疑精神，更源于对现代社会的批判性思考。鲁迅希望中国能够实现现代化转型，从一个压抑人性的封建社会转变为能够体现人格独立的现代社会。面对传统的强大与黑暗势力的包围，他以战士的姿态向“无物之阵”扔出投枪，展示了伟大作家应该具有的理性精神与批判锋芒。所以，文学研究必须注重对艺术作品批判精神的回应，如此才真正契合审美研究的内在规律，才可能诞生真知灼见的批评出来。今天，新移民文学借助特有的海外经验，在伦理思想与文化观念上已向前迈了大大的一步，这是值得庆贺的。但论及其审美意义，尚需努力。拙著需改进的地方还很多，前途路漫漫，唯上下求索！

是为结语！

参考文献

中文专著

白杨：《台港文学：文化生态与写作范式考察》，吉林大学出版社 2009 年版。

白杨：《中华文化与华文文学的新视野》，长春出版社 2018 年版。

鲍晓兰：《西方女性主义研究评介》，生活·读书·新知三联书店 1995 年版。

曹惠民：《多元共生的现代中华文学》，中国华侨出版社 1997 年版。

陈晓明：《表意的焦虑——历史祛魅与古代文学变革》，中央编译出版社 2002 年版。

陈思和：《新文学传统与当代立场》，山东教育出版社 1999 年版。

陈少峰：《中国伦理思想史》，北京大学出版社 1996 年版。

程文超：《欲望的重新叙述——20 世纪中国的文学叙事与文艺精神》，广西师范大学出版社 2005 年版。

陈晓辉：《当代美国华人文学中的“她”写作》，中国华侨出版社 2007 年版。

陈序经：《中国文化的出路》，岳麓书社 2010 年版。

蔡元培：《中国伦理学史》，东方出版社 2012 年版。

陈寅恪：《学术文化随笔》，中国青年出版社 1996 年版。

程国君：《全球化与新移民叙事——〈美华文学〉与北美新移民文学研究》，科学出版社 2017 年版。

杜维明：《文化中国》，北京大学出版社 2016 年版。

陈公仲：《离散与文学》，花城出版社 2012 年版。

陈公仲：《新移民文学的里程碑》，百花洲文艺出版社 2016 年版。

顾圣皓、钱建军：《北美华文文学的历史与现状》，暨南大学出版社 1999 年版。

高鸿：《跨文化的中国叙事——以赛珍珠、林语堂、汤亭亭为中心的讨论》，上海三联书店 2006 年版。

高小刚：《乡愁之外：北美华人写作中的故国想象》，人民文学出版社 2006 年版。

古远清：《世界华文文学研究年鉴》，武汉大学出版社 2018 年版。

黄万华：《美国华文文学论》，山东文艺出版社 2000 年版。

黄万华：《传统在海外：中华文化传统和海外华文文学》，山东文艺出版社 2006 年版。

何怀宏：《伦理学是什么?》，北京大学出版社 2002 年版。

侯文宜：《当代文学观念与批评论》，中国社会科学出版社 2007 年版。

洪子诚：《问题与方法——中国当代文学史研究讲稿》，生活·读书·新知三联书店 2015 年版。

金健人：《小说结构美学》，浙江文艺出版社 1987 年版。

金进：《冷战与华语语系文学》，复旦大学出版社 2019 年版。

江少川：《海山苍苍——海外华裔作家访谈录》，九州出版社 2014 年版。

雷永生：《东西文化碰撞中的人：东正教与俄罗斯人道主义》，华夏出版社 2007 年版。

李贵苍：《文化的重量：解读当代华裔美国文学》，人民文学出版社 2006 年版。

李银河：《同性恋亚文化》，今日中国出版社 1998 年版。

李小兵：《美国华人：从历史到现实》，四川人民出版社 2003 年版。

李欧梵：《中西文学的徊想》，江苏教育出版社 2005 年版。
李凤亮：《诗·思·史：冲突与融合》，商务印书馆 2006 年版。
李诠林：《漂泊的汉学》，上海三联书店 2012 年版。
李银河：《李银河自选集——性、爱情、婚姻及其他》，内蒙古大学出版社 2007 年版。
刘登翰：《华文文学的大同世界》，花城出版社 2012 年版。
刘俊：《从台港到海外——跨区域华文文学的多元审视》，花城出版社 2004 年版。
刘俊：《跨界整合——世界华文文学综论》，新星出版社 2005 年版。
刘俊：《复合互渗的世界华文文学》，花城出版社 2014 年版。
刘小枫：《这一代人的怕和爱》，华夏出版社 2007 年版。
刘小枫：《沉重的肉身》，华夏出版社 2007 年版。
刘小新：《华文文学与文化政治》，江苏大学出版社 2011 年版。
刘艳：《严歌苓论》，作家出版社 2018 年版。
林大中：《九十年代文存 1990—2000》下卷，中国社会科学出版社 2001 年版。
梁漱溟：《中国文化要义》，上海人民出版社 2011 年版。
鲁迅：《鲁迅全集》第一卷，人民文学出版社 1981 年版。
陆士清：《血脉情缘》，花城出版社 2012 年版。
鲁枢元：《精神守望》，上海东方出版中心 2004 年版。
鲁枢元：《生态文艺学》，陕西人民教育出版社 2000 年版。
陆卓宁、王烈耀：《边缘诉求与跨域经验》，花城出版社 2016 年版。
陆扬：《死亡美学》，北京大学出版社 2006 年版。
罗钢、李应志：《后殖民主义：人物与思想》，北京师范大学出版社 2015 年版。
罗刚、刘象愚：《后殖民主义文化理论》，中国社会科学出版社 1999 年版。
栾梅健：《二十世纪中国文学发生论》，广西师范大学出版社 2006

年版。
孟悦、戴锦华：《浮出历史地表》，中国人民大学出版社2004年版。
孟繁华：《众神狂欢——世纪之交的中国文化现象》，中国人民大学出版社2009年版。
彭志恒：《海外中国：华文文学和新儒学》，花城出版社2005年版。
钱理群：《返观与重构——文学史的研究与写作》，上海教育出版社2000年版。
饶芃子：《比较文学与海外华文文学》，复旦大学出版社2011年版。
沈善洪、王凤贤：《中国伦理思想史》，人民出版社2005年版。
《四书五经》：岳麓书社2016年版。
宋希仁：《西方伦理思想史》，中国人民大学出版社2010年版。
宋晓英：《身份的虚设与命运的实存》，中国社会科学出版社2016年版。
苏桂宁：《宗法伦理精神与中国诗学》，上海三联书店2002年版。
孙隆基：《中国文化的深层结构》，广西师范大学出版社2011年版。
万俊人：《现代西方伦理学史》，北京大学出版社1997年版。
王晓明：《中文世界的文化研究》，上海书店出版社2012年版。
王海明：《新伦理学原理》，商务印书馆2017年版。
王列耀：《趋异与共生——东南亚华文文学新镜像》，中国社会科学出版社2011年版。
王德威：《想象中国的方法：历史·小说·叙事》，生活·读书·新知三联书店1998年版。
韦政通：《伦理思想的突破》，中国人民大学出版社2005年版。
吴奕锜、陈涵平：《寻找身份——全球视野中的新移民文学研究》，中国社会科学出版社2012年版。
邢昺：《论语注疏》，北京大学出版社1999年版。
杨义：《中国叙事学》，人民出版社1997年版。
杨国荣：《思想与文化——伦理学关键词》，华东师范大学出版社

2014 年版。
杨匡汉：《中华文化母题与海外华文文学》，长江文艺出版社 2008 年版。
杨庆祥：《80 后：怎么办?》，北京十月文艺出版社 2015 年版。
叶舒宪：《神话—原型批评》（增订版），陕西师范大学出版社 2011 年版。
袁伟时编：《告别中世纪：五四文献选粹与解读》，广东人民出版社 2004 年版。
乐黛云、张辉：《文化传递与文学形象》，北京大学出版社 1999 年版。
叶舒宪：《文学与人类学——知识全球化时代的文学研究》，社会科学文献出版社 2003 年版。
赵林、邓守成：《启蒙与世俗化：东西方现代化历程》，武汉大学出版社 2008 年版。
赵稀方：《小说香港》，生活·读书·新知三联书店 2003 年版。
赵稀方：《历史与理论》，花城出版社 2014 年版。
赵稀方：《翻译与现代中国》，复旦大学出版社 2018 年版。
詹石窗：《道教文化十五讲》，北京大学出版社 2012 年版。
张炯：《世界华文文学与中国》，花城出版社 2012 年版。
张福贵：《惯性的终结——鲁迅文化选择的历史价值》，吉林大学出版社 1999 年版。
张京媛：《后殖民理论与文化批评》，北京大学出版社 1999 年版。
张京媛：《当代女性主义文学批评》，北京大学出版社 1992 年版。
张颐武：《在边缘处追索：第三世界文化与当代中国文学》，时代文艺出版社 1993 年版。
张学昕：《穿越叙述的窄门》，复旦大学出版社 2013 年版。
张祥龙：《家与孝·从中西间视野看》，生活·读书·新知三联书店 2017 年版。

朱国华：《文学与权力：文学合法性的批判性考察》，华东师范大学出版社 2006 年版。

朱崇科：《华语比较文学：问题意识及批评实践》，上海三联书店 2012 年版。

朱光潜：《悲剧心理学——各种悲剧快感理论的批判研究》，人民文学出版社 1983 年版。

朱立立：《身份认同与华文文学研究》，上海三联书店 2008 年版。

朱寿桐：《汉语新文学通史》，广东人民出版社 2010 年版。

朱文斌：《东南亚华文诗歌及其中国性研究》，浙江大学出版社 2018 年版。

杨匡汉、庄伟杰：《海外华文文学知识谱系的诗学考辨》，中国社会科学出版社 2012 年版。

庄园：《女作家严歌苓研究》，汕头大学出版社 2006 年版。

庄园：《文化的华文文学》，汕头大学出版社 2006 年版。

庄晓东：《文化传播：历史、理论和现实》，人民出版社 2003 年版。

庄钟庆：《东南亚华文文学与中国现代文学》，厦门大学出版社 1991 年版。

彭志恒：《海外中国：华文文学和新儒学》，花城出版社 2005 年版。

外文专著

[印] 阿吉兹·阿罕默德：《在理论内部：阶级、民族与文学》，易晖译，北京大学出版社 2014 年版。

[美] 爱德华·W. 萨义德：《知识分子论》，单德兴译，生活·读书·新知三联书店 2002 年版。

[英] 艾勒克·博埃默：《殖民与后殖民文学》，盛宁、韩敏中译，辽宁教育出版社 1998 年版。

[印] 阿马蒂亚·森：《身份与暴力——命运的幻象》，李风华等译，中国人民大学出版社 2009 年版。

［英］安东尼·吉登斯：《现代性的后果》，田禾译，译林出版社2000年版。

［英］安东尼·吉登斯：《亲密关系的变革——现代社会的性、爱与爱欲》，陈永国、汪民安等译，社会科学文献出版社2001年版。

［德］弗里德里希·包尔生：《伦理学体系》，何怀宏、廖申白译，中国社会科学出版社1988年版。

［法］P. 布尔迪约、J. – C. 帕斯隆：《继承人》，邢克超译，商务印书馆2002年版。

［美］W. C. 布斯：《小说修辞学》，华明、胡晓苏、周宪译，北京大学出版社1987年版。

［丹］勃兰兑斯：《十九世纪文学主流》，张道真译，人民文学出版社1997年版。

［德］瓦尔特·本雅明：《发达资本主义时代的抒情诗人》，张旭东、魏文生译，生活·读书·新知三联书店2014年版。

［加］查尔斯·泰勒：《现代性之隐忧》，程炼译，中央编译出版社2001年版。

［加］查尔斯·泰勒：《自我的根源：现代认同的形成》，韩震等译，译林出版社2012年版。

［法］茨韦塔·托多洛夫：《巴赫金、对话理论及其他》，蒋子华、张萍译，百花文艺出版社2001年版。

［美］大卫·哈维：《新自由主义简史》，王钦译，上海译文出版社2010年版。

［日］大江健三郎：《小说的方法》，王成、王志庚译，河北教育出版社2001年版。

［英］戴维·洛奇：《小说的艺术》，王峻岩译，作家出版社1997年版。

［美］丹尼尔·贝尔：《后工业社会的来临——对社会预测的一项

探索》，王宏周等译，商务印书馆 1984 年版。
[美] 丹尼尔·贝尔：《资本主义文化矛盾》，严蓓雯译，江苏人民出版社 2007 年版。
[荷] 佛克马、波斯顿：《走向后现代主义》，王宁等译，北京大学出版社 1991 年版。
[法] 弗朗兹·法农：《全世界受苦的人》，万冰译，译林出版社 2005 年版。
[西] 费尔南多·萨瓦特尔：《教育的价值》，李丽、孙英屏译，北京大学出版社 2012 年版。
[美] 弗兰克纳：《伦理学》，关键译，生活·读书·新知三联书店 1987 年版。
[德] 弗里德里希·包尔生：《伦理学体系》，何怀宏、廖申白译，中国社会科学出版社 1988 年版。
[英] 詹·乔·弗雷泽：《永生的信仰和对死者的崇拜》，李新萍等译，中国文联出版社 1992 年版。
[法] 伏尔泰：《哲学通信》，高达观等译，上海人民出版社 1961 年版。
[美] 汉娜·阿伦特：《耶路撒冷的艾希曼：伦理的现代困境》，孙传钊译，吉林人民出版社 2003 年版。
[德] 黑格尔：《哲学史讲演录》第一卷，贺麟、王太庆译，商务印书馆 1981 年版。
[法] 亨利·柏格森：《道德与宗教的两个来源》，王作虹、成穷译，贵州人民出版社 2007 年版。
[英] 阿尔弗雷德·诺斯·怀特海：《教育的目的》，徐汝舟译，生活·读书·新知三联书店 2014 年版。
[美] 弗雷德里克·杰姆逊：《快感：文化与政治》，王逢振等译，中国社会科学出版社 1998 年版。
[美] 弗雷德里克·杰姆逊：《后现代主义与文化理论》，唐小兵

译，陕西师范大学出版社 1987 年版。

［美］凯特·米利特：《性政治》，宋文伟译，江苏人民出版社 2000 年版。

［美］克莱德·M. 伍兹：《文化变迁》，施惟达、胡华生译，云南教育出版社 1989 年版。

［德］赫伯特·马尔库塞：《爱欲与文明》，黄勇、薛民译，上海译文出版社 1987 年版。

［德］黑格尔：《美学》第一卷，朱光潜译，商务印书馆 1979 年版。

［德］黑格尔：《法哲学原理》，范扬、张企泰译，商务印书馆 1961 年版。

［德］康德：《实践理性批判》，关文运译，商务印书馆 1960 年版。

［法］卢梭：《爱弥儿——论教育》上卷，李平沤译，商务印书馆 1978 年版。

［法］卢梭：《爱弥儿——论教育》下卷，李平沤译，商务印书馆 1978 年版。

［美］马泰·卡琳内斯库：《现代性的五副面孔》，顾爱彬、李瑞华译，商务印书馆 2002 年版。

［美］莫瑞·克里格：《批评之途：六十年代之后》，单德义译，中国社会科学出版社 1998 年版。

［法］米歇尔·福柯：《疯癫与文明》，刘北成、杨远婴译，生活、读书、新知三联书店 1999 年版。

［法］米歇尔·福柯：《性经验史》，佘碧平译，上海人民出版社 2000 年版。

［加］诺斯洛普·弗莱：《现代百年》，盛宁译，辽宁教育出版社 1998 年版。

［加］诺斯洛普·弗莱：《批评的解剖》，陈慧、吴伟仁、袁宪军译，百花文艺出版社 1998 年版。

［美］玛莎·努斯鲍姆:《告别功利》，肖聿译，新华出版社 2010 年版。

［美］尼尔·波兹曼:《娱乐至死》，章艳、吴燕莛译，广西师范大学出版社 2011 年版。

［美］佩吉·麦克拉肯:《女权主义理论读本》，艾晓明、柯倩婷译，广西师范大学出版社 2007 年版。

［法］让·波德里亚:《消费社会》，刘成富、全志钢译，南京大学出版社 2006 年版。

［法］萨特:《存在与虚无》，陈宣良等译，生活·读书·新知三联书店 2014 年版。

［美］爱德华·W. 萨义德:《文化与帝国主义》，李琨译，生活·读书·新知三联书店 2003 年版。

［德］奥斯瓦尔德·斯宾格勒:《西方的没落》，吴琼译，上海三联书店 2006 年版。

［德］亚瑟·叔本华:《作为意志和表象的世界》，石冲白译，商务印书馆 2004 年版。

［美］苏珊·S. 兰瑟:《虚构的权威：女性作家与叙述声音》，黄必康译，北京大学出版社 2002 年版。

［英］苏珊·弗兰克·帕森斯:《性别伦理学》，史军等译，北京大学出版社 2009 年版。

［德］瓦尔特·本雅明:《机械复制时代的艺术》，王才勇译，中国城市出版社 2002 年版。

［法］西蒙娜·德·波伏娃:《第二性 I》，郑克鲁译，上海译文出版社 2011 年版。

［法］西蒙娜·德·波伏娃:《第二性 II》，郑克鲁译，上海译文出版社 2011 年版。

［以］阿维夏伊·玛格利特:《记忆的伦理》，贺海仁译，清华大学出版社 2015 年版。

［美］J. 希利斯 · 米勒：《解读叙事》，申丹译，北京大学出版社 2002 年版。

［英］约翰 · 汤姆林森：《全球化与文化》，郭英剑译，南京大学出版社 2002 年版。

中文期刊论文

程光炜：《谈〈芳华〉——我和电影院里的青年人》，《文艺争鸣》2018 年第 3 期。

［美］陈瑞琳：《冷静的忧伤——从严歌苓的创作看海外新移民文学的特质》，《华文文学》2003 年第 5 期。

陈思和：《自己的书架：严歌苓的〈第九个寡妇〉》，《名作欣赏》2008 年第 3 期。

陈独秀：《吾人最后之觉悟》，《青年杂志》第一卷第六号 1916 年 2 月 15 日。

丁帆、施龙：《人性与生态的悖论——从〈狼图腾〉看乡土小说转型中的文化伦理蜕变》，《文艺研究》2008 年第 8 期。

傅守祥：《大众文化的审美品格与文化伦理》，《文学评论》2009 年第 3 期。

郭萍：《理性的困惑：跨文化伦理何以可能——与史蒂文 · 卡兹教授商榷》，《学术界》2014 年第 8 期。

洪治纲：《中国当代文学视域中的新移民文学》，《中国社会科学》2012 年第 11 期。

李洁非：《为何去印度——对虹影〈阿难〉的感思》，《南方文坛》2002 年第 6 期。

梁慧：《眼泪象征永恒——论女诗人奈丽 · 萨克斯》，《杭州大学学报》1996 年第 1 期。

李萍、魏则胜：《文化伦理：存在与意义》，《中州学刊》2005 年第 6 期。

孟繁华：《宅院文化：微缩的宫廷——论新世纪的“新家族小说》，《绵阳师范学院学报》2009 年第 9 期。

饶芃子、陈丽虹：《海外华文女作家及其文本的理论透视》，《文学评论》1997 年第 6 期。

施玮：《开拓华语文学的灵性空间——“灵性文学”的诠释》，《海南师范大学学报》（社会科学版）2008 年第 6 期。

孙谦：《论严歌苓长篇小说〈陆犯焉识〉的空间叙事》，《北京社会科学》2014 年第 12 期。

宋希仁：《伦理与道德的异同》，《河南师范大学学报》（哲学社会科学版）2007 年第 5 期。

王春林：《道德求索与伦理追问——许春樵长篇小说论》，《中国现代文学研究丛刊》2015 年第 2 期。

王春林：《英雄主义情结与人性逻辑——解读严歌苓的长篇小说〈护士万红〉》，《百家评论》2016 年第 6 期。

王春林：《亡灵叙事与战争的深度反思——关于张翎长篇小说〈劳燕〉》，《文汇报》2017 年 3 月 21 日第 12 版。

魏则胜、李萍：《文化伦理的逻辑》，《天津社会科学》2006 年第 2 期。

吴楠：《浅析〈太平洋探戈〉中叙述视角的调用》，《北方文学》2011 年第 10 期。

吴秀明：《当代文学“历史化”的历史观问题探讨——基于政治和革命的视角》，《浙江大学学报》（人文社会科学版）2017 年第 6 期。

李硕儒：《随和如风——严歌苓对话录》，《百花洲》2005 年第 1 期。

丁杨：《严歌苓：英雄总是“不识时务”》，《中华读书报》2015 年 5 月 20 日第 11 版。

于青：《严歌苓情怀》，《文学自由谈》1998 年第 1 期。

乐黛云：《中国式的后现代小说——评虹影的新作〈阿难〉》，《涪陵师范学院学报》2007 年第 1 期。

赵一凡：《从胡塞尔到德里达：西方文论讲稿》，生活·读书·新知三联书店 2007 年版。

张琼：《此岸·彼岸——严歌苓复旦讲座侧记》，《华文文学》2004 年第 6 期。

张全之：《鲁迅与“东方主义”》，《鲁迅研究月刊》2000 年第 7 期。

邹强：《乌托邦与审美乌托邦》，《山西师大学报》（社会科学版）2005 年第 2 期。

后　记

2014年6月，我们全家离开北国春城，来到江南水乡。优美的环境，人文的氛围，一切如沐春风。2015年，一份惊喜不期而至，我当年申报的国家社科基金项目“文化伦理视域下新移民女作家小说研究”荣获通过。我对课题能够立项在欣喜之余充满感恩，同时对课题的学术价值和研究意义充满兴趣。因为博士学位论文的选题对象是新移民女作家严歌苓的小说研究，其间也积累了比较丰富的新移民女作家创作资料。接下来的三年，我在自己原有博士学位论文基础上，拓展开去，研究新移民女作家群体创作。课题重点是从文化伦理视域下探讨新移民女作家创作特色，涵盖的范围比较大，既要有宏观的理论视野，又要有微观的文本分析。特别是关于“文化伦理”的内涵问题，尽管相关阐释很多，但见仁见智，并没有一个准确定义为人们广泛接受与采纳。而且越是深入进行辨析，越是感觉到这个理论范畴的弹性空间很大，每个阐释者都有自我理解，并赋予其不同内涵。因此需要通过对文化伦理的思想史进行深入分析，描绘概念发展的历史连续性及主导价值观念。

文化伦理的核心要义关涉人性和道德，是建立在对人性分析基础上的道德思想、伦理关系、行为法则、道德价值、理想人格、自由与必然的统称。如何既围绕文化伦理的诸多价值形态进行文本分析，又要彰显其文学审美的内在规定性，将二者关系衔接融洽并不容易。如何应对学科差异带来的理论挑战，又怎样具有审美创新的可能？我在二者之间游走，并不轻松，理论期待和审美感受常常脱节。再加上资质愚钝，基础薄弱，知识结构不够周全和理论功底的匮乏，我经常在行文中思维阻塞，颇感沮丧。但是对文学研究的持续热情始终支撑着我，在阅读和写作中也度过了许多美好时光。特别是研读理论大师的著作，其中如琢如磨的价值邀约，让我不胜愉悦。以及阅读众多海外新移民女作家小说，也让我体验到审美的力量和精神的活泼。我深知唯有勤奋，才可能真正有所收获。

这本书能够顺利出版，需要感谢的人太多。白杨教授是我的博士导师。老师外美内慧、治学严谨、热情善良。她不仅将我领进学术殿堂，而且无微不至地关切我的工作与生活。从白老师那里，我逐渐悟出学术之道，它包括苦读、心智、德性、慧根等诸要素。自古文章之道，真与善在其中。老师将她的大爱践履于日常细节中，絮语和风，没齿难忘。赵稀方教授是我在中国社会科学院访学时的恩师。初到社科院，在老师座谈式的授课中，领略到了“文学人生”的真谛。师门同人个个热情谦和，谈吐文雅。几次课下来，增长知识，成就思想。老师释惑解疑，同门学术争鸣，互帮互助，使我收获颇丰。本书写作初始，赵老师与各位同门为我审定提纲，提供思路。在赵老师的指导下，我逐渐走入理论的思维场域中。那是我继博士之后又一段难忘的岁月。此外，拙著中的部分文字曾发表在核心学术期刊上。在此，衷心地感谢北京师范大学的刘勇教授、吉林大学的张福贵教授、中国人民大学的程光炜教授、《文艺争鸣》主编王双龙主编。在不同会议上多次聆听他们的讲座，都让我深受启发。一些思想与方法的启迪都用在了我的写作中，尽管本书写得还是不尽如人意。朱文斌教授是我的领导，也是华文领域的知名专家。他热情睿智、才学兼备。在他的领衔下，我们成立了“海外华文文学与华人文化”研究中心。他致力于将该中心建设成海外华文文学研究的学术高地，并且殚精竭虑付出很多心血。我有幸在这个中心里负责一些具体工作。这几年，我们成功地召开了几次国际性的世界华文文学大会，都获得同人的肯定与好评。在此，向朱文斌教授表示真诚的感谢。另外，感谢刘家思教授、陈蘅瑾教授、魏潘潘教授以及其他同人，都在工作上给予我很大支持，这里不一一列举，但一并谢过。以及感谢中国社会科学出版社杨康老师与其他各位编辑辛苦的工作。尤其是杨康，她以编辑特有的专业素质、一丝不苟的治学精神以及作为一位人文工作者的责任意识，为我指出文稿中的诸多不足。这里，真诚地谢过！

最后，我感谢远在家乡的父母，近在身边的先生和孩子。父母不懂我的书所写内容，但每次电话里都非常关切地问起，隔空传递他们支持鼓励的声音。他们永远是我前行的动力。先生不厌其烦地帮我校稿改稿，陪我到外地查阅资料，即使身体不适，也风雨无阻。孩子学习用功，懂事早，自己能够非常独立自觉地把自己的生活、学习处理好，这是我最大的欣慰。他们都激励着我笔耕不辍，努力钻研！

是为记。

刘红英于绍兴镜水湖畔

2020 年 6 月 29 日星期一